W0393747

Es ist Winter in Hamburg, und entsetzliche Morde erschüttern die Stadt. Der Elbripper ist zurück, nachdem er fast zwei Jahre verschwunden war. Elf Opfer gehen schon auf sein Konto. Und Nick Beck hat auf der Jagd nach ihm seine Kollegin im Einsatz verloren. Daraufhin nahm er Abstand vom LKA-Dienst und ließ sich versetzen. Aber jetzt wird er reaktiviert, denn niemand kennt den Serienmörder so gut wie er. Doch irgendetwas ist anders: Die Rituale des Killers scheinen sich verändert zu haben. Hat der Elbripper seinen Modus geändert? Oder haben es Nick Beck und Cleo Torner mit einem Nachahmer zu tun? Nur eines ist klar: Der Täter ist gefährlicher als je zuvor ...

Tom Voss ist das Pseudonym eines deutschen Bestsellerautors, der bereits zahlreiche Krimis und Thriller geschrieben hat. Im FISCHER Verlag hat er als Pierre Lagrange die Provence-Krimi-Reihe mit dem liebenswerten Commissaire Albin Leclerc und seinem Mops Tyson veröffentlicht. In den Krimis rund um den Ermittler Nick Beck nimmt Tom Voss die Leser*innen nun mit in den Norden von Hamburg.

Weitere Informationen finden Sie auf www.fischerverlage.de

TOM VOSS

EISZEIT FÜR BECK

KRIMINALROMAN

FISCHER TASCHENBUCH

Aus Verantwortung für die Umwelt hat sich der S. Fischer Verlag zu einer nachhaltigen Buchproduktion verpflichtet. Der bewusste Umgang mit unseren Ressourcen, der Schutz unseres Klimas und der Natur gehören zu unseren obersten Unternehmenszielen.

Gemeinsam mit unseren Partnern und Lieferanten setzen wir uns für eine klimaneutrale Buchproduktion ein, die den Erwerb von Klimazertifikaten zur Kompensation des CO_2-Ausstoßes einschließt.

Weitere Informationen finden Sie unter: www.klimaneutralerverlag.de

FSC
www.fsc.org
MIX
Papier aus verantwortungsvollen Quellen
FSC® C083411

Originalausgabe
Erschienen bei FISCHER Taschenbuch
Frankfurt am Main, Dezember 2021

© 2021 S. Fischer Verlag GmbH,
Hedderichstraße 114, D-60596 Frankfurt am Main
Dieses Werk wurde vermittelt durch die
Literarische Agentur Thomas Schlück GmbH, 30161 Hannover.

Lektorat: Susanne Kiesow

Satz: Fotosatz Amann, Memmingen
Druck und Bindung: CPI books GmbH, Leck
Printed in Germany
ISBN 978-3-596-00066-1

I

Es gab Tausende Arten zu sterben. Die meisten waren natürlichen Ursprungs oder Unfälle. Und dann gab es gewaltsame oder brutale: Menschen wurden erstochen, erschlagen, erwürgt, ertränkt oder erschossen.

Manchmal geschahen noch weitaus schrecklichere Dinge.

Manchmal ... dauerte es.

Romina kannte das alles nur vom Hörensagen oder aus Filmen und Serien. Sie war zweiundzwanzig Jahre alt und hatte mit dem Tod bisher noch nichts zu tun gehabt. Als sie in dieser eiskalten Dezembernacht nach Hause ging, ahnte sie nicht, dass sich ihr Erfahrungshorizont in Kürze dramatisch erweitern sollte.

Sie trug gefütterte weiche Stiefel und eine knallrote Daunenjacke, die deutlich dicker war als die Schminke in ihrem Gesicht. Die Plateau-Heels und die anderen Sachen, die sie beim Lapdance trug, hatte sie in einer Plastiktüte verstaut, die über ihrem Handgelenk hing. Die Hände hatte sie tief in den Taschen vergraben, die Schultern gegen die Kälte hochgezogen.

Hamburg war nicht freundlich im Winter, und St. Georg in der Nacht still und einsam wie eine schweigende, ganz in Schwarz gehüllte Witwe. In Rominas kleinem Apartment in Wilhelmsburg, für das sie monatlich eine horrende Summe bezahlen musste, war es nicht anders: kalt, einsam und dunkel. Es gab nur ein Fenster zum Hinterhof, aus dem man auf graue Fassaden schaute.

Klar, sie hatte einen deutlich besseren Job gehabt, nachdem sie endlich volljährig und auf eigene Faust aus Sofia abgehauen und nach Deutschland gekommen war, und sie hatte in einer deutlich schickeren Wohnung gelebt als jetzt. Aber sie war rausgeflogen aus dem Job und dem Apartment, nachdem das mit den Drogen losgegangen war. Fredo, der das »Puppethouse« führte, hatte das mit dem Crack ziemlich schnell gemerkt, Romina ein paar geknallt und gesagt, er habe ihr x-mal erklärt, dass sie mit dem Scheiß nicht anfangen solle und er in seinem Laden keine Mädchen dulde, die auf Drogen sind, ob er eigentlich Chinesisch redete?

Danach war sie auf dem Straßenstrich gelandet und hatte Trucker und Außendienstler im Wohnmobil auf Parkplätzen bedient. Einstieg mit einem Zwanziger. Endstation mit zweiundzwanzig. Ja, und das war dann erst recht nicht ohne Drogen auszuhalten gewesen.

Trotzdem hatte sich Romina oft verflucht, denn im »Puppethouse« hatte sie es gar nicht so schlecht gehabt, echt nicht. Zudem war sie nicht blöd und verstand, dass sie in einem Teufelskreis steckte. Alles Geld, das sie einnahm, ging für die Miete der versifften Wohnmobile und das Crack drauf. Das würde so lange weitergehen, bis sie entweder auf Heroin umsattelte und mit einer Überdosis tot umfiel oder durch das Dope kaputtging, hässlich wurde und man sie wegwarf wie eine ausgelutschte Zitronenhälfte. Für so ein Leben war sie nicht nach Deutschland gekommen.

Also hatte sie sich das mit dem Crack abgewöhnt, einmal durch die Hölle und wieder zurück. Aber sie hatte es innerhalb von drei Monaten geschafft.

Schließlich war sie noch mal zu Fredo gegangen, um ihm zu versichern, dass sie clean war, und ihn anzuflehen, wieder bei ihm arbeiten zu dürfen. Seine Antwort war, dass sie sich mal nicht vorstellen solle, dass das so einfach wäre – vielleicht woanders, aber bestimmt nicht hier in Hamburg.

Er hatte dennoch ein gutes Herz gehabt. Alte Schule, wie man so sagt. Außerdem war Romina hübsch und hatte anfangs guten Umsatz gemacht.

Weswegen Fredo sich schließlich durchrang, mit Goran vom Wohnmobilhafen telefonierte und sich auf eine Summe für Romina verständigte, für die er sie zurückkaufte. Und jeden Cent davon, machte Fredo Romina deutlich, jeden einzelnen Cent würde sie abarbeiten müssen, bevor man wieder über eine hübsche Wohnung reden könne.

Tja, aber sie war auf dem besten Weg, sich wieder hochzuarbeiten. Und selbst in dem dunklen Apartment in Wilhelmsburg war es immer noch besser als in dem Loch am Wohnmobilhafen oder in den kalten, klapprigen Karren auf den grauenhaften, seit Jahren von Tausenden Menschen durchgefickten Schaumgummimatratzen.

Von daher …

Romina ging durch die Lange Reihe, die am Bahnhof in den Heidi-Kabel-Platz am Ohnsorg-Theater und am Deutschen Schauspielhaus mündete. Am Steintorplatz würde sie dann in die S-Bahn steigen, die sie zu den Wohnblocks brachte. Sie überlegte, ob sie sich unterwegs einen Döner oder irgendetwas anderes zum Mitnehmen besorgen sollte, das sie zu Hause aufwärmen konnte. Natürlich hatten nachts um drei nicht mehr viele Läden geöffnet, nur die üblichen Verdächtigen.

Ja, Döner wäre gut, dachte sie und zischte »Shit«, als sie fast in eine große Pfütze gelaufen wäre, die mit Schneematsch gefüllt war. Na toll, da hätte sie sich fast ihre hellen Wildleder-Uggs ruiniert, und das waren echte und keine für zwanzig Euro.

Sie stoppte kurz und checkte die Stiefel.

»Alles okay?«, fragte eine Stimme hinter ihr.

Romina hatte gar nicht mitbekommen, dass da jemand war. Kein Auto unterwegs, kein Mensch, hatte sie gedacht. Sie drehte sich um und sah den Mann, der freundlich lächelte und keinerlei Gefahr signalisierte. Irgendein Nachtschwärmer, der aus einem Club kam, oder einer, der nicht schlafen konnte. Zum Glück musste man nicht mehr automatisch um sein Leben fürchten, wenn einen nachts jemand ansprach. Die Straßen waren wieder sicherer geworden, nachdem dieser Serienmörder verschwunden war, vor dem alle Angst gehabt hatten, weil unter anderem Prostituierte auf seiner Liste standen. Auch Fredo war wieder ruhiger und lief nicht mehr dauernd mit einer Pistole herum. Dennoch hatte Romina natürlich CS-Gas in der Tasche und ein Rasiermesser, das man einklappen konnte. Die Jungs in Sofia hatten ihr erzählt, dass das besser sei als ein Butterfly und den Nachteil, nicht damit zustechen zu können, durch Schärfe wettmachte.

»Alles okay, danke, blöde Matschpfütze«, sagte Romina mit ihrem schweren rumänischen Akzent und überprüfte nochmals die Stiefel.

»Prima«, erwiderte der Mann.

Romina blickte kurz zu ihm und wollte etwas anmerken. So weit kam sie aber nicht, weil der Mann eine umgedrehte Maglite in der Hand hielt und damit ausholte.

Bevor Romina reagieren konnte, traf sie das stumpfe Ende des harten Stahlstabs wie ein Schlagstock im Genick. Ein Tritt in den Magen raubte ihr die Luft, um nach Hilfe zu schreien. Ein zweiter Hieb mit der Maglite erwischte sie mitten auf der Stirn.

Sterne tanzten. Blut floss.

Sie bekam noch mit, wie sie unter den Armen gepackt und einige Meter mitgeschleift wurde. Und hörte, dass der Mann sagte: »Ein Glück, das mit der Pfütze. Wäre schade um die schönen Boots. Aber eigentlich egal, du wirst sie eh nicht mehr brauchen.«

Romina wurde angehoben und in einen Kofferraum gepackt, spürte ein Rucken an ihren Hand- und Fußgelenken. Ihr wurde etwas in den Mund gestopft.

Sie kam wieder ein wenig zu sich, zuckte und wollte sich aufbäumen, was aber nicht ging.

»Na, na«, sagte der Mann. »Jetzt bleib mal locker.«

Romina spürte seinen Blick auf sich. Bekam mit, dass er sich nach links und rechts umsah und nach dem Kofferraumdeckel fasste, um ihn zuzuwerfen. Sie keuchte, stöhnte in den Knebel, konnte ihre Hände und Füße nicht bewegen. Ihr Nacken fühlte sich an, als seien einige Wirbel gebrochen. Hinter ihrer Stirn tobte ein Presslufthammer.

»Hast du eine Ahnung, wer ich bin? Und wie es mit dir weitergeht?«

Romina schnaufte, riss die Augen auf, versuchte, nach dem Kerl zu treten, was jedoch nicht möglich war. Dann sagte er ihr, wer er war und was er gleich mit ihr tun würde. Jedes Wort traf Romina wie ein Stromschlag.

Oh Gott, wäre sie doch nur zehn Minuten später los oder hätte einen anderen Weg genommen. Warum war sie heute bloß nicht mit Lara zur Bahn gegangen wie sonst immer? Warum …

Der Mann holte erneut mit der Maglite aus und schlug zu. Noch härter als vorher.

Alles wurde dunkel.

2

In jeder Stadt gibt es Orte, die als *Lost Places* bezeichnet werden. Verlassene Fabriken, Gewerbebrachen, alte Hotels, Theater, Bahnhöfe, Schulen, Kraftwerke, Kasernen oder Wohnblöcke. Ruinen aus besseren Zeiten, manche aus schlechteren. Ihr morbider Charme konnte faszinierend sein, man bekam Gelegenheit, die Vergangenheit zu atmen und die Vergänglichkeit zu spüren. Lost Places verhießen Abenteuer und Gefahr, denn nicht jeder dieser Orte durfte betreten werden, weshalb Zäune überwunden und sehr oft Risiken eingegangen werden mussten. Ein falscher Tritt oder eine andere Unachtsamkeit, und man konnte sich unter Umständen schwer verletzen oder sogar ums Leben kommen. Nervenkitzel pur.

Es gab Amateurfotografen, die süchtig danach waren, den pittoresken Verfall in Bildern einzufangen, und in ganz Europa nach solchen Lost Places suchten, bereits bekannte abklapperten oder neue entdecken wollten. Es gab Profis, die solche Orte kunstvoll in Szene setzten und gezielt als Location für Kunst-, Objekt- oder Modefotografie nutzten, um das Schöne, Neue dem Alten, Verfallenen entgegenzusetzen. *Memento mori* – sei dir deiner Sterblichkeit bewusst. Das schillernde Leben und der Tod lagen ganz nah beieinander.

Genau aus diesem Grund waren Meike und Rodrigo auf dem riesigen Areal des alten Überseezentrums auf dem Kleinen Grasbrook an der Elbe unterwegs. Sie hatten sich von der Stadtverwaltung eine Genehmigung zum Betreten des Grundstücks besorgt, weil sie nach einer Location suchten, in der die Frühjahrsmodekollektion für die *Vogue* fotografiert werden sollte. Sie arbeiteten als Scouts für große Agenturen, und der *Vogue*-Job war eine ziemliche Nummer. Für die deutsche Ausgabe hatte Karl Lagerfeld vor einigen Jahren die Speicherstadt als Örtlichkeit genutzt. Nachdem der Modeschöpfer nun einige Jahre tot war, planten die Herausgeber eine Retrospektive mit Hamburg als Thema, allerdings nicht mit Lagerfelds Hamburg, weil es eine Hommage und keine Kopie werden sollte.

Daher war das Gespräch auf den Kleinen Grasbrook links der Elbbrücken, gegenüber der Hafencity, gekommen. Früher befand sich hier das größte Warenverteilzentrum der Welt. Es beanspruchte eine Fläche, mehr als doppelt so groß wie die Binnenalster. Aber vor einigen Jahren war der Betrieb dann aufgegeben worden, nachdem alles längst auf Container umgestellt worden und die gesamte Anlage mit ihren gigantischen Schuppen veraltet und überflüssig geworden war.

Die riesigen Hallen verfielen zusehends. Auf den alten Bahngleisen wuchsen Bäume. Hätte Hamburg den Zuschlag für die Olympischen Spiele 2024 oder 2028 bekommen, wären hier Spielstätten und das Olympische Dorf entstanden. Jetzt sollte alles abgerissen und der Kleine Grasbrook zu Hamburgs neuem Vorzeigeviertel direkt am Wasser werden. Hier würden Impulse hinsichtlich wirtschaftlicher und ökologischer Nachhaltigkeit, Mobilität und Digitalisierung gesetzt werden. Wohnungen, Promenaden, ein Museum an Bord der »Peking«, Schulen, Kitas, Sportmöglichkeiten, Dienstleister, ein U-Bahn-Anschluss – all das war bereits geplant. Aber noch gab es hier nichts anderes als ein totes, verrottendes Stück Hamburg. Und so schick die Pläne auch aussahen, war wohl kaum damit zu rechnen, dass der Kleine Grasbrook an den Elbbrücken ein neues Altona werden würde.

»Das ist sehr abgefahren«, sagte Rodrigo und sah sich in der gigantischen Lagerhalle um, deren Dach zum Teil eingestürzt war.

Er nahm eine Digitalkamera aus der kleinen Fototasche, die über seiner Schulter hing, und machte ein paar Aufnahmen. Mit jedem Ausatmen stieß er weiße Wölkchen aus. Er trug eine orangefarbene Daunenjacke, dasselbe Modell, das Robert De Niro in der Jagdszene in »Die durch die Holle gehen« getragen hatte, wie Rodrigo stets betonte, und dazu eine dicke Strickmütze. Meike hatte einen schlichten schwarzen Mantel an, dessen Fellkragen mit ihrem dünnen blonden Haar verschmolz.

Sie sah sich ebenfalls um, stellte sich die Inszenierung der Models vor – einige Jahre war genau diese Halle vom

Otto-Konzern als Lager genutzt worden. In Sachen Mode stand Otto nicht gerade für Haute Couture – und insofern würde es ein toller Kontrast sein, genau diese hier zu fotografieren.

Rodrigo tauschte das Weitwinkel gegen ein Tele und verließ die Lagerhalle. Meike ging ihm hinterher. Draußen standen sie auf den Schienen, auf denen früher die Waren aus aller Herren Länder hin und her gerollt waren, um auf Schiffe oder Lkws verladen zu werden. Die grelle Sonne des frühen Morgens blendete die beiden. Rodrigo hatte genau dieses Licht einfangen wollen, um zu sehen, wie es sich auf den Aufnahmen machen würde, denn im Winter war der Slot für Tageslichtaufnahmen kurz, weswegen sie die gesamte zur Verfügung stehende Zeit nutzen mussten. Aber der Himmel würde sich sehr bald zuziehen. Es waren leichte Schneefälle angekündigt.

Meike betrachtete die mit Frost überzogenen Gleise. Wäre auch ein schönes Motiv, dachte sie. Aber Rodrigo war bereits dabei, die Umgebung mit dem Tele zu scannen.

»Dieses hohe Gebäude da«, sagte er und zielte mit dem Objektiv auf den noch relativ gut erhaltenen, mehrstöckigen früheren Verwaltungsbau, »können wir da auch rein?«

Meike zuckte mit den Achseln. »Da müsste ich fragen«, erwiderte sie. »Aber vermutlich wird es aus versicherungstechnischen Gründen schwierig. Bei Außenaufnahmen mag es noch okay sein, aber …«

»Was ist das denn?«, fragte Rodrigo. Er ließ die Kamera rattern und schoss einige Bilder.

»Hm? Was denn?«

»Hat da jemand eine Puppe hingestellt?«, murmelte Rodrigo, nahm die Kamera wieder herunter und schaute auf das Display, um die Fotos zu betrachten. Meike blickte ihm über die Schulter. Rodrigo vergrößerte eines der Bilder und zoomte die Fassade mit den zahllosen Fenstern heran. Einige Scheiben waren eingeworfen oder zersplittert. An einer Stelle fehlten zwei Fenster ganz, und ein Stück der Hauswand war eingerissen worden. Als er den Ausschnitt zentrierte, verstand Meike, was Rodrigo eben mit der Bemerkung gemeint hatte …

»Nein«, murmelte Rodrigo und scrollte auf Maximum, »nein, das ist keine Puppe, oder?«

Meike betrachtete den Bildausschnitt. Ihr Magen fühlte sich mit einem Mal wie verknotet an. Sie keuchte und hielt sich die Hand vor den Mund.

»Nein«, flüsterte sie, »das sieht nicht aus wie eine Puppe.«

»Aber was denn sonst?«

»Wie eine Frau.«

Rodrigo musterte Meike. »Nein, das ist doch nicht … Das kann doch nicht … Nein, es gibt doch diese realistischen Puppen …«

Er nahm die Kamera und steckte sie in die Umhängetasche. Dann ging er los.

Meike fragte: »Wo willst du hin?«

»Mir das aus der Nähe ansehen.«

»Wir sollten die Polizei rufen.«

Rodrigo drehte sich um und ging rückwärts weiter. »Und uns lächerlich machen, weil da vielleicht doch eine Puppe hängt? Nein, ich schaue erst mal nach. Da haben irgendwelche Kids sich einen Spaß erlaubt oder drehen einen Horrorfilm.«

»Hey, warte.«

Rodrigo wandte sich erneut um und ging nun wieder vorwärts. Er sprang auf den Sims einer flachen Mauer und marschierte schnurstracks auf das Verwaltungsgebäude zu. Dorthin, wo sich der Haupteingang befinden musste.

»Wir können direkt mal schauen, wie es drinnen aussieht. Gibt vielleicht doch eine Location her!«, rief er.

Meike setzte sich in Bewegung und folgte ihm. Ihr war absolut nicht wohl bei der Sache.

Sie erreichten das, was früher einmal die Pforte zum Verwaltungsbau gewesen sein musste. Zu Meikes Überraschung war sie nicht verschlossen. Beim zweiten Blick schien es, als habe jemand den Eingang manipuliert.

Rodrigo öffnete die Glastür, indem er einfach die Schulter dagegen drückte. Er sah sich um, und bevor Meike ihn nochmals bitten konnte, doch besser die Polizei zu verständigen, war er schon im Treppenhaus verschwunden.

Sie ging ihm hinterher und war außer Atem, als Rodrigo schließlich im obersten Stockwerk auf einen Flur einbog. Wenigstens war ihr jetzt absolut nicht mehr kalt, ganz im Gegenteil.

Die Stille im Gebäude war beklemmend. Ihre Schritte hallten ungewöhnlich laut in der Leere. Rodrigo blieb stehen und orientierte sich auf dem Flur. Links und rechts standen alte Baugerüste. Außerdem befand sich dort eine Mulde mit Bauschutt. Auf dem Boden lagen aufgerollte herausgerissene Teppichböden. Er ging auf eine Schiebetür zu, die offen stand und in einen Raum führte, der einmal als Großraumbüro genutzt worden sein musste. Die Wand nach außen war eingebrochen. Ein eisiger Wind wehte ins Innere.

Meike blieb am Eingang stehen. Sie traute sich nicht hinein, denn im Gegensatz zu Rodrigos Annahme war hier nirgends jemand zu sehen, der einen Film drehte. Wenngleich es in dem früheren Büro aussah, als sei es zu einem Setting für einen Horrorclip hergerichtet worden.

Und da war der Körper.

Er baumelte an Seilen.

Meike sah …

… schnell wieder weg.

Überall war Blut. Ihr wurde schlagartig schlecht. Sie wünschte sich, Rodrigo hätte recht. Dass alles nicht echt war. Dass wirklich bloß Kids einen Film drehten und sie tatsächlich nur eine lebensechte Puppe organisiert und alles wie einen Tatort inszeniert hatten. Ja, sie hatten bestimmt ihre Dreharbeiten gestern beendet und einfach alles so stehen lassen, um heute zurückzukommen und weiterzumachen.

Doch dann hörte sie Rodrigos Kamera klicken. Und danach seine Stimme, die klang wie das Rascheln von Papier.

»Die Polizei«, krächzte er, »ruf sie an. Sofort.«

3

Nick griff in die Seitentasche seiner Jacke und zog eine Schachtel Zigaretten hervor. Er nahm eine heraus, rollte sie zwischen den Fingern und sah sich ein weiteres Mal um. Die Mauer hinter ihm war von oben bis unten mit Blut bespritzt. Und da war das an die Wand gemalte Symbol. Ein wirres Zeichen aus mäandernden Linien. Eine Ikone des Wahnsinns, dachte Nick. Frostblumen blühten auf den rostroten Schleifspuren am Boden. Sie führten zu der eingerissenen Außenwand, wo Nick stand. Der Beton und die herumliegenden Glassplitter waren mit schwarzen Tropfen besprenkelt. Altes Blut.

Er blickte auf seine Schuhspitzen, die unter Plastiküberziehern verborgen waren, und auf die verbogenen Metallstreben, die aus der Abbruchkante in den von Wolken verhangenen Himmel über Hamburg stachen. Ein kalter Wind pfiff ins Innere des schon seit Jahren verlassenen Verwaltungsgebäudes. Zwanzig Meter bis unten, vielleicht ein paar mehr oder weniger, schätzte Nick. Nur ein Schritt und dann bis drei zählen. Aus und vorbei.

Sie stürzte …

Sie schlug auf …

Sie war tot …

Nick zog den Reißverschluss seiner Uniformjacke zu und schlug den Kragen hoch. Er brauchte einige Versuche, um sich die Zigarette anzuzünden. Weit unter ihm parkten einige Polizeifahrzeuge und der Leichenwagen, dessen Heckklappe offen stand. Zwei Männer in Schwarz trugen einen dunklen Plastiksack ins Freie, der auf einen Rollwagen geladen wurde und dann in einem Sarg verschwand.

Die Zigarette glühte auf, als Nick an ihr zog. Über ihm hingen die abgeschnittenen Seile, deren lose Enden im Wind tanzten. Weit vor ihm floss das dunkle Wasser der Norderelbe. Zwischen zwei maroden Gebäudeteilen zog der rote Rumpf eines riesigen Schiffes lautlos vorbei. Auf dem Deck stapelten sich die Container wie bunte Legosteine. Das war der einzige Farbtupfer an diesem grauen Dezembermorgen, der zunächst mit strahlendem Sonnenschein begonnen hatte. Nick stand gerne am Ufer und sah den Ozeanriesen zu. Es war beruhigend. Jedes Schiff war ein Beispiel dafür, dass es ein Woanders gab – ob es in Shanghai, Macau, San Francisco oder Kapstadt liegen mochte.

In diesem Moment blitzte die Möglichkeit, alles hinter sich zu lassen, für einen kurzen Moment auf. Aber Nick konnte nicht einfach verschwinden. Noch nicht. Jetzt erst recht nicht.

»Ist er es?«, hörte er die weibliche Stimme.

Nick drehte sich um und stand nun mit dem Rücken zum Abgrund. »Er ist es«, sagte er.

»Es ist aber nicht wie vorher.«

»Nein«, erwiderte Nick. »Aber er ist es. Wer sollte es sonst sein?«

»Warum ist es diesmal anders?«

Nick zuckte mit den Achseln, betrachtete die getrockneten und vereisten Blutpfützen, sah erneut hinauf zu den Seilen und wandte sich wieder der eingerissenen Mauer zu. Von hier oben aus konnte man weit über die Stadt blicken und die Baukräne oder die Spitzen der XXL-Kräne am Hafen sehen. Das Containerschiff war inzwischen fort. Einige Schneeflocken flogen wie Styroporkrümel durch die Luft und setzten sich an Nicks Jacke fest.

»Es ist anders«, sagte er, »weil er sich verändert hat.«

Nick schob die linke Hand in die Innentasche der Jacke. Die Fingerspitzen stießen gegen einen zusammengefalteten Zettel, der inzwischen in einem Beweismittelbeutel steckte. Nick hatte ihm zunächst keine Beachtung geschenkt. Niemand hätte das. Aber jetzt wusste Nick, dass es ein tödlicher Fehler gewesen war.

Nick zog an der Zigarette, bis sie heiß zwischen seinen Fingern glomm.

Er blickte wieder nach unten, wo die Heckklappe des Leichenwagens zugeworfen wurde. Für einen Moment schloss er die Augen, sah einen Körper an sich vorbeifallen, hörte das Echo des Aufschlags.

Wumm.

Wumm.

Er erinnerte sich an ein Abbruchgebäude wie dieses vor

mehr als einem Jahr. Sie hatten damals einen Mann verfolgt, der von den Medien »Elbripper« getauft worden war. Nick hatte die Sonderkommission geleitet, die den Ripper stoppen sollte. Elf Morde gingen auf sein Konto, und beinahe hätten Nick und Betty ihn erwischt.

Doch dann war seine Kollegin vom Dach gestürzt und dabei ums Leben gekommen. Der Ripper hatte sie in den Abgrund gestoßen. Aus einem der unteren Stockwerke hatte Nick ihren Körper am Fenster vorbeifallen sehen.

Nach dem Zwischenfall mit Betty war der Elbripper von der Bildfläche verschwunden. Nick war ebenfalls abgetaucht und hatte sich geschlagen gegeben. Oder besser: Er war im Schnaps ertrunken. Er hatte den Job in der Mordkommission geschmissen, war in den Bezirksdienst aufs Land gewechselt, um sich selbst zu bestrafen, sich von allem fernzuhalten und um ungestört saufen zu können.

Mit dem Alkohol war es besser geworden, mit dem anderen nicht unbedingt.

Heute Morgen hatte er einen Anruf aus dem LKA erhalten. Er sollte zum Hafen kommen, um sich dort etwas anzusehen. Eine Leiche. Nick musste nicht lange nachdenken. Er zählte eins und eins zusammen. Der Zettel in seinem Briefkasten, der Anruf, eine Tote … Der Killer war zurück. Und niemand kannte den Elbripper besser als Nick. Deswegen hatten sie ihn angefordert.

Und wegen Opfer Nummer zwölf.

»Es ist seine Handschrift, gar keine Frage«, sagte die

weibliche Stimme. »Aber wir waren uns nicht sicher. Sind es immer noch nicht. Das heißt: Ich bin mir nicht sicher.«

Nick schnippte die Kippe fort. Der Wind verwehte sie sofort. Er drehte sich um, vergrub die Hände in den Jackentaschen, blickte dann auf und betrachtete die Frau, die einige Meter vor ihm stand. Sie reichte ihm bis zur Schulter, trug die Haare unter einer Pudelmütze versteckt und bis auf einen schwarzen Lidstrich, der ein wenig an Amy Winehouse erinnerte, keine Schminke. Sie hielt ein Tablet in den Händen. Unter dem knielangen Daunenmantel wölbte sich ein beachtlicher Bauch. Es konnte nicht mehr lange dauern, bis Kriminalhauptkommissarin Cleo Torner sich in den Mutterschutz verabschiedete, und nur noch wenige Wochen, bis sie ihr Kind bekommen würde. Nick war ohnehin überrascht gewesen, dass sie sich noch im Dienst befand.

»Ich bin mir sicher«, erwiderte Nick. »Er ist es. Er hat sich weiterentwickelt.«

»Er hat noch nie etwas Derartiges getan. Diese Inszenierung …«

»Er probiert sich aus.«

»Er hat sich bisher nie um die Öffentlichkeit geschert.«

Nein, dachte Nick und fuhr mit dem Daumen über die Kante des Beweismittelbeutels in seiner Jacke, das hatte er bisher nicht. Aber in eineinhalb Jahren konnte sich eine Menge verändern. Auch die Interessen eines Mörders wie dem Elbripper, der eine Menge Zeit gehabt hatte, sich allerlei neue Dinge auszudenken. Nick betrachtete das

Symbol, das mit Blut an die Wand gemalt worden war. Es schien, als habe der Killer beschlossen, dass ihm etwas Derartiges gut zu Gesicht stehen würde. Eine Signatur.

»Er ist eitel. Er will ein Ausrufezeichen setzen«, sagte Nick. »Seht her: Ich bin wieder da.«

Cleo zog die Schultern hoch und fröstelte.

»Das hat er geschafft. Schau nur«, sagte Cleo und bot Nick das Tablet an, damit er sich darauf die Bilder und Videos der Spurensicherung ansehen konnte. Er ging zu Cleo und zögerte, weil er Angst vor dem hatte, was er zu sehen bekommen würde.

Schließlich nahm er das Tablet.

Die Hölle tat sich auf.

4

Nick betrachtete die Aufnahmen und gab sich alle Mühe, ruhig zu bleiben. Dabei schrie alles in ihm danach, das Gerät fortzuwerfen, Reißaus zu nehmen und die Bilder mit Hilfe einer Flasche Jack Daniel's aus seinem Gedächtnis zu brennen.

Aber Nick wusste sehr genau, dass das natürlich nicht helfen würde. Ein Zucken des Dämons, der ihm innewohnte und danach schrie, dass er endlich wieder zur Flasche greifen sollte, denn er war seit fast drei Monaten clean. Doch sein Widersacher tobte und kreischte immer noch bei jeder Gelegenheit.

Einige Fotos hatte der Fotograf einer Agentur aufgenommen, der die Leiche mit seiner Begleiterin heute am frühen Morgen kurz nach Sonnenaufgang entdeckt hatte. Eher zufällig, wie Cleo Nick erzählt hatte, während er mit dem Teleobjektiv seiner Kamera die Fassade des früheren Verwaltungsbaus nach Motiven absuchte. Die anderen Bilder stammten von der Spurensicherung und der Rechtsmedizin.

Bei der Toten handelte es sich um eine Frau, deren Alter

schwer einzuschätzen war. Nick tippte jedoch auf Anfang bis Mitte dreißig. Der Mörder hatte sie an der eingerissenen Wand aufgehängt, wo sich früher ein Bürofenster befunden haben musste. Eine bittere und sicherlich beabsichtigte Ironie, denn die Leiche war damit hoch über Hamburg und der Elbe splitterfasernackt zur Schau gestellt worden. Doch niemand hatte sie entdeckt – wahrscheinlich bereits einige Tage lang nicht, wie die Rechtsmedizin laut Cleo bei der ersten Inaugenscheinnahme gesagt hatte.

Der Körper war gefroren. Als er von den Stricken genommen und zu Boden gelegt worden war, musste es ausgesehen haben, als werde eine steife Schaufensterpuppe herumgetragen.

Der Frau war die Kehle durchgeschnitten worden. Auf den Bildern des Polizeifotografen klaffte eine tiefe Wunde wie ein Grinsen im Hals der Frau, das von einem Ohrläppchen zum anderen reichte. Den Spuren nach zu urteilen, war das weiter hinten in diesem Raum geschehen, wo sich die Spritzer an der Wand befanden. Dann war der Körper zur Fassade gezerrt und an den Handgelenken aufgezogen worden – genau dort, wo Nick eben gestanden hatte. Sehr wahrscheinlich war die Frau da schon bewusstlos oder tot.

Weitere Fotos stellten schließlich den eindeutigen Beleg dafür dar, dass sie ein Opfer des Elbrippers war. Nick hatte keinen Zweifel daran, dass die Obduktionsergebnisse seine Annahme bestätigen würden. Denn der Toten waren die Lippen sowie die Vagina mit schwarzem Zwirn zugenäht worden, was zum Modus Operandi des Elbrippers gehörte. Er nahm sie gefangen und brachte sie zu einem abgelegenen Ort, wo er sie dann mehrfach vergewaltigte. Dann verschloss er ihre Körperöffnungen, wohl um sicherzugehen, dass nichts von seinem Samen entweichen würde, und tötete sie. Er kam außerdem immer wieder an den Tatort zurück – beziehungsweise an die Ablagestelle der Leichen. Manche Frauen hatte er nicht dort ermordet, wo sie aufgefunden worden waren.

Die Gemeinsamkeit dieser Orte war, dass sich alle stets in unmittelbarer Nähe der Elbe befanden. Dieser Umstand hatte für den Namen des Killers Pate gestanden, der plötzlich in der Presse aufgetaucht war. Nick wusste nicht mehr, in welchem Blatt genau, aber wahrscheinlich war der zuständige Journalist stolz darauf. Ein zweifelhafter Stolz.

Nick gab Cleo das Tablet zurück.

»Es spricht alles dafür«, sagte er. »Dieses Mal müsst ihr ihn kriegen.«

»Ich werde wohl nicht mit von der Partie sein. Mein Mutterschutz beginnt bald«, erwiderte Cleo.

»Und ich bin raus.«

Sie sahen sich einen Moment lang schweigend an.

»Ist er erneut hier gewesen? So wie früher?«, fragte Nick dann.

»Wissen wir noch nicht hundertprozentig. Die Spurensicherung sagt, dass es Schuhabdrücke gibt, aber nur sehr wenige. Das spricht eher dafür, dass er nicht wieder hier war. Und auch das wäre untypisch für ihn. Er kehrt immer zurück.«

Nick sagte nichts, sah sich um. Er drehte sich wieder zu der durchbrochenen Mauer, betrachtete die Hafencity am anderen Elbufer. Er dachte über die Fotos nach und die Art und Weise, wie die Leiche entdeckt worden war.

Dann deutete er nach draußen und sagte: »Ihr solltet euch da drüben umschauen.«

»Wie meinst du das?«

»Bringt ein Technikerteam her, das berechnet, aus welchen Winkeln die Leiche zu sehen war. Dann nutzt ihr das als Blaupause und überlegt, von welchen Gebäuden am anderen Ufer aus man die Leiche mit einem Fernglas oder einem Teleobjektiv gut betrachten konnte.«

»Oh«, machte Cleo. »Ich verstehe.«

Nick drehte sich wieder zu ihr und sagte: »Ich weiß. Auch das wäre anders als bisher.«

»Stimmt. Er hat bislang stets die Nähe seiner Opfer gesucht.«

»Was ihn beinahe den Kopf gekostet hätte. Betty und ich haben den letzten Fundort observiert. Das hat er sich gemerkt und ist nun vorsichtiger.«

»Der Hinweis ist gut«, sagte Cleo. »Vielleicht hat er die Tote deswegen so exponiert – damit er sie aus der Distanz gut beobachten kann.«

»Möglich. Wisst ihr, wer sie ist?«

»Nein. Noch ist alles offen.«

Nick spielte mit dem Autoschlüssel in der Tasche. Er gehörte zu seinem Oldtimer, dessen Heizung dringend gewartet werden musste. Es war ein nachtschwarzer

SE Coupé von Mercedes Benz, Baujahr 1971. Die meisten Menschen hielten Nick für verrückt oder zumindest exzentrisch, dass er ein solches Auto tatsächlich noch benutzte. Für ihn selbst war es völlig normal. Einerseits hatte er kein anderes Auto, andererseits besaß der Wagen eine Geschichte.

»Vom anderen Elbufer bis hierher sind es gut ein paar hundert Meter Luftlinie«, meinte Cleo.

»Mit einem guten Fernglas gut zu überbrücken.«

»In den Fallakten und Analysen habe ich die Einschätzung von KHK Nick Beck gelesen, dass es dem Killer wichtig ist, den Opfern nah zu sein.«

»Es wird ihm mittlerweile deutlich wichtiger sein, nicht geschnappt zu werden.«

Cleo sagte nichts und schaute sich um. Nick war sich zwar sicher, dass sie alles schon genau inspiziert hatte. Aber jetzt tat sie es noch einmal. Sie ging an einer Wand entlang, als würde sie nach etwas suchen. Dasselbe tat sie dann an der gegenüberliegenden, eingerissenen Wand. Sie stellte sich unter die Stricke auf die getrockneten Blutspritzer. Nick verfolgte, wie sie ihren Kopf nach links, nach rechts drehte, nach oben sah. Schließlich schien irgendetwas ihr Interesse geweckt zu haben. Sie nahm eine Mini-Maglite aus der Tasche, schaltete sie ein und leuchtete damit die Decke ab.

»Ich habe etwas für dich«, sagte Nick und folgte dem Lichtkegel mit dem Blick.

»Das wäre?«, fragte Cleo abgelenkt.

Nick zog den Beweismittelbeutel aus der Jacke. Darin befand sich der Zettel, den er heute früh im Briefkasten gefunden hatte. Cleo blickte kurz zu ihm und machte dann weiter.

Er erklärte: »Es ist ein Brief. Ich hatte ihn heute Morgen in der Post und konnte nichts damit anfangen. Ich nahm an, es wäre ein Scherz oder ein Irrläufer – oder jemand hätte den falschen Schlitz erwischt, und der Zettel war für meine Vermieter gedacht.« Nur einer Intuition folgend hatte Nick ihn mit auf die kleine Polizeistation genommen, in einen Plastikbeutel geschoben und dann wieder eingesteckt.

»Was steht drauf?«

Nick setzte zu einer Erklärung an.

»Fuck«, sagte Cleo in dem Moment, bewegte sich nach links und ließ ihr Ziel nicht aus den Augen. Nick hatte keine Ahnung, was sie entdeckt haben könnte.

Cleo deutete mit dem Finger nach oben. Ihm fiel immer noch nichts auf. Lediglich ein Rauchmelder unter der Decke. Er sah nagelneu aus und wirkte in dem alten Abbruchgebäude reichlich deplatziert, zumal es hier nicht viel gab, das noch in Brand geraten konnte. An einer Seite des Geräts befand sich ein Loch. Es sah nicht aus, als würde es in das Gehäuse gehören, sondern als sei es hineingeschnitten worden.

»Er benutzt kein Fernglas. Er hat eine Funkkamera platziert«, sagte Cleo atemlos. »Ich wette, er sieht uns gerade jetzt zu. Vielleicht hört er uns sogar.«

Nick ließ den Rauchmelder nicht aus den Augen. Kleine Kameras, die über Wi-Fi, Bluetooth oder Funk arbeiteten, konnte man überall im Internet bestellen und die Bilder auf einen Computer, ein Tablet oder das Handy schicken. Nick schluckte. Dann ging er zu dem Rauchmelder und stellte sich genau darunter. Man konnte deutlich sehen, dass sich etwas darin befand.

Schau mich nur an, dachte Nick. Sieh genau hin. Das nächste Mal wirst du diese Visage sehen, wenn sie dir zuflüstert, dass du jetzt sterben wirst.

Nick hielt den Zettel hoch, genau in den möglichen Aufnahmewinkel.

»Falls du mich hören kannst«, sagte er, »dann erklär mir mal, was das hier bedeuten soll.«

5

Der Polizist wedelte mit dem Papier, auf dem das Symbol deutlich zu erkennen war. Amüsant, den Mann aus der Vogelperspektive zu sehen. Es ließ ihn winzig wirken, das Papier aber umso größer, was an der perspektivischen Verzerrung des Superweitwinkels lag. Die kleine Kamera übertrug das Bild gestochen scharf, wobei sie bloß aus einer handelsüblichen Drohne ausgebaut worden war. Dadurch ließ sich die Szenerie in Gänze betrachten oder im Detail, wobei das Objektiv auf den Körper ausgerichtet gewesen war, der bis vor kurzem an der Decke gehangen hatte.

Die Drohne verfügte über eine Funkreichweite von fünf Kilometern, was das Beobachten der Kameraaufnahmen aus sicherem Abstand garantierte. Man konnte die Bilder auf das Display der Fernsteuerung übertragen lassen oder auf eine App, was sehr viel praktischer war, denn ein Smartphone hatte man stets in der Tasche. Das hochauflösende Handydisplay hatte zudem eine viel bessere Qualität. Ja, wenn man heranzoomen würde, könnte man sogar die Kummerfalten im Gesicht des Mannes mit dem Zettel in der Hand zählen.

Der Polizist war Nick Beck. Dass er an Ort und Stelle war und mit dem Papier herumwedelte, konnte zweierlei bedeuten. Erstens: Beck hatte die Botschaft verstanden, die er ihm in den Briefkasten geworfen hatte, und seine Kollegen alarmiert. Seine Neugierde und Rachsucht hatten ihn hierhergeführt.

Zweitens: Die Polizei hatte Nick Beck aktiviert und geholt, weil er *der* Experte war.

Eigentlich schade, dass es schon vorbei war. Aber es war nun einmal erforderlich gewesen zu handeln. Deswegen der Zettel in Becks Briefkasten. Denn die Polizei benötigte offenbar einen Hinweis, weil sie zu dumm war, von selbst aktiv zu werden, und weil bislang niemand die Leiche gefunden hatte. Dass nun ausgerechnet heute Morgen Leute auf dem Abbruchgelände herumliefen und die Leiche entdeckt hatten – das war purer Zufall.

Aber gut: Nun war es doppelt heraus. Und in wenigen Stunden würden Hamburg und der Rest der Welt wissen, was geschehen war, und die Stadt würde in Angst und Schrecken versinken.

Dieser Winter der Wiederauferstehung würde der kälteste und dunkelste seit vielen Jahren werden.

6

Ragnar Wilk schloss die App auf dem Handy und trank seinen zweiten Kaffee, während er das Laptop in die Umhängetasche schob und sie zusammen mit der Daunenjacke von der Garderobe nahm.

»E-Mail?«, fragte Rieke.

Wilk schüttelte den Kopf und zog die Jacke an. »Nein«, erwiderte er, »ich habe nur nach dem Wetter geschaut. Es soll heute schneien.«

Rieke nickte, musterte ihren Mann mit einem Gesichtsausdruck, der alles und nichts bedeuten konnte, und wies dann mit der Stirn auf das große Fenster zur Terrasse.

»Dazu braucht es keine App. Das kann man auch so sehen«, sagte sie und fuhr sich durch das ergrauende Haar.

Sie hatte aufgehört, es zu färben. Manche Frauen ließ das alt aussehen. Rieke wirkte damit nur noch attraktiver. Sie trug eine Jeans und dicke Socken, dazu einen Kaschmirpullover. Im Flur standen die Winterstiefel, aus denen sie vorhin geschlüpft war, nachdem sie Nathan und Pia zum Gymnasium gefahren hatte. Die Zwillinge würden kommendes Jahr ihr Abitur machen und hatten die besten

Chancen, es mit einer Eins vor dem Komma abzuschließen.

Kleine weiße Krümel fielen vom Himmel und ließen sich auf dem Rasen und dem Dach des Holzhäuschens nieder, das Wilk vor einigen Jahren dort hatte zimmern lassen: sein privates Refugium, nachdem die Kinder immer mehr Platz im Haus beansprucht hatten. Als Schneefall konnte man das kümmerliche Rieseln zwar nicht bezeichnen. Trotzdem würde es wohl dazu führen, dass die Leute auf der Straße nur im Schneckentempo fuhren. Der erste Schnee. Das bedeutete in der Regel, dass die Menschen schlagartig vergaßen, wozu Winterreifen und Allradantriebe erfunden worden waren, und sobald die erste zarte weiße Decke auf den Straßen lag, verhielten sie sich, als steckten sie mitten in einem kanadischen Blizzard.

Die Folge waren lange Staus. Ragnar Wilk hasste Staus. So wie er alles hasste, was ihn unnötig aufhielt – insbesondere wenn er von unwichtigen Individuen blockiert wurde, die so austauschbar waren wie ein Tropfen Wasser in der Nordsee und Wilk mit belanglosen Tätigkeiten wie Einkaufen fahren blockierten. Allein der Gedanke daran ließ seinen Puls steigen. Dabei war doch klar, dass jedes Augenzwinkern von ihm bedeutungsvoller für die Welt war als das komplette Leben dieser Vollidioten, die im Sekundentakt auf die Bremse traten und nie schneller als Tempo 30 fuhren, wo 70 vorgeschrieben – *vorgeschrieben!* – war.

Aber Wilk hatte sich stets im Griff. Diese Ausraster bekam in der Regel niemand mit. Nicht Rieke, nicht die Kinder, keiner. Alles war unter Kontrolle und geschah unter Ausschluss der Öffentlichkeit.

Wilk hatte ja sowieso jahrelange Praxis darin, sich anzupassen und zu tarnen. Jeder hielt ihn für einen normalen Familienvater. Niemand zweifelte daran, dass er das war, manchmal nicht einmal er selbst. Er führte ein ordentliches Leben, ohne Aufsehen zu erregen. Mit der Familie fuhr er mehrmals im Jahr in den Urlaub. Er besaß ein Haus, hatte einen Bombenjob. Alles war perfekt.

Jedenfalls beinahe.

»Wie war der Verkehr?«, fragte Wilk und hängte die Tasche um.

Statt zu antworten, verdrehte Rieke die Augen und winkte ab. Dann griff sie nach ihrem Tablet, um sich mit ihrem Instagram-Account zu beschäftigen. Auf ihrem Kanal hatte sie mehr als fünftausend Follower, die sich für ihre Tipps zu Inneneinrichtung, Handtaschen, Pflegeprodukten und Rezepten interessierten. Seit zwei Jahren erhielt sie sogar Produkte umsonst und befasste sich mit den sozialen Medien inzwischen fast so intensiv wie mit ihrem Job als freiberufliche Werbetexterin. Sie hatte sich ein professionelles Mikrofon sowie eine Digitalkamera gekauft, mit denen sie ihre Storys aufnahm.

Wilk verstand nach wie vor nicht, was die Menschen täglich daran faszinierte, dass seine Frau einen Karton auspackte und kommentierte, was sie darin vorfand. Aber sie hatte Spaß, Bestätigung und Erfolg damit. Was wollte man mehr.

Nicht, dass es bei ihm anders war. Sein Job machte ihm nach wie vor Freude, und das Makeln mit Immobilien brachte eine Menge ein. Außerdem hatte er viele Kontakte, konnte hinter die Kulissen so mancher Privatreiche blicken und kannte die Stadt wie seine eigene Westentasche. Außerdem verschaffte es ihm jedes Mal Genugtuung, wenn er eine Wohnung oder ein Haus vermittelt hatte. Er fühlte sich wohl in dieser Machtposition, darüber zu entscheiden, wer schön wohnen durfte und wer nicht oder wer wo ein gutes Anlagegeschäft machen konnte.

Es gefiel Wilk, über Schicksale zu entscheiden. Immer schon. Und da er sich seit inzwischen eineinhalb Jahren am Riemen reißen musste, brauchte er genau dieses Gefühl umso mehr. Seitdem die Polizei ihn im Sommer fast geschnappt hätte – genauer gesagt: dieser Nick Beck –, hatte er ja nun kein Ventil mehr.

Seither blieb Wilk unter dem Radar. Keine neuen Morde, um nicht sich selbst und seine Familie in Gefahr zu bringen. Wilk war verflucht stolz auf sich. Es konnte sich wohl niemand vorstellen, mit welcher Anspannung und welchen Entzugserscheinungen er klarkommen musste. Doch er hatte es geschafft. Mit eisernem Willen. Nur die besten Männer verfügten über diese Tugend. Aber es war Wilk immer klar gewesen, dass die Abstinenz irgendwann ein Ende haben würde.

Er war ein Leopard, der in der Not zum Vegetarier verkommen war. Keiner konnte auf Dauer gegen seine Natur leben. Niemand.

Wilk zog den Reißverschluss der Daunenjacke zu, ging zu Rieke und gab ihr einen Kuss auf die Wange. Sie nahm ihn entgegen, ohne von ihrem Tablet aufzublicken.

»Könnte später werden«, sagte er.

»Klar«, erwiderte sie. »Bis dann.«

»Bis dann«, sagte Wilk, schnappte sich den Schlüsselbund und verließ das Haus.

Noch im Schließen der Tür öffnete er das Garagentor mit der Fernbedienung und dachte zum x-ten Mal in diesem Jahr, wie verflucht gut er es hatte. Eine tolle Frau, tolle Kinder, ein klasse Job, ein schickes Haus, und der Range Rover Evoque, dessen Heck nun erschien, roch immer noch nagelneu. Morgen hatten sie Hochzeitstag, den zwanzigsten, und er würde sich heute Abend deswegen verspäten, weil er nach einigen Besichtigungsterminen noch zum Juwelier fahren musste, um dort die neue Kette für Rieke abzuholen.

Wilk stieg ein, setzte rückwärts aus der Garage und verschloss sie wieder mit der Fernbedienung. Das Radio war bereits angesprungen und spielte den Song, bei dem die Playlist gestern gestoppt hatte. Helene Fischer sang: *»Ich will immer wieder dieses Fieber spüren, immer wieder mich an dich verlieren, will das Leben leben wie ein Tanz auf dem Vulkan.«*

Wilk gab Gas, fuhr durch die elegante Wohnstraße. Er kannte alle Nachbarn, und alle kannten ihn. Ein wertgeschätzter Mann. Niemand hatte eine Ahnung, wie sehr es Wilk danach dürstete, wieder mal das Fieber zu spüren, sich daran zu verlieren und erneut auf dem Vulkan zu tanzen. Er war sich sicher, dass keiner seiner Nachbarn eine Idee davon hatte, wie sich das anfühlte.

An der Kreuzung stoppte Wilk, ließ einer Fußgängerin den Vortritt, die eine dicke Pudelmütze und eine sündhaft teure Daunenjacke von Canada Goose trug. Als ob die Arktis in Hamburg angekommen wäre, bloß weil mal ein paar Krümel Schnee vom Himmel fielen, die auf der Straße zu einem braun-weißen Matsch verschmolzen. Es kotzte ihn an, dass diese Suppe seinen Wagen bespritzen und beschmutzen würde. Und es kotzte ihn an, dass Leute in Tausend-Euro-Jacken herumliefen, bloß um zu zeigen, dass sie sich Tausend-Euro-Jacken leisten konnten. Es war etwas vollkommen anderes, wenn Menschen wie Ragnar Wilk ihren Wohlstand genossen, und zwar in Stille. Nach außen hin sichtbare Label waren ihm nicht wichtig. Bei Autos war das zwar eine andere Sache. Aber auch hier reichte es ihm vollkommen aus, wenn er selbst wusste, welche Qualität er sich leisten konnte und wollte. Ihm waren die Meinung oder das Ansehen anderer Menschen vollkommen gleichgültig, denn Ragnar Wilk war sein eigenes Maß der Dinge. Niemand reichte an ihn heran, wozu also Menschen beeindrucken wollen, die in einer niedrigeren Liga spielten? Das wäre ja armselig.

Ebenso armselig wie diese Frau in ihrer teuren Jacke, die über die Straße schlich. Wahrscheinlich, damit auch noch der letzte Blödmann das Abzeichen auf ihrem Ärmel sah. Wilk stellte sich die Bewegungen ihrer Muskeln unter der Winterkleidung vor. Wie sie sich anspannten und entspannten. Wie sie verkrampften, wenn er ihr Gesicht in eine der Pfützen pressen würde, indem er einen Stiefel in ihren Nacken stemmte. Wie es sich wohl anfühlte, im drei Zentimeter tiefen Dreckwasser ersäuft zu werden, und ob ihre verfickte Tausend-Euro-Jacke sie dann irgendwie retten würde?

Einen Moment später kam die Frau auf der anderen Straßenseite an. Wilk konzentrierte sich wieder auf den Verkehr und fädelte auf die Straße ein, die ihn ins Büro im Zentrum bringen würde. An der nächsten Ampel stellte die Automatik Helene Fischer auf stumm und die Nachrichten von Radio Hamburg mit den Verkehrshinweisen ein.

Wilk hörte beiläufig zu. Es gab Neuigkeiten aus den USA und einen Flugzeugabsturz in Nigeria sowie Probleme mit irgendeiner Gesetzesnovellierung im Bundestag und einen Mord in Hamburg. Nichts Besonderes. Es gab hier pro Woche wenigstens ein Tötungsdelikt. Okay, richtige Morde gab es eher nur einen im Quartal, und die Polizei hatte ihre Statistik erheblich verbessert, nachdem Ragnar Wilk seine Zwangspause einlegen musste.

Doch er wurde blitzartig hellhörig, als die Sprecherin sagte: »… Identität der aufgefundenen weiblichen Leiche ist zurzeit noch unbekannt. Es gebe keinen Zweifel daran, dass es ein vorsätzliches Tötungsdelikt sei, so ein Polizeisprecher. Ob es sich um ein neues Opfer des Elbrippers handelt, wollte die Staatsanwaltschaft weder dementieren noch bestätigen und verwies auf eine Pressekonferenz am späteren Nachmittag. Radio Hamburg bleibt natürlich für euch am Thema …«

»Ha!«, machte Wilk und hieb mit dem Handballen aufs Lenkrad. Was war das denn? Hatte er richtig gehört? Elbripper? Wie kamen die denn darauf, um Himmels willen?

Er lauschte den letzten Lokalnachrichten. Dann folgten die Staumeldungen, und schließlich sprang das Radio wieder zurück zu Helene Fischer. Der Verkehr wurde immer dichter, je näher es in Richtung City ging, und kam schließlich zum Stillstand. Wilk öffnete den Reißverschluss seiner Jacke und nahm das Handy aus der Innentasche. Er öffnete Google und suchte nach »Hamburg« und »Mord« und »Elbripper«. Verschiedene Onlinemedien brachten detaillierte Infos darüber, dass heute Morgen am Grasbrook in einem leerstehenden Gebäude eine weibliche Leiche gefunden worden war und es sich ohne Zweifel um einen Mord handelte. Es gab Insider-Hinweise, die auf Parallelen zu den Elbripper-Fällen hindeuteten, wenngleich es sich um das erste Opfer des Elbrippers seit fast zwei Jahren handelte und die Hansestadt bis dato angenommen hatte, von diesem Fluch befreit zu sein.

Von wegen, ihr seid von diesem Fluch befreit, dachte Wilk, ich mache bloß eine Kunstpause. Er legte das Handy zur Seite, als der Verkehr wieder zu fließen begann. Aber wie dem auch sei, dachte Wilk und pfiff die Melodie von

»Atemlos« mit, irgendein frecher kleiner Killer ließ die Menschen sofort an den Elbripper denken.

Das war sicherlich schmeichelhaft. Doch mit dieser Toten hatte Ragnar Wilk absolut nichts zu tun. Die Frage aber war, und Wilks Interesse war rein professioneller Natur: Wer dann?

7

»Wieder einer dieser Tage?«

»Mehr oder weniger«, sagte Nick und betrachtete das Glas auf dem Tresen. Es war mit Bier gefüllt. Maximal eins am Tag – mehr erlaubte sich Nick schon seit Wochen nicht, die inzwischen zu Monaten geworden waren.

Jenny wischte mit einem Tuch über die Theke und schmunzelte. Bei jeder Bewegung klirrte ihr Jadeschmuck. Im Hintergrund lief ein Song von Don Henley in der Jukebox des »Roadhouse« – ein Diner im klassischen amerikanischen Stil an der Bundesstraße. Jenny sah aus wie eine alte Indianerin oder wie jemand, der es in den Siebzigern locker backstage zu den Grateful Dead geschafft hätte. Sie führte den Laden, der leer war bis auf sie und ihn und zwei Pärchen, die in den Nischen saßen und Hamburger aßen.

»Diese besonderen Tage werden häufiger, hm?«

»Hast du mir schon mal gesagt«, erwiderte Nick und streifte mit dem Zeigefinger einige Wasserperlen vom Glas ab.

»Und was ist es heute?«

»Memorial Day. Eine Art Wiedersehen mit einem alten Bekannten.«

»Die Schatten der Vergangenheit holen uns immer wieder ein.«

»Das tun sie.«

»Aber du bekommst trotzdem nicht mehr als ein Bier.«

Nick lächelte und nippte am Glas. Er hatte Jenny vor einiger Zeit das Versprechen abgerungen, ihn rauszuwerfen, falls er in der kommenden Zeit jemals nach mehr verlangen würde. Sie setzte sich in Bewegung, als eines der Pärchen sich bemerkbar machte. Nick blickte wieder auf sein Glas. Dann zog er das Telefon aus der Tasche. Er legte es neben den Bierdeckel, um eine Webseite aufzurufen und einen kurzen Videoclip von der Pressekonferenz von heute Nachmittag anzusehen sowie den dazugehörigen Text zu lesen.

Das Video zeigte den Staatsanwalt beim Reden und Aufnahmen vom Grasbrook, wo die Tote gefunden worden war. Nach wie vor gab es noch keine Hinweise auf deren Identität. Die Medien hatten sich bereits darauf eingeschossen, dass es sich um das neueste Opfer des Elbrippers handeln musste. Von den Behörden wurde das öffentlich weder bestätigt noch dementiert. Allerdings war sich Nick sicher, dass niemand bei Polizei und Staatsanwaltschaft daran zweifelte, dass der Elbripper zurückgekehrt war, wenngleich sich seine Methoden offensichtlich verändert hatten. Er hatte sich entwickelt, hatte ein neues Level erreicht. Nick fragte sich, was das Symbol darstellen sollte.

Er rief die Fotodateien auf, starrte auf das Handydisplay und betrachtete das Symbol, das der Killer an die Wand des Tatorts geschmiert und ihm auf Papier in den Briefkasten geworfen hatte. Es sah aus, als habe ein Graffiti-Künstler ein Strichmännchen gezeichnet – mit jeweils einem Pfeil als Kopf und Hände und geschlängelten Linien als Arme sowie einer Spirale als Bauch. Es war kein einfach gestaltetes Zeichen, wobei es am Tatort weniger komplex dargestellt worden war als auf dem Zettel in Nicks Briefkasten.

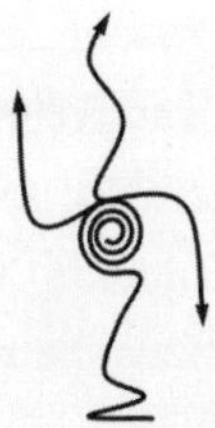

Das mit dem Briefkasten war eine Sache, die ihn beunruhigte. Es bedeutete, dass der Killer wusste, wo Nick wohnte. Es bedeutete außerdem, dass er sehr wahrscheinlich persönlich gekommen war, um den Brief einzuwerfen. Der Tod hatte vor Nicks Haustür gestanden.

Warum war er nicht hereingekommen und hatte erledigt, was er vor eineinhalb Jahren nicht geschafft hatte? Warum tauchte er ausgerechnet jetzt wieder auf?

Er dachte darüber nach, ob er jemanden kannte, der ihm mit der Deutung des Zeichens weiterhelfen könnte. Tatsächlich fiel ihm jemand ein.

Nick schloss den Ordner mit den Fotos und steckte das

Handy zurück in die Tasche. Er legte einen Zehn-Euro-Schein auf die Theke und verließ das »Roadhouse«. Dann setzte er sich in den Mercedes und fuhr nach Hause. Wie jedes Mal lief ihm auch heute ein Schauder über den Rücken, als er an der Abbiegung zu der kleinen Seitenstraße vorbeikam. Jene Straße ... Er hatte sie im Sommer als Schleichweg gewählt, weil er betrunken aus dem »Roadhouse« gekommen war, und auf dieser Straße ...

Der harte Schlag gegen das Frontrad.

Das Rumpeln.

Kalte, weiße Haut.

Regentropfen wie Tränen in gebrochenen Augen.

Nein, besser nicht daran denken.

Wenige Minuten später kam er nach Nordbek – ein Kaff im Nirgendwo zwischen Hamburgs Norden und Schleswig-Holsteins Süden. Es war nicht mehr als eine Ansiedlung von Häusern entlang der Hauptstraße und verfügte nicht einmal über ein vernünftiges Ortsschild. Dafür aber über eine freie Tankstelle mit angeschlossener Reparaturwerkstatt und einem kleinen Gebrauchtwagenhandel. In dem heruntergekommenen Wohnhaus, das etwas versetzt nach hinten lag, hatte Nick ein Apartment gemietet.

Jetzt fuhr er auf den Hof, stellte den Mercedes vor dem Werkstatttor ab und tippte sich mit dem Finger an die Stirn, um die Kollegen zu grüßen, die ihren Streifenwagen in einer Haltebucht auf der anderen Straßenseite geparkt hatten. Natürlich wurde das Haus jetzt überwacht, nachdem der Elbripper hier mit einer Postwurfsendung vorstellig geworden war. Nach Nicks Einschätzung war es zwar die falsche Strategie, den Wagen hier so deutlich sichtbar zu platzieren und den Kerl zu verschrecken, statt verdeckte Überwachungskameras zu installieren, aber das war nicht sein Problem.

Er ging ins Haus, betrat seine Wohnung, zog sich aus, stellte die Dusche an und ließ sich den Nacken vom heißen Wasserstrahl massieren. Er fragte sich, wie lange der Elbripper ihn schon beobachtet hatte und wie er überhaupt hatte herausfinden können, wo Nick wohnte. Er dachte erneut darüber nach, warum es dem Ripper wichtig war, Nick persönlich auf sich aufmerksam zu machen. Ging es um ein Spiel? Wollte er ihn verhöhnen? Oder war es vielmehr eine Herausforderung?

Nick stellte die Dusche aus. Er merkte auf, als er Geräusche aus dem Wohnzimmer hörte. Eine gedämpfte Stimme dazu.

»Nick?«

Jemand hämmerte mit der Faust gegen die Tür.

»Nick!«

Er trat aus dem Bad, die Haare noch feucht, ein Handtuch um die Hüften geschlungen. Das Hämmern hörte nicht auf. Die weibliche Stimme klang verzweifelt. Eine männliche gesellte sich dazu. Sie kam von vor dem Haus, brüllte Flüche, und es klang, als trete jemand gegen die Tür oder werfe etwas dagegen.

Nick öffnete. Vor ihm stand Lola, die Augen weit aufgerissen. Seit dem Herbst trug sie die Haare raspelkurz und fast so weiß gefärbt wie die vereinzelten Strähnen in Nicks Haaren – mit dem Unterschied, dass seine Natur waren. Lola reichte Nick gerade bis zur Brust. Sie trug einen Norwegerpulli, eine Jogginghose und war ungeschminkt, was ein früheres Akneproblem offenkundig machte. Trotzdem war sie hübsch, auch ohne Make-up. Gefährlich hübsch.

Sie musterte ihn von oben bis unten und sagte: »Heitzer steht vor der Tür. Er dreht am Rad. Du musst irgendwas machen.«

»Halt dir einfach die Ohren zu.«

»Der tritt gerade die Tür ein.«

»Die ist stabil.«

Abgesehen davon, dachte Nick, würde Heitzer mit dem Spektakel die Kollegen im Streifenwagen auf sich aufmerksam machen, die er entweder nicht bemerkt hatte oder geflissentlich ignorierte. Lola wusste nichts von dem Zettel im Briefkasten und der Überwachung. Nick hatte noch nicht mit ihr reden können, was er nachholen und sie außerdem fragen würde, ob ihr am frühen Morgen etwas oder jemand aufgefallen war.

»Nick«, flehte sie. »Kannst du nicht irgendwas machen? Bitte?«

Er drehte Lola den Rücken zu, warf das Handtuch auf den Boden und zog sich an. Er kümmerte sich nicht darum, dass sie ihn von hinten nackt sehen konnte.

»Nick? Ich meine – hallo? Was machst du denn da?«

»Ich ziehe mich an, um mich um deinen Mann zu kümmern«, erwiderte Nick, stieg in die Unterhose und zog sich dann ein T-Shirt über, griff nach der Jeans und einem Paar Socken.

»Exmann«, sagte Lola, während das Fluchen und Wummern an der Haustür lauter wurden.

Ein Exmann, der vom Alter her auch ihr Opa sein könnte, dachte Nick. Außerdem war die Ehe seines Wissens noch nicht geschieden. Sie war ja erst im Spätsommer geschlossen worden.

»Drehst du deinen Vermieterinnen immer den nackten Hintern zu, Nickieboy?«

»Nur denen, die ihn schon kennen.«

Lola sparte sich einen Kommentar.

»Heitzer darf hier nicht sein«, sagte sie stattdessen. »Er hat eine einstweilige Verfügung erhalten. Er darf sich mir nicht nähern.«

»Ich weiß«, antwortete Nick.

Immerhin hatte er persönlich dafür gesorgt, dass Heitzer sich von Lola fernhalten musste. Was nur leidlich klappte. Das hier war nicht Heitzers erster Verstoß gegen die neuen Regeln. Seine Beziehung zu Lola und ihre zu ihm blieb … speziell. Nachdem Nick hergezogen war, hatte er das schnell festgestellt. Da war außerdem der Altersunterschied von mehr als vierzig Jahren, und es gab häusliche Gewalt. Die beiden führten die Tankstelle und die Werkstatt zu der Zeit noch gemeinsam. Genauer gesagt: Alles gehörte Heitzer, und seine damalige Verlobte Lola arbeitete für ihn.

Mit seinem Einzug war Nick in eine extrem komplizierte Lage katapultiert worden. Als sie fast eskalierte, hatte Nick Lola zugesichert, Mittel und Wege zu finden, um ihr Heitzer vom Hals zu schaffen, denn Lola wollte ihn trotz allem nicht verlassen. Ihr Plan war vielmehr, sich die Tankstelle, das Haus und die Werkstatt unter den Nagel zu reißen, weswegen sie Heitzer vor drei Monaten kurzfristig geheiratet hatte. Na ja, und Lola hielt etwas gegen Nick in der Hand. Daher hatte er seine Zusage halten müssen und Heitzer wegen Körperverletzung und Missbrauch angezeigt. Was wiederum dafür sorgte, dass sich Heitzer seinem eigenen Besitz – der Tankstelle, der Werkstatt und dem Wohnhaus – nun nicht mehr nähern durfte und Lola den Laden zusammen mit Frankie führte, Heitzers Angestelltem, mit dem sie darüber hinaus ein Verhältnis hatte. Wie gesagt: Es war kompliziert. Und Nick fand es ehrlich gesagt vollkommen nachvollziehbar, dass Heitzer am Rad drehte.

Er zog seine Doc Martens an. Schließlich ging er zur Tür. Lola trat einen Schritt zur Seite, um ihm Platz zu machen. Nick ging die Treppe hinab. Er öffnete die Tür, und Heitzers Faust kam ihm entgegen.

Nicks Reaktionen hatten sich verbessert, seitdem er nicht mehr trank. Bevor er zur Mordkommission gekommen war, hatte er außerdem beim SEK gearbeitet, davor in einer Spezialeinheit beim Bundesgrenzschutz, als der noch nicht Bundespolizei hieß. Er war durchtrainiert, und mit dem Nerven- und Muskelgedächtnis war es wie mit dem Fahrradfahren: Manche Dinge verlernte man nie.

Weswegen Nick innerhalb eines Wimpernschlags mit dem Oberkörper auswich und gleichzeitig die Hände nach oben riss. Sie legten sich wie ein Schraubstock um Heitzers Handgelenk und drehten es ihm auf den Rücken, worauf Heitzer aufschrie und eine Pirouette vollzog. Im nächsten Moment winkelte Nick den Unterarm an, presste Heitzer den Ellenbogen ins Genick und sein Gesicht gegen den Türrahmen.

»Lass mich los!«, bellte Heitzer. »Was soll das? Ich konnte ja nicht wissen, dass du aufmachst! Ich wollte bloß anklopfen, Mann!«

»Wo wolltest du anklopfen? An Lolas Kopf?«

»Diese verdammte Schlampe! Lass mich los, verflucht …«

Heitzer war außer sich und nach Nicks Einschätzung in noch schlechterer Verfassung als üblich. Die weißgrauen Haare waren ungewaschen und standen ihm wirr vom Kopf ab. Sein schmuddeliger Bart hing ihm in Strähnen von den Wangen. Die Winterjacke war völlig verdreckt. Er sah aus wie jemand, der unter Brücken schlief.

»Das ist ein erneuter Verstoß gegen deine Auflagen«, sagte Nick. »Dafür kann ich dich in den Bau gehen lassen, Heitzer.«

»Ich scheiße auf die Auflagen! Was hat sie dir versprochen, damit du ihr hilfst, Bulle? Reißt sie sich mit dir zusammen meinen Besitz unter den Nagel? Was macht sie mit dir, he?« Heitzer versuchte, sich aus Nicks Griff zu winden und ihm mit den Hacken seiner Schuhe auf die

Füße zu treten, was nicht wirklich gut klappte und eher einem Stepptanz als ernsthafter Gegenwehr glich. »Lutscht sie dir täglich den Schwanz, oder was? Sie lässt dich fallen wie eine heiße Kartoffel, wenn sie mit dir fertig ist, du Vollidiot! Und ich hab dich in meinem Haus wohnen lassen und deine Scheißkarre repariert und …«

Durch die Docs spürte Nick Heitzers Tritte kaum. Trotzdem drückte er den Ellenbogen fester in Heitzers Nacken, dessen Wange flach gegen den Türrahmen gepresst wurde. Speichel sprühte gegen das Holz, während er schrie und fluchte.

»Ganz ruhig, Heitzer«, murmelte Nick. Er blinzelte mit den Augen, als ein Lichtstrahl ihn traf. Der Schein einer Taschenlampe. Zwei Männer kamen näher. Die Polizisten aus dem Streifenwagen.

»Was ist hier los?«, fragte einer.

»Tja«, sagte Nick zu Heitzer, »zu spät. Jetzt gehst du in den Bau.«

Heitzer rief irgendetwas von Polizeigewalt und Betrug und Diebstahl und Brutalität.

»Nick?«, fragte der andere Polizist.

Nick erkannte im Licht der Außenleuchte, als ihm die Maglite nicht mehr direkt ins Gesicht schien, dass es Dornberg war – Nicks Kollege, der ebenfalls im Bezirksdienst tätig war. Sie sahen sich fast täglich auf der kleinen Polizeistation in Duvenstedt, einem zwischen Wald und Feldern gelegenen Dorf an der Alster weit vor den Toren Hamburgs.

»Der Kollege hier«, sagte Nick, »verstößt erneut gegen seine Auflagen. Es gibt mehrere amtliche Anordnungen, dass er das Gelände nicht betreten und sich seiner hier lebenden Frau nur bis auf hundert Meter nähern darf. Missbrauchsgeschichte. Außerdem wollte er mir eine reinhauen, als ich die Tür öffnete. Er nahm wohl an, seine Nochgattin würde öffnen.«

»Oh, oh … Das ist ganz schlecht«, sagte Dornberg. »Beides.«

»Anklopfen wollte ich!«, brüllte Heitzer.

»Mit einer rechten Geraden?«, fragte Nick.

»Wir übernehmen den Patienten, fahren mit ihm ins Warme und schauen uns das mal in Ruhe an. Ich schicke gleich einen Ersatzwagen zur Überwachung«, sagte Dornberg, während sein Kollege, den Nick nicht kannte, die Handschellen vom Einsatzgürtel löste und dem schimpfenden Heitzer anlegte. Schließlich führten die beiden Polizisten ihn ab.

Nick schloss die Tür und drehte sich um. Lola, die alles mitangesehen hatte, stand mit verschränkten Armen vor der Treppe im Flur.

»Danke«, sagte sie.

»Bitte«, erwiderte Nick und trat näher.

»Woher kamen die denn auf einmal?«, fragte sie.

»Sie überwachen das Haus.«

Lola machte große Augen. »Wegen Heitzer?«

»Nein, wegen mir.«

»Ähm …«

»Jemand, der gesucht wird, hat etwas in meinen Briefkasten geworfen. Ist dir gestern früh oder tagsüber etwas aufgefallen? Oder heute? In der Nacht – irgendwelche Geräusche?«

Lola dachte nach und schüttelte dann den Kopf. »Nein. Nichts. Wer war das denn?«

»Ein alter Bekannter, den wir gerne festnehmen würden.«

»Und was hat er in den Briefkasten geworfen?«

»Eine persönliche Nachricht. Manchmal können die Burschen, die man mal gejagt oder verhaftet hat, nicht von einem loslassen.«

»Wow«, machte Lola und fuhr sich über die kurzen Haare. Sie lächelte verlegen. Etwas blitzte in ihren Augen. Lola stand auf Gefahr und Nervenkitzel. Das hatte Nick bereits leidlich erfahren. »Ist das jemand, der dich umlegen will oder so?«

»Wenn er das gewollt hätte, hätte er es bereits getan.«

»Brauche ich jetzt eine Waffe?«

»Nein.«

»Ich kann mir ja deine holen.«

Nick sagte kein Wort.

Lola kaute auf der Unterlippe.

»Du hast nichts gesehen?«, fragte Nick noch einmal.

»Nichts Ungewöhnliches, nein.«

»Falls dir doch noch etwas einfällt, sag mir Bescheid.«

»Klar.«

Nick ging die Treppe hinauf.

»Nick?«

Nick blieb stehen, ohne sich umzudrehen.

»Stecken die Heitzer jetzt echt in den Knast?«

»Wahrscheinlich. Die mehrfachen Verstöße, der versuchte Angriff gegen mich …«

»Dann muss ich mir wegen ihm keine Sorgen mehr machen?«

»Ich denke, nein. Vermutlich nicht.«

»Und wegen deinem *Bekannten*?«

»Nein«, erwiderte Nick und ging weiter. »Wegen dem musst du dir absolut keine Sorgen machen.« Es reichte aus, wenn er das tat.

Und das tat er.

8

»Wir stocken die SoKo Elbripper wieder auf«, sagte Gregor Franz, schob die Hände in die Hosentaschen und blickte in die Runde.

Cleo blinzelte. Die Sonne schien grell durch die Fenster im Besprechungsraum. Der Chef des Morddezernats stand zwischen Bildschirmen vor einer großen Pinnwand. Er trug eine dunkle Hose und einen dunklen Rollkragenpullover, der über dem Bauchansatz etwas spannte. Seine eisblauen Augen waren kristallklar, die Falten im Gesicht hingegen wirkten so, als ob er von morgens bis abends Camel ohne Filter rauchte, was er aber nicht tat. Angeblich war er sogar militanter Nichtraucher und leidenschaftlicher Rennradfahrer, der in jedem Urlaub in Südfrankreich oder den Dolomiten die Berge rauf- und runterfuhr, was man ihm wiederum nicht ansah.

Cleo hoffte, dass irgendeiner von den rund fünfzehn Kollegen im Raum gleich aufstehen und die Jalousien herunterlassen würde. Ihr selbst war das zu anstrengend. Sie konnte sich nicht mehr gut bewegen. Die Füße taten ihr weh. Immerhin waren sie noch zu spüren und somit vorhanden, denn sehen konnte sie sie bereits seit einiger Zeit nicht mehr. Der Babybauch verhinderte das. Er verhinderte auch jede Menge andere Dinge, zum Beispiel das Tragen von einigermaßen erträglich aussehenden Hosen und Pullovern oder Hemden. In den letzten Wochen und Monaten hatte sie sich eine komplett neue Garderobe im Internet bestellen müssen, weil sie nur dort Sachen gefunden hatte, die wenigstens ein bisschen hübsch waren und nicht nur praktisch.

»Allerdings«, sagte Franz, »nicht auf die bisherige Stärke. Trotzdem fahren wir wieder hoch. Alle hier im Raum sind dabei. Und bei Bedarf legen wir nach.«

Tja, das war gerade mal die Hälfte der rund dreißig Leute, die die SoKo Elbripper noch unter Nick Becks Leitung umfasst hatte. Nachdem der Ripper von der Bildfläche verschwunden war und Nick sich hatte versetzen lassen, war die Personalstärke reduziert worden. Am Ende befassten sich nur noch etwa fünf Leute mit dem Fall, und das auch nicht rund um die Uhr.

Endlich stand einer auf, ging zum Fenster und betätigte den Schalter für die Jalousien. Gregor Franz legte solange eine Pause ein. Als Franz einen Schritt zur Seite ging und sich einen neuen Kaffee eingoss, konnte Cleo nun die Bildschirme und auch die Whiteboards gut sehen.

Am linken Whiteboard hingen Fotos von den elf bisherigen Opfern. Cleo kannte sie alle. Jedes Gesicht, jeden Namen, jede Geschichte, jedes Detail. Sie hatte den Fall intensiv studiert, während sie noch im Drogendezernat gewesen war, und sich insgeheim gewünscht, daran mitarbeiten zu können. Der Wunsch hatte sie außerdem motiviert, im letzten Sommer eine FBI-Fortbildung über Serientäter zu belegen.

Die Frauen waren im Alter zwischen dreiundzwanzig und einundvierzig Jahren. Manche waren hübsch, andere eher Durchschnitt. Einige wirkten sympathisch und lächelten. Von anderen gab es nur Personalausweisbilder, auf denen jede aussah wie eine gesuchte Terroristin.

Die erste Tote war vor zehn Jahren gefunden worden, die nächste zwei Jahre später. Der Modus war identisch, weswegen die Polizei schnell wusste, dass sie es mit einem Serienmörder zu tun hatte.

Schließlich erhöhte sich die Frequenz. Im Folgejahr gab es zwei neue Tote, dann wieder nur eine. Schließlich setzte der Mörder ein Jahr lang aus, um anschließend wiederum zwei Frauen umzubringen. Dabei blieb es dann, bis er zuletzt nachlegte und zwei Morde innerhalb des halben Jahres beging, in dem Nick und Betty Duschkow ihn beinahe gefasst hatten und er anschließend von der Bildfläche verschwand. Betty, ja, die musste man natürlich auch dazuzählen, allerdings nur als Kollateralschaden.

Abgesehen von den Familien und Freunden der Toten hatten die Elbripper-Morde Hamburg über einen langen Zeitraum hinweg in Angst und Schrecken versetzt und die Lebensqualität massiv eingeschränkt. Die Menschen hatten befürchtet, sie oder ihre Liebsten könnten das nächste Opfer werden. Frauen, die alleine unterwegs waren, sah man kaum noch in der Stadt. Sie gingen stets in Gruppen oder zumindest in Begleitung aus dem Haus. Es bildeten sich Nachbarschaftspatrouillen, die die Straßen überwachten. Auf St. Pauli fuhren die Zuhälter die Sicherheitsstufe massiv hoch – und natürlich legten sich die Menschen mehr und mehr Waffen zu, legale und illegale. An der Elbe war abends kaum noch etwas los, weil sich niemand mehr zum Spazierengehen im Dunkeln dorthin traute. Die Taxibranche verzeichnete deutliche Zuwachsraten – was sicherlich auch für die Medien galt, die die Sache am Kochen hielten und über Jahre hinweg fast täglich irgendetwas über den Elbripper brachten.

Außerdem wurde die Polizei auf Trab gehalten, denn es hagelte nach jedem neuen Mordfall Hinweise und Verdächtigungen von immer den gleichen Irren, die sich wichtigmachen wollten. Dennoch musste man allen Anrufen und E-Mails nachgehen. Gelegentlich waren sogar zivile Verhaftungen vorgenommen worden, wenn hypernervöses Sicherheitspersonal nachts in den Gewerbezonen Personen gesehen hatte, die sich nach ihrer Meinung verdächtig verhielten. Ja, auf St. Pauli hatte man sogar ein paar schräge Freier dingfest gemacht, zur Wache geschleppt und als Elbripper präsentiert. Nur war der echte nie dabei gewesen.

Opfer Nummer zwölf kam nun dazu, das Opfer vom Kleinen Grasbrook, eine nach wie vor Unbekannte. Allerdings ließ sich das Umfeld, in dem nach ihrer Identität zu suchen war, eingrenzen. Drei Viertel der Elbripper-Opfer waren Prostituierte, von denen es in Hamburg jede Menge gab. Aber bei allen hatte es sich um solche gehandelt, die auf ihre eigene Rechnung arbeiteten – also nicht im Bordell. Die übrigen Opfer waren Zugezogene – alleinstehende Studentinnen oder Frauen, die neue Jobs in der Stadt anfingen.

Einerseits gab es also Opfer, die neu in Hamburg waren, sich hier noch nicht auskannten und sozusagen ganz allein und unbehütet in der großen Stadt unterwegs waren – und andererseits die Frauen, die man für Sex bezahlte und die auf eigene Rechnung arbeiteten. Vielleicht, so hatte Cleo immer angenommen, waren Schutzlosigkeit und Schutzbedürftigkeit bei der Opferauswahl für den Killer wichtig – es bedeutete ein geringeres Risiko. Oder es ermöglichte ihm den Zugang zu den Opfern, weil die Frauen vielleicht auf irgendeine Art und Weise »Schutz« bei ihm gesucht hatten, ein Psychologe oder ein Sozialarbeiter, ein Arzt, etwas in der Art. Es sprach außerdem viel dafür, dass Opfer und Täter sich gekannt haben könnten, denn an keiner Leiche waren Abwehrspuren gefunden worden, die für eine Überwältigung sprechen würden.

Außerdem hatte der Mörder seine Opfer erwürgt, was eine sehr persönliche Art des Tötens war. Allerdings konnte das auch eine Ersatzhandlung sein, weil das Opfer für den Täter eine Person symbolisierte, auf die sich sein Hass entlud. Mit dem Erwürgen ließ er sich nach Aussagen der rechtsmedizinischen Gutachten Zeit. Er brachte die Opfer immer wieder an den Nahtod oder zur Bewusstlosigkeit und setzte dann nach, wenn sie wieder zu sich kamen. Dazwischen vergewaltigte er sie – es war unklar, ob sie da bei Bewusstsein waren oder nicht. Schließlich tötete er sie, vernähte ihnen Mund und Vagina und legte sie in der Nähe der Elbe ab.

Es war außerdem bekannt, dass der Killer den Ablageort immer wieder aufsuchte, um seine Opfer zu betrachten oder seine Taten noch einmal zu durchleben. Es waren entsprechende Fußspuren sowie mehrfach Hinweise gefunden worden, dass die Leichen postmortal bewegt worden waren.

Genau das hatten sich Nick Beck und Betty Duschkow zunutze gemacht, als das letzte Opfer des Killers gefunden worden war. Nick hatte die Leiche einfach an Ort und Stelle liegen lassen und überall Beobachtungsposten aufgestellt. Nick und Betty war dabei ein Mann aufgefallen, den sie ansprechen wollten und der dann die Flucht ergriff. Sie verfolgten ihn auf das Abbruchgelände einer alten Fabrik – und der Rest war Geschichte. Der Killer entkam. Bei einem Kampf stieß er Betty vom Dach, was Nick nicht verhindern konnte und wofür er sich bis heute die Schuld gab. Immerhin hatten sie am Ende eine vage Täterbeschreibung: zwischen fünfunddreißig und fünfundvierzig Jahre alt, mittlere Statur und Körpergröße, athletisch, unauffälliger und durchschnittlicher Kleidungsstil.

Gregor Franz straffte sich. Dann sprach er weiter. »Es ist offensichtlich, dass der Killer seinen Modus verändert hat. Statt persönlich zu den Tatorten zurückzukehren, nutzt er jetzt moderne Übertragungstechnik. Die Kamera ist im Labor, wir warten auf die Auswertung, um was für eine Art Kamera und welches Modell es sich handelt. Dann ist da dieses Zeichen, das er mit Blut an die Wand gemalt und das er Nick Beck geschickt hat. Auch das ist neu. Beides. Zeichen und Blut. Alle bisherigen Tatorte waren sauber. Ich will so schnell wie möglich wissen, was die Signatur bedeuten soll. Denn immerhin heißt das, dass der Killer mit uns kommunizieren will.«

Franz legte eine kurze Pause ein. Tja, dachte Cleo, und vielleicht dachten alle anderen im Raum gerade genau das Gleiche: Nick Beck wäre jetzt besser hier als in Uniform im Bezirksdienst aufgehoben. Keiner kannte den Mörder und die bisherigen Fälle so gut wie er. Und der Killer schien zu wissen, wer Nick Beck war, wusste, wo er wohnte, und hatte Kontakt mit ihm aufgenommen.

Franz brach sein Schweigen. »Janson und Schultz übernehmen die Leitung der SoKo. Das war's zunächst von mir. Ihr übernehmt«, sagte er und nickte den beiden zu, die in der ersten Reihe auf den verdammt unbequemen Stühlen saßen, bevor er selbst auf einem solchen Platz nahm. Schultz hatte ebenso wenig Haare wie Franz. Er war ein wortkarger, unauffälliger Typ, der heute einen Norwegerpullover trug, in dem sich Cleo in diesem aufgeheizten Raum totschwitzen würde. Janson wiederum hatte halblange, im Nacken zum Dutt gebundene Haare und einen Hipsterbart. Zu seiner Cargohose mit Camouflageprint trug er ein Jeanshemd.

Cleo lächelte in sich hinein. Sie gönnte es den beiden. Außerdem waren sie im Sommer gewissermaßen ihre Trittbretter gewesen, um sie in das Morddezernat zu wuppen, nachdem sie wegen ihrer Schwangerschaft aus dem Drogendezernat abgezogen und quasi ins »Lokale« versetzt worden war. Dort musste sie sich mit einer Vermisstensache beschäftigen, die sich – zugegeben – als überhaupt nicht so öde herausstellte, wie Cleo zunächst gedacht hatte. Absolut nicht.

Kurz dachte sie an Fanny Monecke und daran, dass einige Details des Falls noch nicht vollkommen aufgeklärt waren. Die junge Frau war im Sommer ermordet und die Leiche in einem Wald gefunden worden. Bei der Obduktion hatte die Rechtsmedizin Verletzungen festgestellt, die wohl davon stammten, dass Fanny von einem Auto angefahren worden war. Wenngleich sich die Ursache und die Hintergründe ihres Todes geklärt hatten, blieb immer noch die offene Frage nach dem Auto und wer es gefahren hatte. Und etwas an dem Fall, ein unbestimmtes Gefühl, ließ sie einfach nicht los, weswegen sie die Fallakten angefordert hatte, um sich die Obduktionsergebnisse sowie die Resultate der Spurensicherung mit etwas zeitlichem Abstand noch einmal anzuschauen. Sie sollten eigentlich schon eingetroffen sein, und Cleo …

»Hallo, Torner?«, hörte sie Jansons Stimme. Er grinste und fuhr sich über den Bart. »Weißte, ich finde es super, alles doppelt sagen zu müssen.«

»Oh.« Cleo blinzelte, spürte alle Blicke auf sich und ihre

Wangen erröteten. Na toll, so was hatte sie schon in der Schule gehasst. »Entschuldigung, ich habe gerade nachgedacht …«

»Schon okay, nachdenken ist ja nie verkehrt. Ob du dich bitte um Beck kümmern würdest – die Aufgabe wäre noch offen.«

»Nick? Beck? Ich?«

»Ja. Weil du vielleicht besser an ihn herankommst als wir alle. Ihr beide, letzten Sommer – verstehste? Und wir können dich kaum zum Klinkenputzen schicken oder dich durch die Gegend fahren lassen, so schwanger, wie du bist. Du hast nur noch eine Woche Dienst, okay, aber mit Beck reden sollte wohl drin sein.«

Cleo holte Luft. Inzwischen hatte sie sich daran gewöhnt, als Schwangere beinahe wie eine Kranke oder Behinderte behandelt zu werden. Wobei sie sich tatsächlich zunehmend behindert fühlte. »Wir brauchen ihn doch bloß anzurufen. Selbstverständlich wird er kommen und uns helfen, wo er kann. Er hat doch wegen Betty auch ein persönliches Interesse, den Elbripper zu schnappen, und …«

»Darum geht es nicht«, sagte Schultz trocken. Sein Handy klingelte. Er ging ran.

»Weißte«, übernahm Janson, »Schultz und ich waren bei der Obduktion. Und wie es aussieht, hat sich bei unserem Killer in der letzten Zeit ziemlich viel aufgestaut. Das war nicht schön. Wirklich nicht. Es war sogar noch mieser als bei den vorherigen Fällen. Das ganze Blut und der Scheiß, okay? Wir wollen etwas mehr, als nur mit Beck reden. Den brauchen wir jetzt hier unter uns. Der nutzt uns nichts, wenn er Falschparker aufschreibt. Sprich mal mit ihm. Aber mach ihm auch klar, dass das hier keine Nick-Beck-Solonummer wird. Von wegen Rache und Betty und so. Der soll helfen, aber keinen Schaden anrichten.«

Schultz beendete das Gespräch. Er sagte: »Wir haben einen Namen.«

9

Wilk zog sein Handy heraus. Er ging durch den Flur des Einfamilienhauses, während die Kaufinteressenten ihm folgten. Es war der Augenblick, indem er sie alleine mit dem Haus ließ, damit sie sich in Ruhe umsehen und miteinander sprechen konnten. Es lag in Nienstedten in einer ruhigen Wohnstraße. Eine phantastische Lage, Kitas und Schulen in der Nähe, der Hamburger Polo Club und der Derby-Park sowie das Elbufer und der Großflottbeker Tennis-, Hockey- und Golfclub waren nicht weit. 240 Quadratmeter Wohnfläche, Garten, guter Zustand, rund 1,4 Millionen Euro und eine fette Courtage von sechs Prozent. Sauber, dachte Wilk, denn das junge Ehepaar schien willens, das Haus zu kaufen. Beide waren Ärzte am Klinikum, die perfekten Kunden, und fast ärgerte Wilk sich schon darüber, dass er die Besichtigung nicht mit dem teureren Haus begonnen hatte.

Er lehnte sich im großen Wohnzimmer an eine Wand, blickte in den Garten, in dem sich ein kleines Holzhäuschen für Geräte befand. Genau wie in seinem Garten, mit dem Unterschied, dass dort keine Geräte aufbewahrt wurden, denn er hatte es zum Hobbyraum ausgebaut, zu seinem ganz privaten Königreich. Der junge Mann – groß, athletisch, dunkelhaarig, Ende dreißig – und seine Frau – zwar hübsch und gertenschlank, aber überhaupt nicht Wilks Typ – gingen gerade in die Küche, die durch eine Kochinsel mit Theke vom Wohnraum getrennt war. Ihre Schritte hallten auf dem Parkett.

Wilk blickte wieder aufs Handy und überflog weitere Nachrichten. Inzwischen waren sich alle Medien hundertprozentig einig, dass der Elbripper wieder zugeschlagen hatte, denn nach Insiderinformationen sprächen die Tatumstände absolut dafür. Es wurde gemutmaßt, dass das neue Opfer aus demselben Milieu stammte wie die meisten Opfer des Elbrippers.

Wilk schmunzelte in sich hinein. Meine Güte, dachte er, was hatte denn dieser Kerl mit dem Opfer gemacht, dass alle an den Ripper dachten? So ein Quatsch. Die Medien konnten sicherlich noch keine Details kennen, selbst wenn sie damit prahlten. Vermutlich hatte da einfach irgendjemand eine Frau umgelegt und ein bisschen mit der Toten herumgespielt – und alle schrien gleich: »Elbripper!«

Wilk wischte mit dem Daumen über das Display, ging auf eine andere Seite. Für einen bizarren Augenblick war er unsicher: Oder … oder war er plötzlich schizophren geworden und hatte einen Mord begangen, ohne sich daran erinnern zu können? War das so, wie wenn man morgens zur Arbeit fuhr und sich fragte: Moment, habe ich die Kaffeemaschine ausgestellt und meine Tablette genommen? Erinnern kann ich mich nämlich nicht daran.

Nein, so war es nicht. Bullshit. Wilk war sich hundertprozentig sicher, dass er nichts mit dem Mord zu tun hatte. Verdammt, er kämpfte ja seit eineinhalb Jahren andauernd gegen den Drang an, es zu tun, und hatte zwar häufiger kurz vor einem Rückfall gestanden – aber: Nein, er hatte nie-man-den getötet.

Dennoch war dieser Fundort auf dem Kleinen Grasbrook im alten Warenverteilzentrum ganz interessant, den hatte er selbst bislang nicht auf der Agenda gehabt. Er würde ihn sich mal genauer ansehen.

Tja, und dass die neue Tote möglicherweise eine Prostituierte war – davon gab es viele in Hamburg, sie lebten gefährlich und wurden immer wieder Opfer von allen möglichen Straftaten. Wilk hatte sich ja selbst einige von ihnen geschnappt. Allerdings waren das keine Straßennutten gewesen, sondern ganz gut verdienende Escorts, die auf eigene Rechnung arbeiteten. Es war eher Zufall, dass er in dieser Berufsgruppe wilderte. Dass die Frauen alleinstehend waren, darum ging es. Geringere Gefahr, bessere Möglichkeiten.

Sein Job bot ihm die perfekte Gelegenheit, Kontakte zu knüpfen. Die Frauen waren Wilk jeweils aufgefallen, wenn sie nach Wohnungen suchten und er mit ihnen welche besichtigte, Gespräche führte, ihre Gewohnheiten studierte. Das galt für die Nutten, die innerhalb der Stadt umziehen wollten. Es galt aber auch für Frauen, die nach Hamburg zogen und seine Dienste bei der Wohnungssuche in Anspruch nahmen.

Und der Job lieferte ihm einfach alles: Telefonnummern, E-Mail-Adressen, Social-Media-Kontakte, Lebensgeschichten, das volle Programm.

»Herr Wilk? Hallo?«

»Hm?«

Wilk wachte wie aus einem Tagtraum auf und ließ das Handy in seiner Sakkotasche verschwinden. Er blickte in die Richtung, aus der die weibliche Stimme gekommen war – die Küche –, und ging dann dorthin.

»Sorry«, sagte er im Gehen mit einem Verkäuferlächeln. »Ich musste einige geschäftliche Nachrichten lesen.«

Der Mann nickte. Seine Frau schwieg und musterte Wilk.

Wilk trat an die Kücheninsel und legte die Hand auf die Theke, so dass seine frisch manikürten Fingernägel und die Tag&Heuer am Handgelenk zu sehen waren. Rieke hatte sie ihm vor drei Jahren zum Geburtstag geschenkt, was ihn daran erinnerte, dass er den Juwelierbesuch wegen ihres Geschenks zum Hochzeitstag auf keinen Fall vergessen durfte.

»Gibt es hier eine Alarmanlage?«, fragte die Frau.

»Nein, aber man kann sie natürlich nachrüsten«, erwiderte Wilk.

»Ich hätte gerne eine. Sind Fenster und Terrassentür gegen Einbruch gesichert?«

»Nein.«

»Das hätte ich ebenfalls gerne, falls wir uns für den Kauf entscheiden. Das müsste dann vom bisherigen Eigentümer noch erledigt werden.«

»Na ja«, sagte Wilk und schob die Hand in die Hosentasche. »Da kommen schnell ein paar tausend Euro zusammen. Ich bin mir nicht sicher, ob …«

»Gerade heute gab es einen neuen entsetzlichen Elbripper-Mord«, sagte sie. »Und die vielen anderen Morde liegen nicht lange zurück. Ich lege Wert auf Sicherheit, und Sie haben vor diesem Hintergrund sicher gute Argumente, den Verkäufer von der Übergabe eines rundherum sicheren Objekts zu überzeugen.«

Wilk musterte die Frau und pulte mit der Zunge von innen in seiner Backe. Er betrachtete die feinen Falten in ihrem Gesicht, die Struktur ihrer Haut, das leichte Spiel ihrer Kiefermuskulatur und sah das sanfte Pulsieren der Arterien unter der blassen Haut am Hals. Er konnte sich gut vorstellen, wie dieses dreckige Luder ihren Mann bezirzte und ihm das Geld aus der Tasche zog – und statt Dankbarkeit dafür zu zeigen, machte sie wahrscheinlich noch nicht mal die Beine breit, sondern zickte ihn in genau diesem Tonfall an, in dem sie gerade mit Wilk geredet hatte. Sie mochte zwar einen besseren Job haben als viele andere, aber trotzdem war sie nur eine Nutte, tanzte ihrem Mann genauso auf der Nase herum wie alle anderen hochnäsigen Tussen, egal aus welcher Gesellschaftsschicht. Anfangs hatte sie ihm fraglos vorgegaukelt, die netteste und klügste von allen zu sein und ihn gevögelt, wann immer es möglich war. Und nachdem der Ring an ihrem Finger steckte – zack, Falle zu, alle Schleusen dicht. Und die gingen sicher erst wieder auf, wenn sie etwas haben wollte. Da waren sie alle gleich. Alles nur Nutten, die ihre Pussys wie Werkzeuge einsetzten, um zu bekommen, was sie wollten. Moralischer Abschaum, der aus dem Gully hochgespült worden war und wieder zurück in die Gosse gekehrt werden musste.

Wilk spürte den Schlüsselbund zwischen seinen Fingern. Er könnte sich die gezackten Schlüssel wie Krallen zwischen die Finger klemmen, ausholen und mit einem einzelnen Hieb die Halsarterie innerhalb eines Wimpernschlags aufschlitzen. Ihr Mann würde im Schock zunächst ihr zur Hilfe kommen wollen, statt sich auf Wilk zu stürzen, so dass ausreichend Zeit bleiben würde, um ein Messer aus dem Küchenblock zu ziehen und dem Kerl damit die Lungen zu perforieren. Was für ein fabelhaftes Blutbad.

»Meinen Sie nicht?«, fragte die Frau und sah Wilk abwartend an. Wilk stellte sich vor, wie er sie auf den Bauch drehen würde, um sie von hinten zu nehmen, und sie dabei mit bloßen Händen erwürgte.

Diese verdammten Tagträumereien! Wilk konnte nichts dagegen machen. Eine Quälerei, aber andererseits halfen sie ihm seit einiger Zeit dabei, clean zu bleiben. Es waren Ventile, Ersatzdrogen wie Methadon. Abgesehen davon zehrte er von seiner Erinnerung, kramte in der Souvenirkiste oder sah sich die Fotos in dem Album oder auf dem Stick an, die er in seinem Hobbyraum versteckt hielt.

Wilk musste sich zusammenreißen, um seine Familie und sich vor der Polizei zu schützen. Aber manchmal wurde der Drang zu töten übermächtig. Kein Wunder, denn immerhin hatte Wilk sehr lange vom Nektar der Macht über Leben und Tod genascht. Die stärkste Droge der Welt und dazu die Gewissheit, dass er nicht nur Gott spielte, sondern tatsächlich eine Art Gott war – nein, davon kam man nicht so schnell los.

Für das, was er war, war die Bezeichnung »Elbripper« im Übrigen reichlich profan. Sie traf nicht ansatzweise den Kern und klang absolut nicht so erhaben, wie sie klingen sollte. Abgesehen davon: Er war Hamburgs erfolgreichster Mörder, und man würde weltweit von ihm sprechen. Ja, er war zu Lebzeiten legendär, keine Frage, wenngleich das keine große Rolle spielte. Es war ... eine kleine Eitelkeit, mehr nicht. Aber manchmal, ja manchmal, da hätte er schon gerne hinausgeschrien, was und wer er war. Er hätte es den Nutten ins Gesicht gebrüllt, für die er in den SM-Studios jede Menge Geld bezahlte. Gelegentlich ging er dahin. Immer wenn sein Drang so stark wurde, dass er sich zwingend körperlich abreagieren musste. Ja, scheiße, denn dann hätten sie echte Angst gezeigt und sie nicht nur vorgespielt. Gott, und es war verflucht hart, sich im Rausch zurückzuhalten. Er war oft kurz davor gewesen, richtig zuzudrücken, wenn er den Hals einer gefesselten Hure gepackt hielt. Wie herrlich wäre das gewesen. Das Erkennen in den Blicken. Dieser Moment, wenn sie begriffen, dass Zahltag war und sie ihre gerechte Strafe empfangen würden.

Ja, genau darum ging es Wilk. Um diesen Moment und darum, Grenzen zu überschreiten, weil für ein Wesen wie ihn keine Grenzen gelten konnten. Und in seinen Tagträumen lösten sie sich sowieso auf.

Merkwürdigerweise kam Rieke niemals darin vor. Dabei war sie ihm doch am allernächsten, und das seit vielen Jahren schon.

Aber natürlich war sie seine Frau, und wer würde schon die Mutter seiner Kinder umbringen? Niemand. Rieke war eine gute Mutter, eine verdammt gute. Was man nicht von allen Müttern sagen konnte, nein, beileibe nicht.

Schon gar nicht von seiner eigenen.

Natürlich hatte er sie auch geliebt, anfangs mehr als später, und – ja, sie war sehr viel häufiger in seinen Tagträumen vorgekommen, bis sie vor fünf Jahren starb. Schon komisch, dass es genau zu diesem Zeitpunkt dann losging, dass er sich zum allerersten Mal nicht mehr beherrschen konnte und seine bisherigen Ideen erstmals in die Tat umsetzte.

Seit er denken konnte, hatte er diese Gewaltphantasien. Er erinnerte sich noch gut daran, wie er als Junge einige Dinge dann doch mal ausprobieren wollte …

»Okay«, sagte Wilk, zwinkerte und massierte sich den Nasenrücken. »Ich rede mit den Leuten. Aber gehen Sie besser nicht davon aus, dass das klappen wird. Die Eigentümer sind Erben. Das hier ist das Haus der Eltern. Sie werden sicherlich nichts investieren wollen.«

»Es kommt auf einen Versuch an«, erwiderte die Frau.

»Und ansonsten«, sagte der Mann, »müssen wir es eben

selbst nachrüsten. Deine Sicherheit ist mir wichtig, Schatz.«

Seine Frau lächelte und empfing einen Kuss in den Nacken. Wilk lächelte mit und dachte: *Es kommt auf einen Versuch an*, ja? Du solltest beten, dass ich nicht dasselbe denke wie du, blöde Ziege: dass es *auf einen Versuch ankommt*.

Er blickte in den Garten und fragte sich, was *der andere* wohl dachte und was *der andere* wohl machte und ob *der andere* sich von ihm hatte inspirieren lassen. Ob die Polizei wohl auch glaubte, dass der Elbripper wieder zugeschlagen hatte und jetzt wieder durchdrehen würde, nachdem sich doch alles so schön beruhigt hatte, weil Wilk sich – verflucht nochmal – im Griff hatte wie ein Weltmeister. Womöglich würde dieser Nick Beck wieder auftauchen, der Wilk damals beinahe geschnappt hätte. Na ja, seine Partnerin würde nicht mehr dabei sein. Wilk hatte sie ja vom Dach gestoßen. Im Garten sah er einen Vogel mit glitzerndem Gefieder.

»Oh, ein Eichelhäher, guck mal«, hörte er die Frau zu ihrem Mann sagen.

Und falls er Beck irgendwann im Leben einmal persönlich treffen würde, dachte Wilk, würde er ihn genau das fragen: War das nicht irre, dieses Geräusch, als sie fünfzehn Meter tiefer auf dem Autodach aufschlug? Hättest du gedacht, dass das *so* klingt, Beck? Irre, nicht?

10

Der Eichelhäher schnappte sich eine auf dem Rasen liegende Buchecker und schwang sich schnell wieder in die Luft. Er setzte an, auf der Spitze einer Tanne zu landen, erschrak aber, als er dort ein Eichhörnchen ausmachte, das sich ebenfalls erschrak. Der Häher gab ein Krächzen von sich und verlor die Nuss, weswegen er einfach weiterflog, höher hinauf, um sich nach einem anderen Garten oder Wäldchen umzuschauen.

Hamburg erstreckte sich unter ihm, der Strand war nicht weit und der Hafen gut zu erkennen. Er flog einige Minuten, kämpfte gegen den steifen Wind an, bis er über einem sehr ähnlichen Wohngebiet in Groß Flottbek auf einem gepflegten Rasen landete, sich versicherte, dass nichts Bedrohliches in der Nähe war, und schließlich eine Haselnuss aufpickte, um sie auf dem Ast einer gewaltigen Tanne zu verspeisen – dieses Mal ungestört von Eichhörnchen.

Stimmt, die Nüsse, dachte Rieke Wilk, während sie den hübschen Vogel betrachtete, der jetzt in die Tanne flatterte und im Geäst verschwand. Sie stand am Fenster und wickelte gedankenverloren eine Haarsträhne um den Zeigefinger. Die Nüsse hätte sie vor Wochen schon aufsammeln sollen. Sie würden sich hübsch in einer Schale machen und hatten auf dem Rasen sowieso nichts zu suchen. Als Dekoration könnten sie prima zu den Raumduftproben passen, die sie eben mit der Post erhalten hatte und für ihren Instagram-Account fotografieren wollte.

Letztes Jahr hatte sie sich eine semiprofessionelle Fotoausrüstung gekauft – ein Makroobjektiv sowie ein kleines mobiles Heimstudio mit Beleuchtung für Objektaufnahmen. Rieke sah das mit Instagram immer noch als ein Hobby an und hatte Spaß daran – aber wenn sie ehrlich war, waren ihr Bloggen und das anspruchsvolle Fotografieren inzwischen zum Halbtagsjob geworden. Zumal: Wenn man 1500 Likes und 300 Kommentare auf ein Bild oder eine Story erhielt, musste man darauf reagieren, um die Follower bei Laune zu halten. Social Media war keine Einbahnstraße in der Kommunikation, sondern ein stetiges Hin und Her. Rieke Wilk hatte bei der IHK Gründerinnenseminare besucht, nachdem sie aus steuerlichen Gründen und mit wachsendem Erfolg den Kleinunternehmerinnenstatus aufgeben musste. Früher hatte sie noch Bloggerund Multimedia-Workshops besucht. Inzwischen wurde sie schon danach gefragt, ob sie nicht selbst mal einen geben wollte.

Ihr Blick folgte der Reihe der Bäume bis zu Ragnars Hütte. Sie musste lächeln, denn sie und die Kinder machten immer Witze über diese Bezeichnung. »Ragnars Hütte«, das klang fast wie ein Romantitel oder wie der Name einer Kneipe in einem norwegischen Skiort.

Ragnars Rückzugsort war ein großes Gartenhäuschen mit einer Fläche von beinahe fünf mal fünf Metern. Früher waren dort Gartengeräte und Fahrräder untergebracht gewesen. Es war aus dunklem Holz gebaut, stand etwas nach hinten versetzt unter den Bäumen und war fast nicht zu sehen. Nur durch eine ovale Öffnung im Grün der Tannen ließ sich der Eingang erahnen. Wenn es dunkel war, glänzte manchmal der Türgriff im Mondschein oder im reflektierenden Licht der Terrasse, was es fast ein wenig unheimlich aussehen ließ – wie ein Hexenhaus oder irgendetwas aus dem Film »Blair Witch Project«. Die Kinder hatten sich nie hineingetraut, als sie noch klein gewesen waren.

Nachdem Ragnars Eltern gestorben waren, hatten sie das Haus mit dem großen Grundstück geerbt. Rieke wusste nicht viel über seinen familiären Hintergrund. Ragnar sprach fast nie über seine Eltern, woraus Rieke immer geschlossen hatte, dass das Verhältnis sehr schlecht gewesen war und er keine angenehme Kindheit gehabt hatte. Der Vater war Unternehmer gewesen, litt aber schon früh an Multipler Sklerose und war bereits tot, als Ragnar und Rieke sich kennenlernten. Die Mutter hatte noch einige Zeit in dem Haus gelebt, war aber in eine betreute Wohneinrichtung gekommen, weil sie an schwerer Demenz litt, woran sie schließlich auch starb. Sie war außerdem schwere Alkoholikerin und tablettenabhängig gewesen, und Ragnar hatte stets jeden Kontakt zwischen ihr und Rieke oder den Kindern unterbunden, was Rieke respektiert hatte.

Außerdem konnte sie ihn verstehen. Nur ein einziges Mal hatte sie mit ihm gemeinsam seine Mutter im Heim besucht, weil Rieke darauf bestanden hatte. Das war, nachdem feststand, dass sie heiraten würden. Die alte Frau hatte in einem völlig überheizten Zimmer voller Pakete und Päckchen und Kissen und Puppen am Fenster gesessen und zunächst gar nicht wahrgenommen, dass jemand ins Zimmer gekommen war. Danach hatte es mehr als fünf Minuten gedauert, bis sie kapierte, dass ihr Sohn da war und bei wem es sich um die Frau an seiner Seite handelte. In diesem Moment des Erkennens war die Stimmung grässlich umgeschlagen. Rieke würde niemals den Blick der Frau vergessen und ihren knöchrigen Finger, der auf Ragnar zeigte, und ihre rasselnde Stimme, die ihm sagte, was für ein Nichtsnutz und Dummkopf er sei, dass er sich von einer Nutte wie dieser ausnutzen lassen würde und darüber seine Mutter vernachlässigte, die Einzige, die ihn wirklich liebte. Und das, obwohl Ragnar sie wirklich häufig besuchte und sich um alles kümmerte.

Schauderhaft. Als sie starb, war Rieke nicht traurig gewesen und hatte es vorgezogen, der Beerdigung fernzubleiben. Manchmal, wenn sie auf der Terrasse stand, stellte sie sich vor, wie die Tür von Ragnars Hütte aufsprang und die alte Hexe in ihrem Rollstuhl herauskam und Rieke mit fauligem Atem anfauchte: »Du bist schlecht, nur eine billige Nutte, und Ragnar ist ein Schwachkopf! Ihr seid wertlos, und eure Brut gehört in einem Eimer ersäuft, wie man es mit jungen Katzen tut!«

Rieke dachte darüber nach, ob sie das Geschenk zum Hochzeitstag für Ragnar in der Hütte platzieren sollte, damit er es dort mehr oder weniger zufällig entdeckte. Sie hatte Monate gebraucht, um es zu finden. Es war ein besonderes Geschenk und verdiente entsprechende Aufmerksamkeit. Zumal es sehr gut in die Hütte passen würde – nein, es war sogar ausschließlich für diese Hütte gedacht.

Ragnar hatte sein Refugium nach allen Regeln der Kunst ausgebaut, mit Strom und Heizung versehen, und es war eigentlich niemandem gestattet, die Hütte zu betreten. Ehrlich gesagt hatte auch niemand Interesse daran. Denn in dem Häuschen hatte er seine Modelleisenbahnlandschaft aufgebaut. Rieke hatte nie begriffen, was er daran fand. »Mir gefällt«, hatte er einmal erklärt, »wenn alles so funktioniert, wie ich es mir vorstelle, und so läuft, wie ich es will.« Schon als sie ihn kennengelernt hatte, war Ragnar ein leidenschaftlicher Modelleisenbahnfan gewesen, und mit den Jahren war mehr Platz für die Kinder im Haus erforderlich geworden, weswegen er aus dem Keller ausgewichen war und das Gartenhäuschen ausgebaut hatte. Darin befand sich nun eine große Platte mit verwirrenden Gleisanordnungen, Hügeln und Tunneln, Dörfern, Autos und vielem mehr. Ragnar war nie böse darum gewesen, dass sich niemand für seine Leidenschaft interessierte. Im

Gegenteil. Er war froh darüber, dass das hier sein ganz persönliches Refugium war und er es mit niemandem teilen musste.

Inzwischen dürfte sich in der Hütte eine Sammlung angehäuft haben, für deren Gegenwert man sich auch gut ein Auto kaufen konnte, schätzte Rieke. Denn wegen des begrenzten Platzes hatte Ragnar den Umfang seiner Sammlung reduziert und dafür die Qualität erhöht, indem er sich seltene, kostbare Waggons und Loks oder Sammlerausgaben von kleinen Autos, Häuschen und Figuren angeschafft hatte. Rieke wusste, dass er seit geraumer Zeit hinter einem ganz bestimmten Typ Lok her war, eine Sonderedition, die aber kaum irgendwo angeboten wurde – und wo sie angeboten wurde, war sie selbst Ragnar zu teuer.

Also hatte sich Rieke auf die Suche gemacht, war im Hamburger Miniaturwunderland in der Hafencity gewesen, das erste Mal in ihrem Leben, und war überwältigt gewesen von den riesigen Modellbaulandschaften, den Details, der Technik … Vor Ort hatte sie mit einigen der Miniatureisenbahnfreaks gesprochen und sich Tipps geben lassen, und schließlich war sie im Internet auf ein akzeptables Angebot gestoßen. Mal abgesehen davon, dass es beeindruckend war, wie viel Geld zum Teil für kleine, seltene Modellautos oder Figuren verlangt wurde, war diese Lok wirklich wahnsinnig teuer gewesen, fast siebenhundert Euro. Schließlich hatte vor zwei Wochen die »Big Boy«-Dampflok von Märklin mit Aufschrift der US-Linie Union Pacific Einzug ins Haus gehalten und wartete, versteckt im Kleiderschrank, auf den morgigen Hochzeitstag.

Dabei war es kein rundes Jubiläum, für das man ein so besonderes und teures Geschenk organisieren würde. Nein. Ein ganz normaler Hochzeitstag. Aber Rieke hatte das Gefühl, dass Ragnar seit einiger Zeit aus der Spur war und etwas brauchte, das ihn aufheitern würde. Schwer zu sagen, auf welche Art und Weise genau er sich verändert hatte, aber er war reizbar und unruhig, beinahe so wie Rieke damals, als sie sich wegen der Schwangerschaft das Rauchen abgewöhnen musste. Er ging abends häufiger zum Sport als sonst und traf sich ebenfalls häufiger zu eher ungewöhnlichen Zeiten mit Klienten oder Modelleisenbahnfreunden.

Einige Male war Rieke durch den Kopf gegangen, dass er möglicherweise eine Affäre hatte. Es war nicht auszuschließen, das war es ja nie, aber noch war sie deswegen nicht wirklich alarmiert und schob seinen Zustand eher auf eine Art von Midlife-Crisis. Darauf angesprochen hatte sie ihn noch nicht. Das konnte sie sich ohnehin schenken: Ragnar sprach nicht gerne über Gefühle und kam ihr gelegentlich sogar vor wie ein gut trainierter Autist, der bestimmte Emotionen vorgab, wenn sie gesellschaftlich von ihm erwartet wurden, um nicht weiter aufzufallen. Aber taten sich nicht viele Männer schwer damit, über derlei Themen zu sprechen? Also. Und sie selbst war nun auch nicht sehr empathisch.

Rieke spielte mit ihrem Haar und behielt die Tür zwischen den Tannen im Blick. Natürlich wusste sie, dass Ragnar sehr eigen mit seinem Häuschen war. Wie gesagt: Eigentlich interessierte sich sowieso niemand für seine Modelleisenbahnlandschaft, und er wollte auch nicht, dass sich jemand dafür interessierte. Als sie mal in dem Häuschen putzen und saugen wollte, hatte Ragnar zunächst einen Mordsaufstand deswegen gemacht, sich aber schnell wieder eingekriegt und ihr das Okay dafür gegeben, sie aber dennoch persönlich überwacht – wahrscheinlich, damit sie bloß nichts wegräumte und dann an die falsche Stelle legte oder womöglich kaputt machte. Sie fand zwar, dass er sich etwas anstellte, aber ließ ihn gewähren. Es war sein persönliches Refugium, wo er doch sonst seine gesamte Freizeit und jeden Raum mit der Familie teilen musste. Und er legte großen Wert auf seine Eisenbahn und die Sammlung. Rieke respektierte das. Es war ihm wichtig. Sollte er nur machen, was er wollte, um zu entspannen und glücklich zu sein.

Die »Big Boy« würde hoffentlich ihren Teil dazutun. Rieke stellte sich vor, wie sein Gesicht strahlen würde, wenn er wie fast jeden Morgen nach dem Aufstehen mit einem ersten Kaffee vor dem Frühstück kurz in die Hütte gehen würde und dort die Lok sah. Ein Lächeln huschte über ihre Lippen. Ja, genau so würde sie es machen, und er würde sich schon nicht darüber aufregen, dass sie kurz in dem Häuschen gewesen war, um die Eisenbahn auf die Schienen zu setzen.Außerdem hing der Schlüssel ja mit den anderen an der Garderobe. Es war keine verbotene Zone.

Rieke straffte sich. Dann verließ sie das Wohnzimmer, um den kostbaren Sammlerschatz aus dem Schlafzimmerschrank zu holen.

Die Lok war in einer Holzkiste mit edler Gravur verpackt. Sie nahm den Schlüssel vom Bord im Flur und ging dann quer durch den Garten, wo sie Ragnars Reich betrat – zum ersten Mal seit vielen Jahren.

Allein.

11

Cleos Wagen wühlte sich durch den Verkehr, der kaum besser wurde, als sie die Grenzen der City hinter sich ließ und in Richtung Norden fuhr. Eben an der Ampel hätte sie am liebsten angehalten und wäre ausgestiegen, um diesem Blödmann, der fast die gesamte Grünphase lang telefoniert hatte, ohne loszufahren, eine zu verpassen. Auch aufs Hupen hatte er nicht reagiert.

Ein schlechter Tag. Stimmungsschwankungen. Sie war schon beim Frühstück aggressiv gewesen, weil Chris ihr auf die Nerven gegangen war. Von wegen: »Fahr mal lieber nicht mehr so viel Auto wegen dem Sicherheitsgurt und dem Unfallrisiko!« Oder: »Warum musst du denn jetzt noch mit diesem grauenvollen Mordfall befasst werden, das stresst dich doch zu sehr.«

Cleo und Chris hatten im Sommer geheiratet. In einem reichlich biederen Umfeld, weil Chris auf einen bestimmten Ort Wert gelegt hatte, aber okay. Die Feier war dennoch toll gewesen, wenngleich Cleo mit dem Baby im Bauch auf eine Menge verzichten musste. Aber sie war inzwischen gut darin trainiert, sich zurückzuhalten – auch emotional. Chris war Meeresbiologe und beileibe kein Frauenarzt, führte sich aber gerne mal wie einer auf. Seit Cleo schwanger war, war Chris zur Oberglucke mutiert und kam ständig mit Tipps von seinen Kolleginnen aus dem Institut an, die bereits Kinder hatten. Außerdem war er von Anfang an dagegen gewesen, dass sie in die Mordkommission wechselte. Vom Regen in die Traufe, hatte er gesagt und sie lieber am Schreibtisch sehen wollen.

Tja. In der Beziehung war Chris reichlich oldschool, musste man schon sagen. Aber er würde sich früh genug damit befassen müssen, in Elternzeit zu gehen. Denn sein Job war sehr viel besser mit Home-Office und Teilzeit vereinbar als Cleos. Gesprochen hatten sie darüber allerdings noch nicht. Warum auch immer – wahrscheinlich, weil Cleo Konfrontationen manchmal so lange aus dem Weg ging, bis sich das Thema entweder von selbst erledigt hatte oder es nicht mehr anders ging. Blöde Harmoniebedürftigkeit.

Einige Minuten später parkte sie neben dem schwarzen Mercedes-Oldtimer vor der kleinen Polizeistation ein und wunderte sich ein weiteres Mal darüber, dass Nick Beck einen solchen Schatz als Alltagsfahrzeug nutzte. Er hatte ihr zwar im Sommer beiläufig erzählt, dass er eine besondere Beziehung zu dem Auto hatte. Irgendetwas mit Erbstück. Aber dann würde man doch besonders darauf achten? Es sei denn, man war Nick Beck, der in manchen Dingen eine sehr spezielle Einstellung hatte und dem vieles ziemlich gleichgültig war.

Aber der Elbripper, dachte Cleo und stieg aus, war ihm absolut nicht gleichgültig. Im Gegenteil.

Bevor sie die Klingel an der Polizeistation betätigen konnte, öffnete sich bereits die Tür. Durchs Fenster hatte er sie offenbar kommen sehen. Vor ihr stand der Mann, mit dem sie gestern im Obergeschoss des ehemaligen Verwaltungsbaus auf dem Kleinen Grasbrook den Fundort der Leiche inspiziert hatte.

Nick trug Uniform und einen Polizeipullover, hielt einen Kaffeebecher mit der Aufschrift »Politi« der dänischen Polizei in der Hand – wahrscheinlich ein Geschenk – und sagte: »Es muss wichtig sein.«

»Das ist es.«

»Sehr wichtig, denn sie schicken eine Hochschwangere quer durch die Stadt, um persönlich mit mir zu sprechen, statt einfach anzurufen.«

»Weil sie das Gefühl haben, du könntest auf ein Gespräch Face-to-Face besser reagieren als auf eines am Telefon.«

»Sie könnten recht haben. Was auch immer sie sich genau davon erwarten.«

»Du weißt, was sie sich erwarten.«

»Kaffee?«, fragte Nick.

Cleo strich sich über den Bauch, der unter einem straff gespannten Daunenmantel versteckt war. »Besser nicht«, sagte sie.

»Tee?«

»Der treibt. Ich will nicht noch mehr zur Toilette laufen müssen.«

»Heiße Milch mit Honig?«

Cleo lachte und schüttelte den Kopf. »Wenn ich Durst habe, sage ich dir schon Bescheid.«

Nick trat einen Schritt zur Seite, um ihr Platz zu machen. Dann schloss er die Tür, begleitete sie in die Dienststube und half ihr aus dem Daunenmantel, bevor er sich wieder an den Schreibtisch setzte. Er war allein. Sein Kollege Dornberg drehte wohl gerade eine Runde mit dem kommunalen Ordnungsdienst.

Nick trank einen Schluck Kaffee. Cleo setzte sich auf den Stuhl gegenüber, nahm den Schal ab und fächerte sich Luft zu.

»Ich komme mir vor wie ein Walross«, sagte sie.

»Wie lange noch?«

»Sieben Wochen. Eine Woche im Job. Ich kann mir kaum vorstellen, dass ich noch runder werde.«

»Junge oder Mädchen?«

»Ich will mich überraschen lassen. Mein Mann ebenfalls.«

»Ernsthaft?«

»Weswegen ich hier bin …«

»Sie haben mich gestern rufen lassen, um mir den Fundort anzusehen. Heute schicken sie dich persönlich. Ich kann mir denken, warum du hier bist.«

»Schultz und Janson wollen mit dir reden. Und ich wette, Gregor Franz ebenfalls. Sie wollen dich wieder an Bord haben.«

Nick schwieg. Drehte die Kaffeetasse hin und her.

Cleo sagte: »Niemand kennt den Elbripper besser als du. Niemand kam ihm jemals näher.«

»Betty Duschkow«, sagte Nick, »kam ihm näher als ich. Wir kennen das Ergebnis.«

»Nick …«

»Ich will nicht verantwortlich dafür sein, dass so etwas noch einmal passiert.«

»Bist du lieber dafür verantwortlich, dass es weitere Tote gibt, indem du dich raushältst?«

Nick sagte eine Zeitlang nichts. Dann blickte er auf. »Ich werde mich absolut nicht raushalten. Ich werde nur keine Verantwortung in einer Kommission übernehmen wie früher.«

»Das fordert auch niemand.«

»Ich will diesen Kerl fassen – und wenn es das Letzte ist, was ich tue.«

»Und genau deswegen will niemand, dass du Verantwortung übernimmst.«

Nick blickte Cleo fragend an.

»Das hier wird kein persönlicher Rachefeldzug, Nick, okay?«

Nick schwieg, trank einen Schluck Kaffee.

»Klar?«, wiederholte Cleo.

»Sicher«, sagte Nick, ohne sie anzusehen. »Was wisst ihr inzwischen?«, fragte er.

Cleo öffnete ihre Handtasche, holte eine Kladde heraus, öffnete sie und legte sie vor Nick auf den Tisch. Mit den Fingerspitzen fächerte sie die Fotos von der Obduktion auf.

»Romina Vasileva, zweiundzwanzig Jahre alt, aus Sofia. Prostituierte in St. Georg, zuletzt gesehen gegen Mitternacht einen Tag vor dem Auffinden ihrer Leiche. Sie wurde vergewaltigt und vernäht wie die anderen Opfer des Elbrippers. Außerdem zählt sie zu seinem Opfertypus – Prostituierte zwischen zwanzig und vierzig oder Hinzugezogene im selben Alter. Auch die Art und Weise, wie sie verschwunden ist, ist typisch.« Cleo schnippte mit den Fingern. »Einfach von der Straße gefischt. Wie vom Erdboden verschluckt. Niemand hat etwas gesehen oder gehört. Das war bisher immer so. Er ist wie ein Schatten.«

»Das ist er. Ein Phantom.«

»Es gab eine Menge Fremd-DNS an ihrem Körper, aber keine, die zu Spuren an den früheren Opfern passen würde. Möglicherweise hat er sie nicht vergewaltigt wie die anderen, oder er hat ein Kondom benutzt.«

»Untypisch.«

»Ja. Genau wie das mit der Kamera und dem Zeichen an der Wand, der offensiven Inszenierung und dem Zettel, den er dir eingeworfen hat.«

Nick betrachtete die Fotos genauer, fuhr mit der Fingerkuppe über eines, das den fast schwarzen Hals des Opfers zeigte. »Und das Blut«, sagte er. »Er hat bislang keinen Tropfen vergossen. Das ist neu.«

Cleo erklärte: »Gestorben ist sie durch Blutverlust. Er hat sie aber auch über einen längeren Zeitraum hinweg immer wieder gewürgt und sie vermutlich stets wieder zu Bewusstsein kommen lassen, um sie dann wieder zu würgen.«

»Sie ist quasi mehrere Tode gestorben«, sagte Nick. »Genau wie die anderen.«

»Ja. Es gibt eine Wunde am Hinterkopf, von einem stumpfen Schlag. Vielleicht mit einem Baseballschläger, einem Hammer, so etwas in der Art. Dann hat er sie verschleppt und an den Knöcheln gefesselt. Nachdem er mit ihr fertig war, hat er sie zum alten Warenverteilzentrum gebracht und nackt aufgehängt – der Fundort ist nicht der Tatort. Er hat ihr den Hals durchgeschnitten, Blut herausgelassen und es genutzt, um das Zeichen an die Wand zu schmieren. Ob sie da noch lebte, ist unklar, aber auf Grundlage der Tropf- und Spritzspuren auf dem Boden sehr wahrscheinlich.«

»Er hat sich entwickelt«, sagte Nick. »Er wollte alle Welt wissen lassen, dass er zurück ist, und hat das Opfer entsprechend inszeniert. Gleichzeitig ist er vorsichtiger geworden. Er sucht die Ablageorte nicht mehr persönlich auf, sondern nutzt Kameras. Er hinterlässt keine DNS mehr in den Opfern. Das Zeichen hat er sich in seinem Größenwahn als Trademark ausgedacht, als Signatur. Dass er das Blut des Opfers genutzt hat, ist nichts als überzogenes Dramagehabe. Diese Kamera …«

»Wir arbeiten noch dran. Es könnte eine sein, die er aus einer handelsüblichen Drohne ausgebaut hat.«

»Das Zeichen?«

»Wir haben keinen Schimmer.« Cleo lehnte sich zurück. »Nick?«

»Ja?«

»Darf ich offen sein?«

»Jederzeit.«

»Wie du weißt, war ich im Sommer bei einer mehrwöchigen Schulung über Serientäter beim FBI in Quantico. Wir haben einige Techniken und Sichtweisen vermittelt bekommen, die wir in Europa bislang nicht anwenden. Ich habe die Elbripper-Fälle stets sehr intensiv verfolgt und mich auch in die Akten eingelesen. Ich kann es nicht richtig erklären, aber der Fall hat mich von Anfang an intensiv beschäftigt. Es ist … als ob man etwas Schreckliches sieht, das zugleich furchtbar interessant ist. Wie ein …«

»… grauenhaftes Puzzle, an dem man nicht vorbeigehen kann.«

»So in der Art, ja.«

»Die Faszination der dunklen Seite?«

»Ich finde nichts daran faszinierend.«

»Doch. Tust du. Das tun wir alle. Und wir wollen sie ergründen, um uns und andere vor ihr zu schützen. Aber wir wollen auch sichergehen, dass die Schatten von der anderen Seite niemals auf uns fallen werden. Wir sind hinter dem Bösen her, um uns zu versichern, dass wir die Guten sind.«

»Das ist mir zu tiefgründig.«

»Du musst tief absteigen, wenn du dich mit dem Elbripper beschäftigst. Und da unten ist es dunkel und kalt und sehr erschreckend.«

»Vielleicht.«

»Das Symbol?«, fragte Nick und leerte den Kaffeebecher. »Was ist das?«

»Ich habe keine Ahnung. Aber es gibt Experten für Symbole an der Uni, da bin ich mir sicher. Was ich eigentlich sagen wollte …« Cleo machte eine Pause, strich sich das Haar hinters Ohr und sagte schließlich: »Ich glaube, wir brauchen ein neues Täterprofil.«

»Das heißt?«

»Ich glaube, euer bisheriges stimmt nicht ganz. Ihr habt nach dem falschen Mann an den falschen Orten gesucht. Okay, du hast ihn fast geschnappt, aber das war, weil er euch bei der Überwachung beinahe ins Netz gegangen ist. Doch das Persönlichkeitsprofil muss auf Basis der neuen Erkenntnisse ein Update bekommen. Du hast selbst gesagt: Er hat sich verändert. Er hat Dinge getan, die er sonst nicht getan hätte. Er hat eine Pause eingelegt. Daraus geht er verändert hervor.«

»Das habe ich gesagt, ja. Es muss so sein.«

»Ted Bundy«, sagte Cleo.

»Was ist mit dem?«

»In dem FBI-Kursus, den ich besucht habe, haben wir Ted Bundy und seine Vorgehensweise betrachtet. Er war ein charismatischer Mann und hat seine Opfer, attraktive junge Frauen, um den Finger gewickelt. Dann wurde er gefasst und kam ins Gefängnis. Zweimal brach er aus, tauchte unter – und hat eine Zwangspause vom Töten gemacht, um nicht geschnappt zu werden. Er blieb unter dem Radar, bis er es nicht mehr aushielt. Als er dann wieder zuschlug, war er nicht mehr derselbe. Er war zu einer Killermaschine geworden, drang in ein Studentenwohnheim ein und richtete ein Blutbad an. Er schlachtete seine Opfer regelrecht ab, und eines seiner weiteren Opfer war sogar ein Kind. Sein Modus war ein anderer. Es waren keine typischen Bundy-Kills mehr.«

»Ähnlich wie beim Elbripper.«

»Ja. Deswegen brauchen wir ein neues Profil. Bisher war die Annahme, dass der Täter triebgesteuert ist und eine Persönlichkeitsstörung hat. Solche Menschen allerdings haben ihre Triebe nicht so sehr unter Kontrolle, dass sie sie einfach unterdrücken können. Ich denke daher, wir haben es eher mit einem psychopathischen Narzissten zu tun, der von anderen Motiven gesteuert ist als seiner Lust. Bisher sind wir davon ausgegangen, ihm sei die Polizei und alles andere vollkommen egal, dass er nur auf sich selbst fixiert sei. Jetzt aber wissen wir, dass er sich sehr wohl intensiv mit der Polizei und den Ermittlungen befasst haben muss und außerdem den Kontakt zu uns sucht. Mit dem Symbol erhöht er sich zu einer Art Überwesen – all das sind Facetten, die zu einem ganz anderen Tätertypus passen, was wiederum die Rückschlüsse auf sein Lebensumfeld und seine Persönlichkeit verändert. Außerdem würde ich vorschlagen, dass wir eine DNS-Phänotypisierung vornehmen.«

»Du redest von Erbgutforensik?«

Cleo nickte. Genau das meinte sie. Die Polizei verfügte über die DNS des Täters aus den früheren Fällen. Es war möglich, anhand des Erbguts Rückschlüsse auf das Aussehen einer Person zu ziehen. Man konnte sogar komplette Phantombilder anfertigen lassen, was allerdings noch umstritten war und als wenig zuverlässig galt. Aber es ließen sich Informationen über die Haut-, Haar- und Augenfarbe sowie über das Alter ableiten, außerdem die biogeographische Herkunft nebst einiger weiterer Details. Bislang war das im Fall des Elbrippers noch nicht gemacht worden. Was einen einfachen Grund hatte: Es war in Deutschland nicht erlaubt gewesen – im Gegensatz zu anderen Ländern. Weswegen man mit einer DNS-Typisierung vor Gericht nichts anfangen konnte. Kein Staatsanwalt hätte das zugelassen und niemand einen Haken an die Kosten im Budget gemacht. In der Zwischenzeit allerdings, sozusagen in der Pause des Killers, hatten sich die Dinge verändert. Die Gesetzeslage ließ – nach einer breiten ethischen Debatte im Bundestag – nun Ausnahmen zu.

»Wir sollten das dringend in Auftrag geben«, sagte Cleo. »Mit diesen Daten und einem neuen Profil kommen wir sicher weiter. Außerdem bist du der Einzige, der den Killer bisher gesehen hat, Nick. Wenn wir alles zusammenwerfen, dann …«

»… wissen wir immer noch nicht, wer er ist.«

»Ihr hattet damals eine Reihe von Tatverdächtigen eingekreist. Die sollten wir uns noch einmal ansehen, denke ich.«

Nick stand auf. Er goss sich noch einen Kaffee ein. »Ich habe nicht den falschen Mann gejagt«, sagte er.

»So habe ich das nicht gemeint.«

»Aber so hast du es gesagt.«

»Sei nicht so empfindlich.«

Nick trank einen Schluck, ging dann wieder zurück zum Schreibtisch, musterte Cleo eine Weile.

Dann sagte er: »Du hast mit allem vollkommen recht.«

»Okay?«, erwiderte Cleo. Sie hatte sich gerade darauf eingestellt, mit Nick über das Täterprofil debattieren zu müssen, und das Gefühl, er würde sich persönlich angegriffen fühlen.

»Und wenn du wieder zurückfährst, dann richte den Kollegen aus, dass ich im Boot bin.«

Cleo lächelte.

»Sie müssen sich allerdings irgendetwas einfallen lassen, um mich aus dem Streifendienst abzuziehen. Zeitweise Versetzung oder so, keine Ahnung.«

»Ich bin mir sicher, unsere Bürokraten finden eine Lösung.«

»Das mit dem Symbol ist wichtig, Cleo. Wir müssen wissen, was das zu bedeuten hat.«

»Es gibt Aufschluss darüber, wie der Täter sich selbst sieht.«

»Was ist das überhaupt für ein Zeichen? Hat er es sich ausgedacht?«

»Ich werde mich darum kümmern und den Kollegen die frohe Botschaft überbringen«, sagte Cleo und stand keuchend auf. Gott, manchmal fühlte sie sich, als würde sie ungefähr eine Tonne wiegen.

Nick nahm ihren Mantel von der Garderobe. »Ich werde mich mit jemandem über das Profil unterhalten«, sagte er und half Cleo beim Anziehen.

»Mit wem?«

»Nicht so wichtig.«

»Wir können das im Paket beantragen«, erwiderte Cleo. »Operative Fallanalyse, DNS-Typisierung, ein neues Geo-Profiling über die Tatorte unter Hinzuziehung des neuen.«

»Klar«, sagte Nick. »Das dauert nur seine Zeit.«

Cleo zog den Reißverschluss zu. »Aber eines muss glasklar sein, Nick: Wegen Bettys Tod bist du persönlich betroffen. Obwohl die Kollegen nicht auf dich verzichten und dich unbedingt vor Ort haben möchten, wirst du dich zurückhalten müssen.«

»Sicher«, sagte Nick. »Ich bin superentspannt.«

Cleo lachte auf. Sie glaubte ihm kein Wort. Sie befürchtete vielmehr, dass Nick den Killer in Stücke reißen würde, wenn er ihm begegnete – und alle anderen dachten das mit Sicherheit auch.

»Bis bald, Nick«, sagte sie und fasste nach dem Türgriff.

12

Rieke öffnete die Tür, griff nach rechts und schaltete das Licht ein, denn die Hütte hatte keine Fenster. Sie keuchte kurz und schüttelte lächelnd den Kopf, als sie das Reich und Werk ihres Mannes betrachtete. Die Eisenbahnlandschaft füllte fast den gesamten Raum aus. An den Wänden standen Regale mit Waggons und Zügen sowie einer kleinen Aktivbox, mit der er Musik hören konnte. Es gab einen Tisch mit feinmechanischem Werkzeug sowie Bäumen, Häuschen und weiterem Material zum Bau der Miniaturlandschaft auf der Platte in der Mitte, die handwerklich wirklich beachtlich und mit vielen liebevollen Details gestaltet war.

Wie lange hatte sie die Hütte nicht mehr betreten? Rieke konnte sich nicht erinnern. Ihr Blick glitt über die Hügel, unter denen Tunnel hindurchführten. Es gab Brücken, einen Fluss und einen See mit kleinen Booten. Irgendwie erinnerte es etwas an die Alster und die Elbe, und die kleinen Hügel mit den Modellhäuschen glichen Blankenese.

Natürlich gab es einen großen Bahnhof und jede Menge

Schienen, die in verwirrenden Kreisen verliefen, aber auch Fabriken, Wohnhäuschen, beschrankte Übergänge und überall kleine Figuren und Autos.

Es waren richtige kleine Szenen dargestellt. Manche wirkten sogar lustig. Vor einem Hotel oder Restaurant zum Beispiel stand eine Gruppe von Personen mit Handys, Ferngläsern oder Kameras, die eine andere, weibliche Figur fotografierten, die sich im Bikini am Ufer des Flusses sonnte und von den Spannern scheinbar gar nichts mitbekam. An einer anderen Stelle gab es ein Liebespaar unter Bäumen, wobei der Mann das Gesicht der am Boden liegenden Frau in den Händen hielt, wie um sie zu küssen. An der Rückwand einer Tankstelle sah sie ein Pärchen, das Sex hatte – unglaublich, dass solche Figuren für Modelleisenbahnen gebaut wurden! Und es gab sogar eine Verbrecherjagd auf dem Gelände einer Fabrik: Unten hielt ein Streifenwagen, und ein Polizist hastete eine Treppe hinauf, während eine Polizistin einen Flüchtenden auf dem Dach verfolgte, der ihr hinter einer Mauer jedoch auflauerte. Wiederum in einer Seitengasse schienen sich in der Nähe eines kleinen Hafens Prostituierte anzubieten und ein Mann im Anzug sich für ihre Dienste zu interessieren.

Die meisten Szenen waren aber weniger anzüglich. An einigen Stellen fuhren Radfahrer hin und her. Autos standen in einer Schlange an einem Bahnübergang. Menschen angelten, gingen mit ihren Hunden spazieren, Kinder spielten, andere Leute badeten oder wanderten durch die Gegend.

Rieke musste grinsen und stellte sich ihren Mann vor, wie er mit großer Akribie diese Szenarien aufbaute, sich dann an das Laptop setzte und die Züge steuerte, die auf den Schienen um die Landschaft und durch die Tunnel fuhren.

Die Tunnel …

Ja, das war eine gute Idee, nicht? Sie könnte den »Big Boy« in einem davon verstecken und Ragnar ein wenig suchen lassen, bis er sein Geschenk fand. Vielleicht sollte sie es ihm ein wenig leichter machen und eine bunte Schleife um das Holzkästchen binden. Obwohl ihm allein schon die Verpackung auffallen sollte. Sie müsste sie ja nicht ganz in die Öffnung schieben – oder die Lok einfach auf die Schienen setzen?

Rieke verwarf den Gedanken wieder. Nein, das mit dem Tunnel gefiel ihr. Drei gab es. Einer war weiter hinten und nicht so leicht zugänglich. Der andere war direkt vor ihr und nur kurz. In der Mitte der Landschaft befand sich ein weiterer. Der Tunnel schien deutlich länger zu sein als die anderen. Der Hügel, unter dem er hindurchführte, war mit kleinen Bäumen bepflanzt. Oben auf dem Gipfel thronte ein Häuschen. Es sah nicht besonders spektakulär aus, ein ganz normales Wohnhaus, vor dem ein rotes Auto parkte und eine Frau mit einem Kind auf dem Schoß auf der Terrasse saß. Beide schienen über die Landschaft zu blicken und die Aussicht zu genießen.

Ja, das wäre ein guter Platz für das Geschenk, dachte Rieke. Allerdings würde sie sich weit vorlehnen müssen, um die Tunnelöffnung erreichen zu können, und außerdem müsste sie sich mit der Hand abstützen und dabei darauf achtgeben, nichts umzuwerfen. Sie stellte das Kistchen mit dem »Big Boy« neben sich, sah sich um und entdeckte einen Hocker, den sie zu sich heranzog, um festzustellen, dass er mit Rollen ausgestattet war. Sie müsste aufpassen, dass er nicht unter ihr wegflutschte, wenn sie sich auf die Sitzfläche kniete und nach vorne beugte, um das Zentrum der Landschaft zu erreichen.

Eine halbe Minute später stellte sie fest, dass ihre Bedenken berechtigt gewesen waren. Rieke streckte sich, platzierte die Finger der linken Hand wie eine Hundertmeterläuferin beim Start gespreizt über einer Straße und streckte die rechte Hand aus, um das Kästchen mit der Lok in die Tunnelöffnung zu schieben, als der Stuhl begann, ihr zu entgleiten.

Sie keuchte, hielt aber die Balance und bewegte ihre Hüften vorsichtig vorwärts, um den Hocker wieder in Position zu ziehen. Nicht auszudenken, wenn sie der Länge nach auf die Eisenbahn krachen und alles unter sich zerdrücken würde. Schließlich hatte sie sich wieder stabilisiert, streckte sich noch ein Stück weiter und fragte sich, warum sie das blöde Kistchen nicht in den Tunnel schieben konnte. Irgendetwas dadrinnen schien es zu blockieren.

Rieke stellte die Lok zur Seite und streckte sich noch etwas weiter vor, um den Widerstand mit den Fingerspitzen zu ertasten. Sie atmete scharf ein, als sich der Rollhocker wieder bewegte und sie beinahe die Balance verlor. Doch sie fing sich erneut. Ihre Nägel stießen gegen etwas. Schließlich konnte sie es greifen und zog vorsichtig eine längliche Tupperdose aus dem Tunnel.

Wieso steckte Ragnar eine Tupperdose in den Tunnel?

Zudem erkannte sie den halb durchsichtigen Behälter. Sie hatte ihn vor einigen Jahren schon vermisst, weil er so praktisch war und gut in die Seitentasche vom Schulranzen passte. Den hatte sich also ihr Mann geschnappt, obwohl sie damals angenommen hatte, eines der Kinder hätte die Dose in der Schule verbummelt. Außerdem war sie nicht leer. Durch den milchigen Kunststoff erkannte sie etwas. Und es gab Geräusche, wenn sie die Dose bewegte.

Rieke bewegte sich wieder rückwärts, zog das Kistchen mit dem »Big Boy« und die Tupperdose mit sich, kroch vom Hocker und setzte sich darauf. Sie betrachtete den Behälter einige Momente lang und fragte sich erneut, warum Ragnar sich genau den genommen hatte – vielleicht, weil er nicht nur optimal in Seitentaschen von Schulranzen passte, sondern wegen der länglichen Form auch perfekt in einen Modelleisenbahntunnel geschoben werden konnte? Aber wozu?

Rieke klemmte die Fingernägel unter die Seitenränder des Deckels und ließ die Dose aufschnappen.

Fast eine Minute lang starrte sie hinein, bewegte dann einige der Gegenstände, die sich darin befanden, mit dem Zeigefinger hin und her. Ihr Verstand brauchte eine weitere Minute, um das, was sie sah, mit der Wirklichkeit in Einklang zu bringen und sich einen Reim darauf zu machen, um was es sich handelte.

Rieke sah eine blonde Haarsträhne, die mit einem Geschenkband zusammengebunden war. Sie sah einige zusammengeknüllte Strings in unterschiedlichen Farben. Es war keine Reizwäsche, aber hübsch, eben das, was eine jüngere Frau im Alltag tragen würde. Rieke sah auch einen Ring, eine weitere blonde Haarsträhne, ein Halskettchen und eine Uhr von Swatch, die allerdings stehengeblieben war.

Sie atmete tief ein, hielt die Luft an und entließ sie zitternd wieder. Sie wollte schlucken, konnte aber nicht. Sie fühlte sich, als sei etwas in ihrer Seele zerrissen oder in tausend Teile zersprungen, wie wenn man mit einem Hammer eine Glasplatte zerschlug – eine solche Scheibe würde man niemals wieder ganz zusammensetzen können.

Ging Ragnar deswegen jeden Morgen hierher in seinen Raum, um den Inhalt der Dose zu betrachten? Weil es Gegenstände der jungen Frau waren, mit der er eine Affäre hatte? Vielleicht war er deswegen so aus dem Gleichgewicht. Vielleicht war er deswegen abends so häufig fort. Sex hatten sie ja schon seit Jahren nicht mehr gehabt, das Schicksal mancher Ehen. Und dann saß Ragnar hier in seinem Raum, hielt sich die Höschen vor die Nase und …

Rieke schniefte und spürte, wie ihr eine Träne die Wange hinablief. Sie wischte sie mit dem Handballen fort. Ragnar betrog sie. Oder hatte sie betrogen. Wer wusste, ob das immer noch lief. Sie musste es herausfinden. Oder ihn konfrontieren. Oder … oder beides. Sie könnte einen Detektiv auf ihn ansetzen, oder gab es nicht Überwachungs-Apps? Sie könnte ihm die Dose ins Gesicht schleudern und …

Nein, vielleicht war es besser, sie dachte über alles noch mal nach. Womöglich lag sie falsch, und es gab völlig andere Gründe. Vielleicht war es besser, sie verhielt sich so wie immer – würde aber diese Tupperdose an sich nehmen und abwarten, wie Ragnar darauf reagierte? Denn falls sie sich täuschte, würde er die Dose ja gar nicht vermissen – und im anderen Fall würde sie an seinem Verhalten erkennen, ob …

Ja, genau, dachte Rieke. So würde sie das machen. Und den »Big Boy« würde sie auf keinen Fall hier platzieren. Ragnar sollte nicht wissen, dass sie sein Reich betreten hatte. Er sollte sich ruhig den Kopf zerbrechen, falls er seine Souvenirs vermisste.

Rieke nahm die Tupperdose und das Holzkistchen mit der Lok, schob den Hocker wieder an seine Position und verließ die Hütte. Im Flur hängte sie den Schlüssel wieder an die Garderobe und ging hinauf ins Schlafzimmer, um die Lok und die Dose in ihrem Nachtschrank zu verstecken. Den »Big Boy« würde sie Ragnar morgen auf den Frühstückstisch stellen und so tun, als wäre alles in Ordnung, falls ihr das gelang. Und den Behälter mit der Unterwäsche – das würde sich noch zeigen, dachte Rieke und ließ sich aufs Bett fallen, um sich die Augen auszuheulen.

Sie wusste nicht, dass sie in ihrer Aufregung vergessen hatte, die Tür zum Gartenhaus wieder abzuschließen. Sie hatte auch nicht bemerkt, dass sie zwei Figuren auf der Eisenbahnlandschaft umgeworfen hatte: eine Frau mit einem Buch auf einer Bank und einen Mann, der sie heimlich beobachtete …

13

Nick saß vor dem Computer, um einige Berichte zu tippen. Er betrachtete seine Finger. Er dachte, sie würden zittern, was sie aber nicht taten. Dennoch hatte er das Gefühl, einen Drink zu brauchen, um sich zu beruhigen. Ein Drang, dem er widerstehen musste – und konnte, das wusste er. Am Anfang war es nicht leicht gewesen zu begreifen, dass die Sucht doch stärker war, als er angenommen hatte. Er starrte auf den Flachbildschirm, der inzwischen den Screensaver abspielte – ein verworrenes Muster aus wabernden Farben.

Einerseits, dachte Nick, hatte er den Moment herbeigesehnt, sich wieder an die Fersen des Elbrippers zu heften und ihn endlich zu stellen. Andererseits hatte er Angst davor. Angst, sich selbst zu begegnen, sich erneut auf alles einlassen zu müssen und sich dem Trauma zu stellen, das Bettys Tod hinterlassen hatte. Aber er hatte bereits im Sommer beschlossen, dass Weglaufen keine Option war. Denn dann würde ihn der Schatten ewig verfolgen, und der Killer hätte gewonnen. Nein, dachte Nick, verschränkte die Finger wie zum Gebet und knackte dann mit den Knöcheln. Nein, diese Sache war persönlich. Und die

Kollegen hatten recht mit ihren Befürchtungen, dass Nick eine Dummheit begehen könnte, wenn er dem Mann schließlich gegenüberstand, der so viele Morde begangen hatte und auch für Bettys Tod verantwortlich war. Wobei: Wäre das wirklich eine Dummheit?

Nick stand auf, rollte den Kopf im Nacken und ging zu seiner Jacke. Er nahm das Handy aus der Innentasche und suchte eine Nummer aus dem Speicher, die er aus unterschiedlichen Gründen schon lange nicht mehr gewählt hatte. Zum einen war es seit längerer Zeit nicht erforderlich gewesen. Zum anderen war die Nummer brandgefährlich, und das wussten beide Gesprächspartner. Aus ebensolchen Gründen war es aber jetzt nötig, diese Nummer zu wählen. Es war keine Mobilnummer. Die war Nick zwar angeboten worden, aber er hatte darauf verzichtet. Aus persönlichen Sicherheitsgründen. Prophylaktisch. Denn mit Mobilnummern konnte man Textnachrichten und Bilder verschicken, und genau davor wollte sich Nick lieber schützen, weil er wusste, dass er davon Gebrauch gemacht hätte.

Nick ließ es mehr als zehnmal klingeln und ging unterdessen zum Fenster. Es fiel wieder Schnee in kleinen Krümeln. Für diese Nacht und auch für die kommenden Nächte war ein massiver Temperatursturz angekündigt worden. Ein Tiefausläufer aus Sibirien sollte eiskalte Luft nach Deutschland bringen, hatte es in den Nachrichten geheißen. Schließlich ging jemand ans Telefon.

»Nick?«, fragte die Frau. »Nick Beck?« Eine Stimme wie Honig.

»Persönlich.«

»So eine Überraschung.«

»Du hast meine Mobilnummer im Festnetz gespeichert?«, fragte Nick. Denn sie wusste ja offensichtlich, wer anrief.

»Ich habe sie nicht gelöscht.«

»Ich wollte gerade wieder auflegen. Ich dachte, du bist beschäftigt.«

»Ich war bis eben beschäftigt, und gleich bin ich's wieder. Aber dazwischen bin ich gesprächsbereit. Wie geht es dir?«

»Es gibt bessere Tage. Und es gibt schlechtere.«

»Und insgesamt?«

»Bin ich okay und komme klar.«

»Du rufst aber nicht einfach nur so an.«

»Nein.«

»Hat es mit *ihm* zu tun?«

»Ja.«

Die Frau seufzte. Nick hörte sie einige Momente lang atmen. »Ich habe natürlich von dem Mord gehört. Auch davon, wem er zugeordnet wird. Er ist wieder da, und du …«

»Richtig kombiniert«, sagte Nick.

»Willst du reden?«

»Über einige Dinge, ja.«

»Okay. Ich muss mal sehen, wann es geht.«

»Morgen früh oder am Vormittag.«

»Nick, ich kann nicht so einfach …«

»Ich weiß. Aber es ist dringend. Wird auch nicht lange dauern.«

Wieder Schweigen am anderen Ende. Klickende Geräusche. Vermutlich von Fingernägeln auf einer Computertastatur. Dann wieder diese Stimme, süß und tief, hypnotisch, verlockend und gefährlich, selbst wenn sie nur etwas Profanes sagte wie: »Gut, ich kann es möglich machen und zwei Termine umschichten. Um elf?«

»Elf Uhr klingt gut.«

»Ich freue mich, von dir zu hören, Nick. Deine Stimme zu hören. Ich freue mich, dich zu sehen. Aber ich werde keinen …«

»… Kaffee da haben. Du hast nie welchen da.«

Sie lachte.

»Keine Sorge. Ich bringe mir einen Becher von unterwegs mit.«

»Die alte Sucht, hm? Manche Dinge ändern sich nie.«

»Die alte Sucht«, bestätigte Nick.

Dann beendete er das Gespräch, steckte das Handy wieder zurück und spürte, dass seine Hände feucht geworden waren.

Ja, dachte Nick, die alte Sucht. Sie ließ sich unterdrücken. Aber sie blieb immer da und lauerte. Manche Dinge änderten sich tatsächlich nie.

14

Alles bleibt immer gleich, dachte der Mann. Manche Parameter veränderten sich, natürlich. Wie bei einem Equalizer, an dem man die Regler verschieben und den Klang verändern konnte. Je nach Soundvorliebe, je nach Hörvermögen oder Raumakustik. Aber an der Musik selbst änderte sich nichts. *The song remains the same*, hieß es.

Ebenso war es mit der Jagd, mit der Vorbereitung, der Planung und schließlich dem Zuschlagen. Alles war gleich, wie bei einem Ritual. Genau wie bei einem Equalizer musste man für das optimale Erlebnis lediglich einige Parameter verstellen – je nach Umgebung, Situation und Opfer.

Die Frau, die heute einem höheren Zweck dienen würde, war gerade an dem Mann vorbeigegangen. Es hatte etwas geschneit. Die Temperaturen waren im Verlauf des Abends deutlich unter null gefallen, und jetzt, in der Nacht, fror es. Die Pfützen mit Schneematsch waren mit einer harten Kruste überzogen. Der Schnee dämpfte alle Geräusche, als ob man Watte in den Ohren hatte, was wiederum andere Geräusche unnatürlich laut und klar erscheinen ließ. Ein vereinzeltes Durchdrehen von Reifen an irgendeiner Kreuzung, das ferne Rufen von Betrunkenen und das Knirschen ihrer Schritte auf dem Bürgersteig.

Sie ging mit gegen die Kälte hochgezogenen Schultern und hatte den Blick auf den Boden gerichtet. Sie blickte weder nach links noch nach rechts und hatte deswegen den Mann nicht sehen können, der in einem Türeingang stand und jetzt ein kleines Stück nach vorne ins Licht der Straßenlaterne trat. Die Frau nahm den Mann jedoch nicht wahr.

Er hatte die Frau sorgfältig ausgewählt, was zum Ritual – oder weniger dramatisch: zum Handwerk – gehörte, und sie schon eine Zeitlang beobachtet. Sie war eine Hure wie die, die er sich letztes Mal geholt hatte. Sie trug einen fast knöchellangen Daunenmantel in Weiß und dazu mit Kunstfell besetzte Boots. Ihre Haare waren wasserstoffblond und steckten unter einer pinken Strickmütze. Die Haut war künstlich gebräunt. Der Mann hatte sie zuvor einige Male beim Tabledance beobachtet und anschließend ihre Gewohnheiten studiert: Wann machte sie Schluss? Welchen Weg nahm sie nach Hause? Wurde sie abgeholt oder begleitet? Fuhr sie mit dem Auto?

Das tat sie alles nicht, was sie bereits qualifizierte. Außerdem lebte sie allein, eine Eigenbrötlerin, die nicht viel Wert auf Gesellschaft legte. Wenn sie tanzte, tat sie so, als sei sie die Königin der Nacht. Aber hier und jetzt war sie das nicht, oh nein. Sie war sogar ausgesprochen dumm und unachtsam und hatte offensichtlich nicht mitbekommen, dass der Elbripper zurück war – oder sie scherte sich nicht darum oder hatte keine andere Wahl. Was auf jeden Fall sein Glück war.

Der Mann bewegte sich vorwärts, folgte der Wolke ihres Parfüms, versicherte sich mit Blicken nach rechts und links, dass die Straße so einsam war wie zuvor. Hinter keinem Fenster brannte Licht. Alles schlief.

Er zog die Maglite aus der Seitentasche seiner Cargohose, drehte sie um und fasste sie wie einen Knüppel. Als er nur noch zwei Meter hinter der Frau war, bemerkte sie ihn. Sie hatte die Schritte hinter sich gehört und blickte sich über die Schulter um. Ein perfekter Moment, denn sie befanden sich genau neben seinem Auto.

»Hallo«, sagte der Mann, ging weiter vorwärts und holte mit der Maglite aus. Der Knauf traf die Frau mitten zwischen die Augen, auf der Nasenwurzel. Bevor sie zu Boden ging, fing er sie auf und stopfte ihr gleichzeitig den Schal in den Mund, damit ihr Schrei gedämpft wurde. Aber sie schrie nicht. Auch nicht, als der nächste Hieb ihren Wangenknochen zerschmetterte und der dritte ihre Kopfhaut aufplatzen ließ. Die pinkfarbene Wolle färbte sich schlagartig tiefrot.

Mit der freien Hand entriegelte der Mann den Wagen, woraufhin sich der Kofferraum automatisch öffnete.

Alles verlief wie immer, dachte er, hob die Bewusstlose an und warf sie auf die Ladefläche, bevor er sie mit Kabelbindern verschnürte, mit dem Schuh Schnee über das Blut auf dem Gehweg scharrte und sich ans Steuer setzte.

Dann startete er den Motor und verschwand in der Nacht.

15

Der Frühstückstisch war gedeckt. Der Kaffee dampfte. Die Brötchen waren noch warm. Frische Blumen standen auf dem Tisch. Ein Hochzeitstagmorgen nach Maß, wenngleich Ragnar und Rieke Wilk nach all der langen Zeit gar nicht mehr so großen Wert darauf legten, das zu feiern. Geschenke, ja, manchmal auch abends ausgehen, aber mit den Jahren hatte sich die Euphorie über Hochzeitstage gelegt und war dem Alltag und der Normalität gewichen – besonders nachdem die Kinder gekommen waren. Doch weder Rieke noch Ragnar beklagten sich darüber.

Rieke war gerade dabei, ihr Geschenk auszupacken: ein schlichtes goldenes Armband. Ragnar Wilk blickte zwischendurch zu ihr und immer wieder zu dem Geschenk, das für ihn neben dem Teller stand. Normalerweise schenkte sie ihm Kleinigkeiten wie neue Laufschuhe, einen Pullover oder dergleichen. Er hatte nicht die geringste Idee, was sich in diesem länglichen, rechteckigen Päckchen befinden könnte, das hübsch verpackt und mit einer Schleife versehen war. Für eine Armbanduhr war es jedenfalls zu groß und für ein Paar Laufschuhe zu klein.

Rieke lächelte, als sie sich das Armband anlegte. Allerdings fehlte der Glanz in ihren Augen. Entweder gefiel es ihr nicht, oder sie hatte schlechte Laune. Genau konnte er das nicht sagen. Für emotionale Reaktionen anderer Menschen war er ohnehin nicht sonderlich empfänglich – er nahm sie zwar wahr, aber auf einer rein rationalen Ebene. Was folglich nicht hieß, dass er vollends gefühlskalt war. Wenn eines der Kinder krank war und Rieke ihm sagte, wie schlecht es ihm ging, dann konnte er sich durchaus in die Situation hineindenken. Er war nun mal ein besonderer Mensch, so wie seine Mutter es ihm immer wieder gesagt hatte, zudem mit einer besonderen Aufgabe ausgestattet. Er hatte kein Interesse daran, an sich selbst etwas zu verändern, da er sich für vollkommen perfekt hielt. Wie ein Haifisch, dessen Art sich seit Jahrmillionen nicht verändert hatte, weil sie die optimale Evolutionsstufe erreicht hatte.

Seine Aufgabe war es, moralisch verwerfliche Menschen aus der Gesellschaft zu entfernen. Es ging ihm dabei nicht um das Befriedigen von sexueller Lust, sondern um seine Seelenruhe – wenngleich er mit den Frauen natürlich durchaus Sex gehabt hatte, aber zu einem höheren Zweck. Ja, und manchmal, wenn er sich fragte, warum er niemals das Bedürfnis verspürt hatte, Rieke umzubringen, dann dachte er: Ich tue es den anderen an, damit ich es dir nicht antun muss. Ganz abgesehen davon war sie die Mutter seiner Kinder und seine Ehefrau. Man brachte seine Frau nicht um, wenn es dazu keinen vernünftigen Anlass gab, und die Mutter seiner Kinder erst recht nicht. Mütter waren Heilige.

Na ja. Nicht alle.

Jedenfalls, dachte er, wenn ihr das Armband nicht gefiel und sie es umtauschen wollte, dann würde sie es schon sagen. Er würde sich zwar fürchterlich darüber aufregen, denn er hatte es ja extra für sie ausgesucht – aber seine Wut würde er ihr nicht zeigen, sondern anders rauslassen. Wie immer.

Schließlich machte er sich an sein Geschenk, öffnete die Schleife sorgfältig und entfernte das Papier. Zunächst begriff er nicht, was er da sah. Er blickte zu Rieke. Rieke blickte zurück und beobachtete ihn, wartete auf seine Reaktion.

Wann hatte sie … Wie kam sie dazu, dass …

Wilk schluckte. Er öffnete das Kästchen und blickte hinein. Was er sah, war ihm sehr vertraut. Er hatte es schon Hunderte Male auf Fotos betrachtet. Ein echter Schatz.

Er blickte wieder zu Rieke. Ihm war ganz heiß vor Freude.

»Und?«, fragte sie. »Hat es dir die Sprache verschlagen?«

»Woher … Woher hast du die?«

»Eine Frau hat ihre Mittel und Wege.«

»Aber woher weißt du, dass ich mir die schon lange wünsche?«

»Ich weiß es eben.«

Wilk schüttelte den Kopf und sah wieder in das Kistchen. All das glänzende Metall.

»Immer noch sprachlos?«, fragte Rieke.

»Ich weiß nicht, was ich sagen soll.« Wilk schluckte.

»Probier es mal mit: Danke.«

»Danke?«

»Zum Beispiel.«

»Ich weiß nicht, ob das … angemessen ist.«

»Nicht?«

»Nein.«

»Warum nicht?«

»Das … wäre viel zu gering, ich meine … Rieke. Das ist der ›Big Boy‹. Weißt du, wie lange ich mich schon mit dem Gedanken trage …«

»Ja, das weiß ich. Du hast es mal erwähnt, und ich habe immer wieder mitbekommen, wenn du dir Bilder angesehen oder davon gesprochen hast. Das habe ich mir gemerkt und mit ein wenig Hilfe im Internet die richtige gefunden.«

Rieke stand auf, ging um den Tisch herum und umarmte ihren Mann. Eher beiläufig als herzlich. »Danke für das Armband. Es ist sehr hübsch. Und du darfst dich jetzt freuen. Freust du dich?«

»Natürlich!«, schoss es aus Wilk heraus. »Unglaublich! Diese Lok – sie ist viel zu teuer für ein Geschenk zum Hochzeitstag!« Wie auf Knopfdruck stand Wilk auf und umarmte seine Frau, küsste sie. »Ich habe die beste Frau von allen.«

»Du warst in letzter Zeit so verändert«, flüsterte sie in seine Halsbeuge. »Ich dachte, du brauchst etwas Freude.«

»Das war nur Stress, Rieke.«

»Wirklich?«

»Großer Stress bei der Arbeit. Viele Dinge auf einmal. Viel zu viele Dinge.«

»Du weißt, dass du mit mir über alles reden kannst. Jederzeit.«

»Natürlich.«

Rieke löste sich von ihrem Mann und sah ihm tief in die Augen. Ein Blick, den er nicht deuten konnte. »Über alles, meine ich. Wirklich alles. Du frisst viel zu viel in dich hinein. Aber so bist du eben.«

»Ja. So bin ich eben.«

16

Etwa eine halbe Stunde später war Ragnar Wilk auf dem Weg zur Arbeit – mit einem breiten Lächeln und voller Vorfreude auf den Abend, an dem er sich in seinem kleinen Königreich mit dem »Big Boy« befassen und ihn erstmals auf die Schienen setzen würde. Heute Morgen hatte ihm nach dem ausgiebigen Frühstück mit seiner Frau die Zeit dazu gefehlt, und es warteten jede Menge Termine auf ihn.

Rieke Wilk räumte unterdessen ab und fragte sich, wie ihr Mann wohl reagiert hätte, wenn sie ihm nicht die Lok als Geschenk überreicht hätte, sondern stattdessen die Tupperdose mit der Unterwäsche und dem Schmuck.

Während sie den Geschirrspüler einräumte, überlegte sie, ob sie vielleicht doch falschlag. Es gab ja zum Beispiel jede Menge Frauen, die online getragene Unterwäsche verkauften. Vielleicht handelte es sich um so etwas. Oder aber Ragnar experimentierte ein wenig mit sich selbst und zog sich Damenunterwäsche an und legte sich Schmuck an. Die Frage war, ob ihr das lieber wäre als getragene Unterwäsche aus dem Internet oder eine Affäre. Nein, keine Frage. Natürlich wäre ihr das lieber.

Doch sie brauchte Gewissheit. Gleich würde sie googeln, ob es Möglichkeiten gab, das Handy des Partners zu überwachen – oder bei einer Detektei anrufen. Und was die Tupperdose anging: Ragnar würde schon noch merken, dass sie nicht mehr im Tunnel war. Sie war gespannt, wie er darauf reagieren würde und ob er überhaupt eine Reaktion zeigte. Ihn mit der Dose zu konfrontieren und zur Rede zu stellen war ja jederzeit möglich.

Rieke schloss den Geschirrspüler und legte das Armband wieder ab. Schenkte er seinen Geliebten auch solchen Schmuck? In der Tupperdose befanden sich ja Armbänder und Halsketten. Sie schloss die Schatulle.

Wie dem auch sei: Bevor sie ihm alles um die Ohren hauen würde, sollte er auf jeden Fall ein bisschen schwitzen.

Ja, dachte sie, er sollte, verdammt nochmal, schwitzen.

17

Jedes Mal, wenn Nick sich mit Bekka unterhielt, fühlte er sich, als würde er gegrillt werden.

Das war heute nicht anders, als er mit ihr in ihrem Büro auf der Ledercouch saß, Kaffee trank und versuchte, ihrem bohrenden Blick standzuhalten. Er hatte ihr früher schon einmal gesagt, dass sie damit Schmetterlinge aufspießen könnte, und ihre Antwort war nur ein Lächeln und ein schwaches Schulterzucken gewesen nach dem Motto: Nicht nur Schmetterlinge, Nick.

Rebekka Stoeven, genauer: Professor Dr. Rebekka Stoeven, arbeitete in einem privaten Institut für forensische Psychiatrie und Psychologie, das Gutachten im Auftrag von Gerichten und Staatsanwaltschaften anfertigte. Bekka war Anfang vierzig, verheiratet und hatte zwei Töchter. Nach Nicks Einschätzung war sie in einem früheren Leben womöglich eine Elfe gewesen. Auch das hatte er ihr schon mal gesagt. Die zarte Figur, ihre zierliche Größe, das schmale Gesicht mit den großen blauen Augen und das lange rotblonde Haar. Ihre tiefe Stimme stand zu ihrem Äußeren sehr in Widerspruch.

Nick kannte Bekka von einigen Fällen aus der Vergangenheit. Sie hatte ihm mit einigen fachlichen Einschätzungen zum Elbripper-Fall geholfen und schließlich persönlich, nachdem Betty gestorben war. Sie hatte Nick Valium verschrieben und ihm außerdem Antidepressiva empfohlen, die er allerdings abgelehnt hatte. Alkohol war zu seinem Antidepressivum geworden – und nachdem er mit dem Trinken angefangen hatte, hatte er sich von Bekka lieber ferngehalten. Er hatte angenommen, dass sie es sofort merken würde, denn sie konnte meist in ihm lesen wie in einem offenen Buch.

Der andere Grund, warum er Distanz wahrte: In den vielen Gesprächen hatte er Gefallen an ihr gefunden und zudem das Gefühl gehabt, dass es bei ihr ähnlich sein könnte. Da war Vorsicht geboten.

Bekka trug die roten Haare heute zum Pferdeschwanz gebunden. Ihre Beine steckten in knallengen schwarzen Jeans und waren übereinandergeschlagen. Die dunkelrot lackierten Fingernägel standen im Kontrast zu der weißen Teetasse, die sie in beiden Händen hielt, während sie Nick aufmerksam zuhörte, der ihr vom Wiederauftauchen des Elbrippers erzählte.

»Ich habe es in den Nachrichten verfolgt«, sagte Bekka. »Du bist damals vor ihm weggelaufen. Jetzt holt er dich wieder ein. Das bringt dich durcheinander und zwingt dich zu Entscheidungen, die du aufgeschoben hast. Aber tatsächlich hast du sie schon getroffen, nicht?«

»Ja.«

»Trinkst du noch?«

Nick streckte sich. Also wusste sie es doch. Kunststück. Wie hatte er auch annehmen können, dass sie das nicht mitbekommen hatte.

»Nein«, sagte Nick. »Woher weißt du das überhaupt?«

»Du hast mehr als einmal nach Alkohol gerochen und versucht, es mit Minzbonbons zu überdecken. Menschen, die trinken, glauben gerne, dass andere das nicht wahrnehmen würden.«

Nick schmunzelte, trank einen Schluck Kaffee. »Ich bin clean«, sagte er. »Seit Sommer. Ich brauchte damals all meine Kraft für einen Fall.«

»Fanny Monecke.«

»Auch das ging nicht an dir vorbei.«

»Nein. Die Medien waren voll davon.«

Bekka sah Nick abwartend an. Eine Taktik, die auch viele Polizisten in Vernehmungen anwendeten. Dem Gegenüber Raum lassen, damit es dem Drang nachgab, die Stille füllen zu wollen, es beobachten, Reaktionen wahrnehmen. Nick blickte in die Tasse. Der Kaffee war schwarz wie die Nacht, in der sein Mercedes über Fannys auf der Straße liegenden Körper gerollt war. Schwarz wie die Nacht, in der er sie versteckt hatte.

Als Nick nichts weiter sagte, fragte Bekka: »Weswegen hast du mich angerufen, Nick?«

»Der Elbripper hat einige Details in seinem Modus geändert. Ich denke, weil er sich in seiner Abstinenz selbst verändert hat. Meine neue Kollegin war bei einer Fortbildung über Serientäter und meint, wir hätten bislang ein falsches Profil gehabt und bräuchten ein Update gegenüber dem, das wir von der operativen Fallanalyse erhalten haben.«

»Wenn er seinen Modus geändert hat, müsst ihr das Profil natürlich anpassen«, erwiderte Bekka. »Was genau hat sich geändert?«

Nick erzählte es ihr. Dann nahm er sein Handy und zeigte ihr Bilder vom Tatort und dem Symbol.

»Dieses Zeichen«, erklärte Nick, »hat er mit dem Blut des Opfers an die Wand gemalt. Wir wissen nicht, was es bedeutet. Ist es ein existierendes Symbol – oder eines, das er sich ausgedacht hat?«

Bekka beugte sich zu ihm, um das Zeichen besser sehen zu können. Nick spürte ihre Wärme, roch ihren schwachen Duft.

»Das ist interessant«, sagte Bekka leise. »Und ungewöhnlich. Ebenso die Tatsache, dass er dir den Zettel in den Briefkasten geworfen hat. Bislang schien es, als habe er die Taten ausschließlich für sich selbst begangen. Jetzt und mit diesem Symbol wirkt es viel stärker ritualisiert. Er zielt auf Außenwirkung – auch mit der Inszenierung der Leiche. Es ist wie eine Opferung, eine Darbietung. Er will, dass wir hinsehen.«

»Das war auch mein Gedanke. Seht her: Ich bin wieder da.«

»Vielleicht ist es deutlich mehr als das, Nick.«

»Und zwar?«

»Vielleicht ist es auch ein: Seht her, wer ich bin. Was du beschreibst, ist ...«

»Ein Ausrufezeichen.«

»Ja.«

»Mir will dennoch nicht in den Kopf, warum er auf einmal Aufmerksamkeit sucht. Die bekommt er doch ohnehin. Und ich verstehe nicht, was das mit diesem Symbol soll.«

Bekka sah Nick durchdringend an. Dann betrachtete sie erneut das Zeichen.

Es sah aus wie ein Strichmännchen. Die Arme waren in Schlangenlinien dargestellt. Der linke wies nach oben, der rechte nach unten. Im Zentrum des angedeuteten Körpers befand sich eine Spirale. Der Kopf war ein nach oben zeigender Pfeil.

»Es ist eine abstrahierte Figur. Sie strebt gleichermaßen nach oben und nach unten. Sie ist geistig überlegen, der Pfeil am Kopfende deutet das an. Und in ihrem Zentrum herrscht Chaos. Die eine Hand wirkt wie zum Gruß oder drohend erhoben. Die Figur ist dynamisch, aber im Gleichgewicht. Sie vereint alle vier Himmelsrichtungen in sich.«

»Die Arme sehen aus wie schlackrige Gummibänder.«

»Ja.«

»Ist es das Bild eines Verrückten?«

»Was ist schon verrückt, Nick? Ich denke eher, es ist ein sehr überlegtes Bild. Wer das entworfen hat, kennt entweder sich selbst sehr gut oder den, der abgebildet sein soll.«

»Wer könnte das sein?«

Bekka zuckte mit den Schultern. »Eine Gottheit?«

»Er sieht sich selbst als Gott?«

»Vielleicht. Aber es könnte auch um einen anderen Gott gehen. Einen Fetisch. Eine höhere Macht, der er geopfert hat.«

»Der Elbripper hat so etwas noch nie getan. Er hat nur für sich selbst agiert.«

»Und deswegen hat deine Kollegin recht damit, dass ihr ein aktuelles Profil von ihm benötigt. Etwas hat sich verändert. Sehr.«

Nick kratzte sich am Kinn. »Weil sich etwas in seinem Leben verändert hat?«

»Denkbar. Er hat seit fast zwei Jahren nicht mehr gemordet. In der Zeit kann viel passieren.«

»Das sehe ich auch so. Ich glaube, er hatte sehr viel Zeit, sich mit dem zu befassen, was er getan hat. Und nun sehen wir das Ergebnis.«

»Oder es ging ihm schon immer um etwas anderes, als die Polizei angenommen hat – und nun zeigt er es euch. Kannst du mir das Bild schicken? Ich könnte eine Kollegin danach fragen.«

Nick dachte nach.

»Sie arbeitet in einer psychiatrischen Klinik mit Kunsttherapie.«

Nick trank noch etwas Kaffee. Dann nahm er das Handy und sendete das Foto an Bekka. Er bemerkte, dass eine Textnachricht eingegangen war. Nick las sie. Sie war von

Dr. Jonas Peterson. Peterson arbeitete bei ForGenTox, einem Gentechniklabor. Er war Bassist und lud Nick zu einer Session am Abend ein. Er hatte einen neuen Drummer an der Hand, das klang vielversprechend. Warum nicht?, dachte Nick. Er legte das Handy wieder hin und wandte sich Bekka zu.

»Danke für deine Einschätzung«, sagte er. »Meine Kollegin wird sich nach Experten für Symbole umhören. Wenn deine Freundin zusätzlich weiterhelfen kann – umso besser.«

Bekka nickte und lächelte. Sie streckte die Hand aus, um sie auf Nicks zu legen. »Bist du sicher, dass du dich in die Ermittlungen stürzen willst?«

»Ich habe darauf gewartet, dass er zurückkehrt. Jetzt ist er da. Ich werde nicht weglaufen. Im Gegenteil. Ich werde nicht ruhen, bis ich ihn habe.«

»Nur wegen Betty?«

»Nein. Wegen allen Frauen. Weil ich das tun will, wofür ich da bin. Ich kann ihn nicht da draußen herumlaufen lassen und dabei zusehen.«

Bekka nickte. Sie zog die Hand wieder fort. Nick wünschte, sie hätte sie noch etwas dort gelassen.

»Du kannst dich jederzeit bei mir melden, Nick, wenn du etwas brauchst. Egal, was.«

»Danke.«

Bekka lächelte. »Und ich hatte gedacht, du hättest mich einfach mal so angerufen, um zu hören, wie es mir geht«, sagte sie schließlich.

Nick stand auf. Er fragte: »Wie geht's dir?«

Bekka winkte ab und stöhnte: »Frag besser nicht.«

Nick musste lachen. Bekka ebenfalls.

»Okay«, sagte er. »Vergiss die Frage.«

»Alles gut«, erwiderte sie und fuhr sich durchs Haar. »Ich habe ein schlimmes Jahr hinter mir.«

»Oh?«

»Die Scheidung, dann alles neu sortieren – das Leben stellt sich auf den Kopf, die Kinder …«

Nick machte ein gedankliches Update: Sie war *nicht* mehr verheiratet.

»Scheidung? Das tut mir leid.«

Bekka winkte ab. »Ist besser so. Ich wollte es ja. Die innere Trennung ist schon deutlich länger her als ein Jahr, wenn du weißt, was ich meine. So ein Neuanfang ist einerseits ja auch etwas Schönes. Aber andererseits …«

»Verstehe«, sagte Nick. »Ist nicht leicht, sich an das Alleinsein zu gewöhnen.«

»Ich habe ja die Kinder.«

»Und ich habe die Gitarre und den Mercedes.«

Bekka lachte und betrachtete Nick. Nick betrachtete Bekka.

Verdammt, dachte Nick, nichts wie raus hier.

»Jetzt aber raus hier«, sagte Bekka und deutete auf ihre Uhr.

Als er draußen war und zum Auto ging, genoss Nick die eisige Kälte. Er musste die Scheibe vom Mercedes frei kratzen, wie heute Morgen schon. Als er noch einmal an dem Bürogebäude hochblickte, sah er für einen kurzen Moment Bekka am Fenster, die ihm zugeschaut hatte und dann verschwand.

18

Cleo saß auf dem Bürostuhl, der mittlerweile höchst unbequem für sie war. Sie hatte bereits einige Male überlegt, ob sie ihn besser gegen einen Sitzball austauschen sollte, aber darauf verzichtet. Jetzt könnte sie ihn gut gebrauchen. Trotz der Kälte stand das Fenster auf. Ihr war heiß. Sie wollte gerade aufstehen und die Heizung runterdrehen, als sie wieder einmal einen Kick von innen gegen die Bauchwand bekam. Dann noch einen.

»Hey«, murmelte sie und strich mit der flachen Hand über die Wölbung unter dem Pullover. »Alles klar, schon gut, ich bewege mich nicht«, murmelte sie und blieb sitzen, wartete noch eine Minute ab – aber es gab keinen weiteren Kick mehr. »Ich weiß ja, dass du da rauswillst«, sagte sie leise, »dauert nicht mehr lange. Aber glaub mir, es wird Tage geben, an denen sehnst du dich zurück.«

Cleo ging ein weiteres Mal die Bilder vom Fundort der Leiche und den Obduktionsbericht durch. Inzwischen waren auch erste mögliche Zeugen befragt worden.

Romina hatte in einer Tabledance-Bar namens »Puppethouse« gearbeitet und stammte aus Rumänien. Sie hatte den Laden vor zwei Tagen gegen drei Uhr morgens verlassen und war seither nicht wieder aufgetaucht. Niemand hatte sich deswegen Sorgen gemacht, sagte der Betreiber – die Mädchen kamen und gingen. Er habe sich auch keine Gedanken gemacht, als er vergeblich versucht hatte, sie telefonisch zu erreichen. Nein, sie habe sich in den vergangenen Tagen und Wochen nicht auffällig verhalten. Dass sie Feinde, eifersüchtige Verehrer oder dergleichen hatte, konnten weder er noch ihre Kolleginnen bestätigen. Angesichts der Tatsache, dass sie tot aufgefunden worden war, hatte der »Puppethouse«-Betreiber namens Fredo allerdings ausgesagt, dass sie zwischendurch für einen anderen Arbeitgeber tätig gewesen sei: den Betreiber eines Wohnmobilstellplatzes für Prostituierte. Es habe außerdem eine Phase gegeben, in der sie regelmäßig harte Drogen genommen habe.

Die Kollegen würden sich fraglos darum kümmern, dachte Cleo. Wenngleich niemand ernsthaft annahm, dass in diesem Mordfall ein Täter im privaten oder beruflichen Umfeld zu suchen war. Aber die Ermittlungen zielten natürlich darauf ab, zu klären, was zwischen dem Verlassen des »Puppethouse« und dem Auffinden von Rominas Leiche genau passiert war. Hatte Romina noch eine Kneipe aufgesucht? War sie zu Fuß nach Hause gegangen? Welchen Weg hatte sie genommen? Hatte sie sich nach der Schicht noch Drogen besorgt oder sich mit jemandem getroffen? Wer hatte sie gesehen? Ihr Wohnort in Wilhelmsburg war jedenfalls bekannt und würde in Kürze von der

Polizei untersucht werden. Die Staatsanwaltschaft hatte bereits das Okay für eine Durchsuchung gegeben. Cleo nahm nicht an, dass dabei viel Neues hinsichtlich der Tatumstände herauskommen würde – außer dass man das Opfer deutlich besser kennenlernen würde. Aber auch das konnte viel wert sein. Alles war wichtig.

Cleo betrachtete die Aufnahme von der Wand, die das mit Blut gepinselte Symbol zeigte. Was sollte es bedeuten? Sie kaute auf der Unterlippe, überlegte und dachte, dass es auf einen Versuch ankam. Sie nahm ihr Handy und machte mit der Kamera ein Foto von dem Ausdruck. Sie verbesserte das Bild mit der Autokorrektur und drehte mit einem Regler mehr Kontraste rein, Schärfe und Brillanz, so dass die Linienstruktur deutlicher hervortrat. Schließlich schickte sie sich das Foto selbst per E-Mail, öffnete die Mail auf dem Dienst-PC und lud es auf den Desktop. Sie öffnete Google und klickte ganz rechts oben auf den Reiter »Bilder«. In der Suchmaske befand sich neben der Lupe ein Kamera-Icon, auf das sie klickte, um das Foto vom Desktop hochzuladen. Damit startete automatisch die Bildersuche, in der Google das hochgeladene Motiv mit Millionen anderer in der Datenbank abglich. Es dauerte nur wenige Augenblicke, bis das Ergebnis da war.

Cleo sah eine ganze Reihe von Symbolen, die sehr an das des Killers erinnerten, und außerdem Einträge von Webseiten und Wikipedia. Die Bilder zeigten sehr ähnliche Zeichen, nur viel detaillierter. Cleo verglich sie mit dem, das der Killer in Nicks Briefkasten geworfen hatte. Die Linienführung war nahezu identisch.

Identisch waren außerdem die Schlagworte, die Google ausgespuckt hatte. Zu dem Symbol gehörte ein Name. Und zu dem Namen gehörte eine Bedeutung.

»Gott«, murmelte Cleo und schluckte. Wenngleich der Name gemäß den Hinweisen von Google mit Gott nicht viel zu tun hatte.

Allerdings wollte sie sich nicht auf das Internet verlassen. Sie konnte schlecht losmarschieren und sagen: Schaut mal, Herr Staatsanwalt und Herr Chef, was ich gegoogelt habe. Sie musste mehr wissen, brauchte fachliche und wissenschaftlich fundierte Aussagen und griff daher wieder zum Handy, um ihren Mann anzurufen, Chris.

Chris klang atemlos, als er eine Minute später dranging. Er musste durch das Institut zu seiner Jacke gelaufen sein, in deren Innentasche das Smartphone für gewöhnlich steckte. Das war so seine Art, und deswegen dauerte es oft Stunden, bis er auf eine Whatsapp reagierte. Was widersprüchlich war, denn er hatte ihr aufgetragen, sich unbedingt zu melden, falls es Probleme gebe, und sie könne ihn jederzeit bei der Arbeit anrufen. Doch da sollte er das Telefon besser immer bei sich haben.

»Ja? Cleo? Alles klar? Alles in Ordnung?«, keuchte Chris und schnaufte.

»Die Frage ist: Ist bei *dir* alles okay?«

»Natürlich, ja. Warum?«

»Egal. Chris, ich brauche einen Namen und eine Nummer.«

»Okay?«

»Da gibt es doch diesen früheren Studienkollegen von dir, der jetzt Unterwasserarchäologe ist und nach Tempeln und alten Schiffen taucht.«

»Hans. Ja. Was ist mit dem?«

»Ob der andere Wissenschaftler kennt, die etwas von alten Schriften und Symbolen und derlei Dingen verstehen?«

»Natürlich. Mit Sicherheit. Warum?«

»Ist für die Arbeit.«

»Ich kann dir seine Nummer schicken. Er sollte an der Uni sein – falls er nicht unterwegs ist, was ich zu dieser Jahreszeit aber nicht annehme.«

»Mach das bitte. Schick mir seinen Kontakt.«

»An was arbeitest du denn da, um Himmels willen?«

»Ist ein laufender Fall, zu dem ich eine fachliche Expertise benötige.«

»Kann denn das nicht jemand anders machen?«

»Chris …«

»Ich meine: Du hast nur noch eine Woche. Es geht doch hoffentlich nicht …«

»Hallo?«

»… um diesen schrecklichen Mordfall? Sag mir, dass es nicht darum geht. Das regt dich zu sehr auf, ich …«

»Chris!«

»Ja?«

»Schick mir den Kontakt. Ich habe jetzt eine Besprechung. Bis später.«

»Gut. Ja. Bis später. Hab dich lieb.«

»Hab dich auch lieb.«

Cleo drückte ihn weg, stöhnte genervt und verdrehte die Augen. Im nächsten Moment ging der Kontakt von Hans Stürmer ein. Cleo rief ihn umgehend an. Er war nicht beim Tauchen. Was für ein Glück! Und er hatte einige ziemlich gute Vorschläge.

19

Die Abkürzung MARKK stand für »Museum am Rothenbaum. Kulturen und Künste der Welt«, was eindeutig zeitgemäßer klang als »Museum für Völkerkunde und Vorgeschichte«. Dabei war es genau das. Es lag an der Rothenbaumchaussee in Eimsbüttel und zählte zu den größten ethnographischen Museen Europas. Es verfügte über eine umfangreiche Sammlung von Artefakten aus aller Herren Länder unterschiedlichster Epochen. Es war in einem prächtigen historistischen Gebäude aus rotem Backstein untergebracht, das extra für die Sammlung errichtet worden war. Es beherbergte Tausende von Kunstschätzen, Dauerausstellungen über die Südsee und Afrika, es gab eine Inka-Galerie und Hunderte Objekte aus dem alten Ägypten sowie Sonderausstellungen.

Hans Stürmer hatte Cleo dorthin geschickt – genauer gesagt: ein Kollege von Hans und wiederum ein weiterer Kollege, denn Hans hatte mit dem speziellen Themengebiet, das Cleo interessierte, nicht so viel zu tun, wie er ihr erklärte. Aber er kannte jemanden von der Orient-Gesellschaft, und der wiederum kannte zwei weitere Spezialisten, von denen einer an der Uni in Heidelberg arbeitete und ein anderer als freier wissenschaftlicher Mitarbeiter in Hamburg, wo er gerade für das MARKK eine Ausstellung konzipierte.

Na endlich, hatte Cleo gedacht – wobei ein Ausflug nach Heidelberg auch ganz nett gewesen wäre. Inwieweit der Wissenschaftler am MARKK ihr weiterhelfen könnte, müsste man noch sehen. Telefonisch war er leider nicht erreichbar gewesen, weswegen Cleo einfach losgefahren war und jetzt das MARKK betrat, dessen Inneres sie zuletzt wohl vor fünfundzwanzig Jahren oder mehr mit ihrer Schulklasse gesehen hatte.

Cleo zeigte ihren Polizeiausweis vor und fragte sich durch, bewunderte die Architektur und wartete, bis jemand von der Verwaltung in Erfahrung gebracht hatte, wo der Mann gerade steckte, den sie suchte. In der Zwischenzeit sah sie sich in dem prächtigen Foyer um. Der Boden war kunstvoll gefliest, die Decke mit Kassetten verkleidet und von Stützen aus grauem Marmor getragen. Zwischen den Säulen führten Treppenstufen zu einer mit poliertem Stein verkleideten Wand, in der sich ein Portal befand. Alles wirkte sehr edel, geschmackvoll und hochwertig. Links und rechts von den Säulen standen Korbstühle und Tische.

Cleo wollte sich gerade setzen, als sich eine Tür öffnete, die sie gar nicht bemerkt hatte, und ihr ein Mann entgegenkam, der sich als Leander Roth vorstellte. Er war groß, schlank, sein Blick etwas unstet. Er musste Mitte oder

Ende dreißig sein, trug einen Strickpullover und Jeans und hätte dringend einen Haarschnitt gebraucht. Cleo wies sich aus und erklärte ihm, dass sie für eine Ermittlung eine wissenschaftliche Expertise benötige und er ihr empfohlen worden sei. Sie sagte auch, von wem.

Roth hob überrascht eine struppige Augenbraue. »Oh?«, machte er und lächelte. »Aber ja«, fuhr er fort, »ich habe einige Semester in Heidelberg am Institut für Assyriologie studiert. Wir haben uns einige Male bei Tagungen der Deutschen Orient-Gesellschaft getroffen, daher kennen wir uns, aber ich bin dann nach Hamburg ans Asien-Afrika-Institut gewechselt, wo es eine Stelle in der Abteilung für Geschichte und Kultur des Vorderen Orients gibt. Altorientalistik – ziemlich extravagant, dass die Kriminalpolizei mich hierzu als Experten befragt.«

»Ja«, sagte Cleo und lächelte. »Ungewöhnlich, ich weiß.«

»Ich bin noch nie von Dritten um wissenschaftlichen Rat gebeten worden. Außerdem bin ich gerade mit dem Aufarbeiten einiger Stücke aus dem Archiv befasst – es gibt nicht viele aus dem Zweistromland hier, aber ein paar, und es wird eine Sonderausstellung vorbereitet, die ich kuratiere.«

»Ich will nicht viel von Ihrer Zeit stehlen, Herr Roth.«

»Worum geht es denn überhaupt?«

Cleo nahm ihr Handy aus der Jackentasche. Sie schaltete es ein und rief ein Bild auf, das sie aus dem Internet heruntergeladen hatte. Sie zeigte es Roth.

»Darum geht es«, sagte sie.

»Oh?«, machte Roth wieder und sah zwischen Cleo und dem Handy hin und her.

»Können Sie mir etwas darüber erzählen? Was das zu bedeuten hat?«

»Das kann ich«, sagte Roth und nickte. »Kaffee?«

»Gerne ein Wasser«, antwortete Cleo – und folgte Roth ins Museumscafé, wo sie an einem Tisch am Fenster direkt an der Heizung Platz nahmen.

»Tja, also«, begann Roth. Er lehnte sich in dem Korbstuhl zurück, der mit knarzenden Geräuschen antwortete. »Dieses Symbol ist etwas verrückt – aber ich weiß, was es zu bedeuten hat.«

»Das weiß ich ebenfalls«, erwiderte Cleo. »Zumindest so viel, wie Google erlaubt hat herauszufinden.«

Roth schmunzelte. »Tja, Google …«

»Ich weiß, deswegen bin ich hier. Können Sie mir den Hintergrund aus fachlicher Sicht erläutern?«

»Zu dem Symbol oder zu dem, was es bedeutet?«

»Möglichst beides.«

»Das Symbol, das Sie mir gezeigt haben, geht wahrscheinlich auf die *Clavicula Salomonis Regis* zurück – ein anonymes Buch von Zaubersprüchen aus dem 17. Jahrhundert. Darin gibt es diverse Symbole, die unterschiedlichen Dämonen zugeordnet sind. Ich weiß wirklich nicht, ob sich dieses Symbol auch darin befindet. Ich kann es mir eher nicht vorstellen. Aber der Stil ist sehr ähnlich. Außerdem erinnert es in der Machart sehr an das Original: die eine Hand erhoben, als Drohung oder Gruß, die andere nach unten weisend, der Pfeil am Kopf, der an einen Kamm erinnert, die angedeuteten Flügel …«

»Die Figurine, die Sie meinen – ist das diese hier?«

Cleo nahm ihr Handy, rief ein Foto auf und schob es Roth hin, der es betrachtete und nickte. Das Bild zeigte eine Statuette – ein knochendürres Wesen mit Monsterkopf und Schwingen. Die Zähne waren gefletscht, eine mit Klauen bewehrte Hand war wie zum Gruß oder drohend erhoben.

»Ja. Pazuzu.«

»Pazuzu.«

»Sie wissen …?«

»Nur das aus dem Internet. Bitte erzählen Sie mir mehr.«

»Pazuzu ist ein assyrisch-babylonischer Dämon und sehr alt – die ersten bekannten Darstellungen datieren aus dem ersten Jahrtausend vor Christus, doch sicher ist er noch älter. Er ist der Dämon der Winde. Sie müssen sich vorstellen, dass Dämonen und Götter im Glauben der Menschen für alles verantwortlich waren – gute Ernte, schlechte Ernte, den Wind, das Wetter und Krankheiten. Auf den Darstellungen sehen Sie Flügel, die viele Dämonen hatten. Das ging später in die Ikonographie der Engel über, die ja ebenfalls unterschiedliche Aufgaben und Funktionen hatten – der Gedanke der Hierarchie und unterschiedlichen Zuständigkeiten findet sich ja in jeder alten Religion wieder.«

Cleo nickte. Chris sah sich so ein Zeug an – »Ancient

Aliens« oder »The UnXplained«, wo Leute wie William Shatner oder Erich von Däniken über Götter aus dem All und geflügelte Wesen mit Überkräften mutmaßten.

»Pazuzu«, fuhr Roth fort, »ist der Gegenspieler von Lamaštu, einer bösen Dämonin, und wenngleich Pazuzu starke und zerstörerische Kräfte hat, ist er eher ein Guter.« Roth lächelte. »Kennen Sie den Film ›Der Exorzist‹?«

»Ja, den kenne ich.«

»Das Mädchen in dem Film ist von Pazuzu besessen. Daher ist er bis heute bekannt und gefürchtet. Pazuzu sieht grimmig aus – ein Mischwesen aus Mensch und Tier, wie so viele Dämonen und Götter. Sein aufgerissenes Maul gleicht einem Hund mit gefletschten Zähnen, der Kamm erinnert an einen Hahn, die Augen stechen hervor, er hat ziegenartige Hörner, die Klauen eines Vogels, einen erigierten Penis und einen Skorpionschwanz – das sieht schon gruselig aus.«

»In der Tat.«

»Lamaštu ist eine böse Dämonin und verantwortlich für viele Krankheiten und den Tod. Ihr Auftrag ist es, die Überbevölkerung zu verhindern. Sie verursachte Kindbettfieber und tötete Frauen und Kinder. In Ritualen zur Heilung wurde Pazuzu gerufen und beschworen, um die Krankheiten quasi hinfort zu wehen. Ich habe an einem Forschungsprojekt gearbeitet. In Assur wurden in den Ruinen die Überreste einer großen Bibliothek im Haus eines Beschwörers gefunden. Man muss sich vorstellen, dass diese Menschen in ihrer Zeit zugleich Magier, Priester und Ärzte waren. Auf den alten Keilschrifttafeln werden viele Rituale beschrieben. Pazuzu-Figuren hielt man sich über den Kopf, stellte sie ans Bett oder trug Amulette – sobald sie den schrecklichen und mächtigen Pazuzu sahen, flohen die anderen, geringeren Dämonen. Heute verbindet man ihn mit dem Bösen, vor allem durch den Film. Tatsächlich war er seinerzeit als Herr der Wüstenwinde zwar durchaus schädlich, aber vor allem ein Schild gegen das Unglück in schlechten Zeiten und bei Krankheiten.«

»Oh.« Cleo nickte. »Verstehe.« Sie dachte nach, was das im Zusammenhang mit dem Killer zu bedeuten hatte. Verstand er sich als Beschützer? Sah er seine Taten als das Austreiben von Krankheiten an? Schwangerschaft, Kindbettfieber, Mütter, Neugeborene – spielten die zugenähten Vaginen der Opfer hier eine Rolle? Die Gedanken schwirrten ihr im Kopf herum. »Sie kennen sich gut damit aus.«

Roth erwiderte: »Jeder Wissenschaftler meines Fachgebiets würde Ihnen dasselbe sagen können. Die Dämonenstatuetten waren seinerzeit so etwas wie Ikonen. Jeder Pfarrer kennt den Erzengel Gabriel oder die Heiligen. Der Pazuzu-Kult war sehr verbreitet. Außerdem sind Sie doch zu mir gekommen, weil man Ihnen gesagt hat, dass ich mich in der Materie auskenne?«

Cleo lächelte schwach und nickte. »Wären Sie bereit, mir eine schriftliche Expertise über das Symbol zu erstellen? Sie muss nicht lang sein, und natürlich wird es vergütet.«

Roth zuckte mit den Schultern.

»Wenn es nicht sofort sein muss«, erwiderte er. »Darf ich fragen, wozu Sie das benötigen?«

»Für einen laufenden Fall«, sagte Cleo, stand auf und streckte sich, so gut es ging. Ihr war fürchterlich warm. Sie schwitzte. Außerdem klingelte ihr Handy. Sie fischte es aus der Innentasche ihrer Jacke, die über dem Stuhl hing. Ein Anruf von Schultz ging ein. Cleo nahm ihn an.

»Ja?«

»Wir haben eine Neue«, sagte Schultz.

Mit einem Schlag begann Cleo zu frösteln.

»Ein neues Opfer. Der gleiche Modus. Sie wurde vor zwei Stunden gefunden. Wir sind gerade da. Komm hin.«

Schultz nannte ihr den Fundort und beendete das Gespräch. Cleo steckte das Handy wieder ein.

»Ich muss leider sofort los«, sagte sie.

»Immer diese Arbeit.« Roth lächelte. »Dringender Fall?«

Cleo antwortete nicht. Sie gab Roth, der ebenfalls aufgestanden war, stattdessen ihre Visitenkarte.

»Falls Ihnen noch etwas einfällt, Herr Roth, rufen Sie mich jederzeit an. Und eine kurze Expertise samt Rechnung können Sie mir an meine E-Mail-Adresse senden. Es wäre schön, wenn das innerhalb der kommenden Woche möglich wäre.«

Cleo fiel ein, dass sie nächste Woche schon gar nicht mehr im Dienst sein würde. Aber egal.

»Das schaffe ich«, sagte Roth. »Wo ist denn das Symbol aufgetaucht?«, fragte er. »Es interessiert mich rein professionell, wer sich heutzutage und hierzulande mit etwas Exotischem wie assyrischen Dämonen befasst.«

Cleo lächelte entschuldigend. »Ich darf leider nicht über laufende Ermittlungen sprechen.«

»Vermutlich irgendwelche Satanisten, die das Zeichen völlig falsch verstehen? Ich erwähnte ja, dass Pazuzu seit dem ›Exorzisten‹ einen denkbar schlechten Ruf hat.«

»Haben das nicht irgendwie alle Dämonen und Geister?«, fragte Cleo und nahm ihre Jacke, um sie anzuziehen. Roth kam ihr zuvor und half ihr hinein.

»Nicht alle«, sagte er. »Bei weitem nicht.«

20

Nick ließ den Gitarrenkoffer aufschnappen und nahm seine Gitarre heraus. Eine 52er Fender Telecaster, naturbelassen mit schwarzem Schlagbrett. Das Modell, das auch Springsteen spielte, allerdings eine Neuauflage. Für echte Gitarren mit dem Baujahr könnte man sich auch gut ein Auto kaufen. Er hängte sie sich um, stöpselte das Kabel ein und verband es mit dem 1962er Bluesbreaker von Marshall, der Clapton zur Legende gemacht hatte. Der Verstärker lief bereits, um die Röhren anzuwärmen, und reagierte mit einem satten »Fwump«, als Nick den Klinkenstecker in die Buchse steckte.

»Sorry«, sagte Nick und entschuldigte sich für das laute Geräusch.

Jonas Peterson grinste und nickte. Er hatte einen sündhaft teuren, aber todschicken Bass von Fender umhängen, der aus dem Custom Shop stammte und künstlich gealtert war. Hinter ihm stand ebenfalls ein sündhaft teurer Verstärker von Ampeg – das Modell, das auf sämtlichen Motown-Aufnahmen aus den Sechzigern zu hören war.

Peterson, eigentlich Professor Dr. Jonas Peterson,

arbeitete in einem Gentechniklabor namens ForGenTox, das immer wieder für Gutachten und Untersuchungen hinzugezogen wurde, wenn das LKA überlastet war. Zudem war die technische Ausstattung in der Privatwirtschaft wesentlich besser. Peterson hatte einige Male mit Nick zusammengearbeitet – zuletzt eher informell im Sommer. Beide hatten schon früh ihre Vorliebe für alte Instrumente sowie Rock, Blues und Soul entdeckt, ein Zufall, der sie schnell auf einer Wellenlänge schwimmen ließ. Nick hatte sich nie etwas aus der Idee gemacht, in einer Band zu spielen. Er spielte nur für sich selbst Gitarre, zum Nachdenken und Entspannen. Er hatte es sich außerdem selbst beigebracht und in den Hamburger Clubs den Bluesgrößen auf die Finger geschaut.

Peterson wiederum, der aus Dänemark stammte, hatte sich sein Studium mit dem Bassspielen und Singen finanziert und in einer gut gebuchten Coverband gespielt. Mit einer früheren Gruppe hatte er vor vielen Jahren in Kopenhagen sogar CDs aufgenommen. Mittlerweile fehlten ihm zwar die Energie und die Zeit für die Musik. Dennoch war er nach wie vor davon begeistert und hatte sich in seinem Haus einen exzellent ausgestatteten Proberaum ausgebaut, den er für gelegentliche Sessions mit Freunden nutzte, wenn seine Frau gerade nicht da war und die trotz aller Dämmung unvermeidliche Lautstärke niemandem auf die Nerven ging.

Peterson trank einen Schluck Bier aus der Flasche und stellte sie vor seinem Mikro auf dem Boden ab, der mit alten Orientteppichen bedeckt war. Auf seinem Notenständer befand sich ein Tablet, mit dem er Songtexte oder Transkriptionen und Notationen von Liedern laden konnte oder, noch besser, gleich den ganzen Song auf Youtube oder Spotify zum Anhören und Nachspielen.

Während Nick ein paar Akkorde anschlug und die Telecaster stimmte, spielte Razan Sabia sich am Schlagzeug warm. Er stammte aus dem nördlichen Irak, lebte erst seit wenigen Jahren in Hamburg und arbeitete in der Rechtsmedizin. Es hatte lange gedauert und einige Zusatzqualifikationen erfordert, bis seine Abschlüsse und Referenzen in Deutschland anerkannt worden waren. In Damaskus hatte er früher in einer Metalband gespielt. Er trug auf der Innenseite des Unterarms ein tätowiertes Pentagramm und die langen Haare zum Zopf geflochten. Metal sei aber nicht mehr sein Ding, hatte er eben erklärt. Außerdem hatte er in ziemlich gutem Deutsch erzählt, wie sich Peterson und er im Labor kennengelernt hatten, wo Razan ein mehrwöchiges Praktikum absolvieren musste, um eine bestimmte Zusatzqualifikation für den Job in der Rechtsmedizin zu erlangen. Alles nicht so einfach, hatte er gesagt und gelacht und dabei eine Zahnreihe entblößt, die jedem amerikanischen Zahnarzt die Freudentränen in die Augen getrieben hätte.

Razan als Drummer und Peterson als Bassist – das passte jedenfalls gut zusammen. Und Razan hatte Peterson vorgestern angerufen und nach einer Session gefragt und einem Gitarristen, worauf Peterson Nick vorgeschlagen und Razan gesagt hatte, das sei ja cool, von dem habe er schon mal gehört.

Schließlich groovten sie sich ein. Peterson legte ein Blues-Lick vor. Razan stieg mit einem Shuffle-Beat darauf ein. Nick legte ein paar Standardakkorde drüber, wärmte sich die Finger auf und fügte ein paar kleine Soli ein, vertat sich aber gelegentlich mit der Tonart.

»Alles klar, Nick?«, fragte Peterson, als sie eine Pause einlegten, um einen Schluck Bier zu trinken.

Nick trank Wasser. »Ja, ein paarmal verpatzt, sorry. Wird gleich besser.«

»Ist der Kopf noch bei der Arbeit?«

»Nicht der Rede wert«, sagte Nick.

»Der Elbripper ist wieder unterwegs, wie man hört.«

»Das ist er«, erwiderte Nick und verschraubte die Wasserflasche.

»Wir hatten die Frau heute auf dem Tisch«, sagte Razan. »Er hat sich Zeit mit ihr gelassen.«

»Das tut er immer«, erwiderte Nick.

Razan schwieg und band sich den Zopf fester zusammen. Nick sah jetzt, dass er auf beiden Unterarmen tätowiert war: mit dem Pentagramm auf dem einen und einer Baphomet-Darstellung auf dem anderen. Razan registrierte, dass Nick die Tattoos bemerkte, kommentierte das aber nicht. Viele Metalheads trugen derlei Dinge auf der Haut, egal ob in Syrien, im Irak, den USA, Pakistan oder Argentinien – je böser die Motive, desto besser.

»Spielen wir doch mal ein abgefahrenes Cover«, sagte

Razan schließlich. »Bringt uns auf andere Gedanken, he?«

»Was schlägst du vor?«

»Depeche Mode als Blues.«

Peterson nickte und grinste, dachte nach. »Cool«, meinte er. »Zum Beispiel ›Personal Jesus‹?«

»Wie wär's mit ›Walking in my Shoes‹? Ist interessanter.«

Nick kannte den Song, probierte auf der Gitarre herum, während Peterson eine Transkription von einer Webseite lud und dann das Original auf Youtube anspielte.

»Das Keyboard-Intro machst du mit der Gitarre«, sagte Razan. »Dann kommen Peterson und ich rein – und ab geht die Post. Schön düster und in Moll.«

Nick warf einen Blick auf das Tablet, sah sich die Tonarten an. »Okay«, sagte er, als er die Akkorde für den Einstieg gefunden hatte und sie wie ein Arpeggio spielte. Dann kam ein Tiefenschub, als Peterson und Razan einsetzten. Die Nummer nahm Fahrt auf. Und Peterson sang.

But before you come to any conclusions
Try walking in my shoes
You'll stumble in my footsteps
Keep the same appointments I kept
If you try walking in my shoes.

Nick sang die Melodie in Gedanken mit. Schließlich legten sie wieder eine Pause ein, nachdem sie sich verfranzt hatten und nachsehen mussten, wie genau der Refrain funktionierte.

»Klingt aber großartig«, sagte Razan.

»In der Tat«, erwiderte Peterson.

»Aber kannst du vielleicht noch etwas am Equalizer drehen, Nick?«

Nick streckte das Kinn vor. Immer schwierig, einem Gitarristen zu sagen, dass mit seinem Sound etwas nicht stimmte. »Der Amp hat keinen Equalizer«, sagte er.

»Tonregler, meine ich. Etwas mehr Mitten? Nur damit ich besser höre.«

Nick drehte sich um und veränderte den Ton ein wenig. Mehr Mitten, mehr Durchsetzungskraft.

»Equalizer sind wichtig«, sagte Razan und grinste.

Nick wollte etwas erwidern, doch sein Handy vibrierte. Er stellte die Gitarre leise und ging dran.

Es war Cleo. Sie klang atemlos und sehr ernst.

»Es gibt ein neues Opfer«, sagte sie.

Nick fühlte sich, als würde ihm ein Eispickel ins Rückenmark gestochen. »Wo?«, fragte er.

Cleo sagte es ihm. Erklärte ihm, dass die Tote bereits vor einigen Stunden gefunden worden war und die Spurensicherung jetzt den Tatort freigegeben habe.

»Ich komme«, sagte Nick. Er spürte, dass seine Hand zitterte.

»Notfall?«, fragte Peterson.

Nick schnallte die Gitarre ab. »Ja«, sagte er. »Tut mir leid. Nächstes Mal mehr.«

»Ja«, sagte Razan. »Kein Problem. Nächstes Mal mehr.«

Nick packte seine Sachen zusammen, zog die Jacke an und verließ den Übungsraum. Er schloss den Wagen auf, verstaute den Gitarrenkoffer und den Marshall. Er setzte sich ans Steuer, ließ den Motor an und fuhr los.

Der Refrain hallte in Nicks Kopf wider.

Try walking in my shoes. Stumble in my footsteps.

Du gehst in meinen Schuhen. Stolperst in meinen Fußstapfen.

Walking in my shoes, dachte Nick.

Verdammt. Nick schlug mit der flachen Hand auf das Lenkrad. Wie hatte er nur so blind sein können? Er – und alle anderen ebenfalls.

Er trat aufs Gaspedal. Der schwarze Mercedes jagte wie ein Schatten durch die Dunkelheit.

21

Der eisige Wind fegte den spärlichen Schnee über den Platz. Die Fläche war bis auf einigen Schrott leer. Scheinwerfer beleuchteten das Areal und ließen es wie eine Filmszene wirken. Die Luft war von leisem Dröhnen und Stampfen erfüllt. Kraftwerke befanden sich auf beiden Seiten des früheren Abwrackgeländes für Schiffe. In der Dunkelheit wirkte es, als sei dort ein Ufo mit Hunderten Lichtern gelandet.

Rechts standen Gregor Franz, Schultz und Janson zusammen und redeten. Die Böen zerrten an Franz' Mantelenden. Er versuchte mehrfach, sich eine Zigarette anzuzünden, was mit den Lederhandschuhen allerdings nicht gut klappte. Schultz und Janson deuteten herum, fuchtelten mit ihren Maglites, als ob sie etwas suchten. Sie trugen faserfreie Overalls über ihren Wintersachen. Links waren die Wagen der Spurensicherung, die gerade von einer Gruppe Kollegen wieder beladen wurden. Sie trugen ebenfalls weiße Ganzkörperüberzieher.

Geradeaus befand sich die Elbe – die alte Süderelbe, nur ein kurzer Wurmfortsatz des Flusses hier an der Moorburger Schanze. Im schwarzen Wasser lag der verrottende Rumpf der »Mountbatten«. Man sagte, es sei ein alter Walfänger, den der frühere Besitzer einfach dagelassen habe. Weil der Seitenarm nicht genutzt wurde, störte es niemanden. Den Abwrackbetrieb gab es nicht mehr. Aus Sicherheitsgründen war das Areal jedoch eingezäunt.

Aber eine Person hatte das ganz offensichtlich nicht aufgehalten. Der Mann, der sein neuestes Opfer hier platziert hatte, inszeniert wie sein vorheriges.

Die Leiche der Frau war weiß wie der Schnee und mit Panzerklebeband an einem rostigen Container befestigt worden. Die Arme und Beine waren gespreizt, so dass der Körper ein X bildete. Ihr Kopf hing herab. Das Haar wirkte wie Tang, die Haut war mit Frost überzogen. An den Stellen, wo sich das Blut gesammelt hatte, weil es nicht mehr zirkulierte, war sie violett – und schwarz verkrustet, dort, wo Adern geöffnet worden waren. Die dunklen Nähte aus Zwirn stachen zwischen ihren Beinen deutlich hervor. An den Container war mit Blut ein Zeichen gemalt worden. Das Zeichen, das Nick mit Bekka analysiert hatte.

»Pazuzu«, sagte Cleo, die neben Nick stand, während er sich eine Zigarette ansteckte. Es klappte deutlich besser als bei Franz. Cleo trug einen dicken Daunenmantel und eine Pudelmütze mit Fellbommel.

»Und das ist – wer oder was?«, fragte Nick und sog den Rauch tief in die Lungen ein.

»Ein assyrischer Dämon. Das Symbol ist sein Siegel, sein Zeichen. Pazuzu ist ein Geist aus dem ersten Jahrtausend vor Christus. Er soll Kranke beschützen, vor allem Mütter und Kleinkinder und Schwangere – vor einer bösen Dämonin, die sie im Kindbett dahinrafft. Man kennt Pazuzu auch aus dem Film ›Der Exorzist‹. Das Mädchen ist von ihm besessen.«

»Klingt eher nicht nach einem Schutzgeist.«

»Nein. Seit dem Film gilt Pazuzu als grässliches Monster. Aber in den alten Kulten ist das Gegenteil der Fall. Er ist ein Windgeist und sieht deswegen so gruselig aus, um geringere Dämonen abzuschrecken.«

In der Ferne war ein Schiffshorn zu hören.

»Du hast deine Hausaufgaben gemacht«, sagte Nick.

»Ich habe mit jemandem gesprochen, der sich auskennt.«

»Ich ebenfalls.«

»Oh?«

Nick erzählte Cleo, worüber er mit Bekka geredet hatte. Er sagte: »Seine Taten sind jetzt ritualisiert. Wie eine Opferung, eine Darbietung für einen Gott – oder Dämon. Eventuell setzt er sich mit dem gleich und will uns vielleicht sagen, für wen er sich hält: ein höheres Wesen, in dessen Innerem Chaos herrscht.«

Cleo erzählte Nick wiederum, worüber sie mit Roth gesprochen hatte. »Pazuzu beschützt Schwangere«, sagte sie und strich sich in Gedanken über den Bauch. »Dazu passt das Vernähen der Opfer. Er will seinen Samen sicher wissen und außerdem, dass eine böse Frau abgeschreckt wird. Wer auch immer das im realen Leben ist. Viele

Serientäter haben einen Mutterkomplex. Vielleicht gilt das auch für ihn. Und es passt zu dem, was du sagst: Es ist ein Ritual.«

»Habt ihr schon eine Kamera gefunden?«

»Es wird noch danach gesucht.«

Nick zog an der Zigarette. Sie glomm leuchtend auf. Wie ein Glühwürmchen. »Vorher hat er sich nie um solche Inszenierungen geschert.«

»Weil er sich verändert hat. Du hast es selbst gesagt.«

Nick schüttelte den Kopf. »Inzwischen glaube ich etwas anderes.«

Cleo sah Nick fragend an.

»Walking in my shoes«, sagte Nick. *»Stumble in my footsteps*. Kennst du den Song von Depeche Mode?«

»Ich glaube ja. Was willst du damit sagen?«

»Es ist nicht der Elbripper. Es ist ein Copykiller. Ein Fan. Er tritt in die Fußstapfen seines Vorbildes. Deswegen die Abweichungen. Es lag zunächst auf der Hand, dass der Elbripper wieder da ist. Aber wir hatten im Gefühl, dass etwas nicht stimmt. Deswegen wolltest du ein neues Profil. Deswegen habe ich interpretiert, warum sich seine Vorgehensweise verändert hat. Doch wir liegen falsch.«

»Aber der Modus …«

»Ist sehr ähnlich. Aber auch anders, individueller.«

»Woher sollte ein Copykiller wissen, was der Elbripper im Detail getan hat?«

Nick zuckte mit den Schultern. »Medien. Insiderinfos. Internet. Ein echter Fan besorgt sich die Infos. Aber er hat nicht alle. Deswegen weicht er in Details ab. Interpretiert sie. Wie in dem Song. *You'll stumble in my footsteps.* Er geht in zu großen Fußspuren und stolpert.«

»Was hast du nur mit dem Lied?«

»Eine Eingebung. Ich war auf einer Musiksession. Wir haben dieses Lied gespielt. Mir ging ein Licht auf. Ich hätte schon früher darauf kommen sollen.«

»Das *Früher* ist nicht einmal achtundvierzig Stunden alt. Von daher …«

»Er hat auch noch nie in so kurzer Folge zugeschlagen.«

»Stimmt.«

Nick betrachtete die Leiche. Er beobachtete, wie Janson und Schultz sich ein paar Leute griffen, um die Gegend abzusuchen. Es war zum Kotzen, sich vorzustellen, dass der Killer sich den ganzen Abend lang über eine versteckte Kamera ansah, was die Polizei vor Ort machte. Sein ganz privates Fernsehprogramm.

Franz löste sich aus der Gruppe. Er hatte Nick kommen sehen und ihn neben Cleo verortet. Der Chef des Morddezernats ging schnell und mit kraftvollen Schritten, was Nick verriet, dass er nicht zum Smalltalk herüberkommen würde.

»Beck«, sagte Franz und stand schließlich vor Nick. »Torner.« Er nickte beiden zu. »Zwei Leichen innerhalb so kurzer Zeit. Das hier ist eine einzige große Scheiße.«

»In der Tat«, sagte Nick.

»Wir suchen die Kamera, können sie aber auf diesem Areal nicht finden. Vielleicht gibt es gar keine.«

»Bestimmt gibt es eine«, sagte Cleo.

Franz erwiderte: »Schultz und Janson besorgen sich ein Gerät, mit dem elektronische Impulse aufgefangen werden. Man kann damit Sender peilen. Die Bundeswehr nutzt diese Technik in Afghanistan. Sie spüren damit elektronische Zünder wie Handys an Sprengsätzen in geparkten Autos auf. Vielleicht kommt das Ding aber erst morgen oder übermorgen.«

»Die Kamera wird nicht weglaufen«, sagte Nick.

»Und der Mistkerl sieht uns weiterhin zu.«

»Ziemlich sicher«, sagte Nick.

»Sie hätten nicht gehen sollen, Beck.«

»Das hätte nichts verhindert.«

»Wer weiß.«

»Schieben Sie mir gerade die Verantwortung zu?«

Franz schwieg und zog an seiner Zigarette, die bereits bis auf den Filter runtergebrannt war. Dann sagte er: »Für das hier trägt nur einer die Verantwortung. Der Mörder – und sonst niemand. Und wenn er bei dieser Schlagzahl bleibt …« Franz pfiff durch die Zähne, drückte die Kippe mit der Schuhsohle aus und ließ sie in der Manteltasche verschwinden. Er blickte Nick an. »Ich bin morgen mit dem Staatsanwalt zum Rapport beim Innensenator. Was soll ich dem sagen?«

»Sagen Sie ihm, dass wir es mit einem neuen Killer zu tun haben. Nicht mit dem Elbripper.«

Franz blickte fragend zwischen Nick und Cleo hin und her. Nick erläuterte seine Idee vom Trittbrettfahrer. Cleo schilderte, warum sie ein neues Profil wollte und dass sie Nicks Idee für eine akzeptable Theorie hielt. Nick beobachtete währenddessen, wie die Rechtsmediziner und die Spurensicherung die starre Leiche vom Container schnitten und auf dem Boden ablegten, um eine erste Inaugenscheinnahme vorzunehmen und Videos zu machen. Er erinnerte sich an letzten Sommer und an Fanny Monecke. Er dachte an sich selbst, wie er im Moor ihre Leiche untersuchte. Wie sich ihre Beine bewegten, als würde sie noch leben, weil die Leichenstarre nachließ.

»… oder, Nick?«

»Hm?« Nick sah Cleo an, die ihm eine Frage gestellt hatte. Er hatte sie nicht mitbekommen.

»Ich sagte, dass wir deinen Ansatz unbedingt ebenfalls verfolgen sollten. Zweigleisig fahren.«

»Ein Gleis reicht«, sagte Nick. »Es ist nicht der Elbripper.« Er deutete auf die Leiche, die starr und weiß wie eine Schaufensterpuppe war. »Es ist wie bei einem Song«, sagte Nick. »Wie beim Covern von einem Lied. Du musst dich entscheiden, ob du es wie im Original nachspielen oder dein eigenes Ding daraus machen willst. Das hier ist irgendetwas dazwischen. Du glaubst, du hörst einen Countrysong von Dolly Parton, aber es singt Miley Cyrus. Der gleiche Text, dieselben Noten, nah am Original, weil die neue Künstlerin die alte Version respektiert. Aber es ist dennoch ein ganz anderer Sound und eine Interpretation der Vorlage.«

»Wir reden hier nicht über Songs, Beck«, sagte Franz.

»Natürlich nicht.«

Franz fingerte eine weitere Zigarette aus der Packung. Er stand unter Strom. Nick gab ihm Feuer.

»Ich brauche dich im Team, Beck«, sagte Franz. »Egal, was mal war.«

»Ich habe schon mit ihm gesprochen«, sagte Cleo. »Er hat akzeptiert.«

Franz paffte eine dicke weiße Wolke aus und nickte. »Gut. Aber es gibt Regeln. Ich brauche deine Expertise, Beck. Was ich nicht brauche, ist ein Racheengel mit flammendem Schwert.«

»Schon klar«, antwortete Nick. »Kein Interesse an flammenden Schwertern.«

»Gut«, wiederholte Franz. »Trittbrettfahrer, hm?«

»Denkbar«, sagte Nick. »Sehr wahrscheinlich.«

»Ich denke, Nick hat recht«, sagte Cleo. »Die Frage ist, woher er seine Informationen über den bisherigen Modus des Elbrippers hat. Was war an der Öffentlichkeit? Was nicht? Und woher weiß er den Rest? Ich gebe Nick ebenfalls recht damit, dass man sich viele Informationen im Internet zusammensuchen kann. Aber es können auch Insiderinfos sein. Und dann stellt sich die Frage, ob der Mörder selbst ein Insider ist.«

»Bloß nicht«, sagte Franz und paffte. »Okay«, sagte er dann, »zweigleisige Ermittlungen. Morgen Mittag Dienstbesprechung. Wir stocken die Kommission weiter auf, schicken deutlich mehr Streifen auf die Straßen. Zeigen mehr Präsenz. Ich rede mit dem Staatsanwalt und dem

Innensenator und sehe, was ich rausholen kann. Andererseits …«, Franz sog wie ein Ertrinkender an der Zigarette, »… machen sie mir vielleicht die Hölle heiß. Wir müssen das abwarten.«

»Okay«, sagte Cleo.

»Du kommst morgen auch mit zur Besprechung, Nick. Ich werde dich vorübergehend aus dem Bezirksdienst abziehen lassen.«

»Alles klar.«

»Vielleicht auch dauerhaft«, sagte Franz und warf Nick einen Blick zu.

Nick erwiderte den Blick, schwieg aber. Er ging zurück zur Straße, wo sein Mercedes parkte, tauchte unter dem Flatterband hindurch und überlegte, ob er auf dem Rückweg nach Hause noch am »Roadhouse« stoppen sollte. Schlechte Idee, aber ihm war danach. Er wollte sich abschießen, sich betäuben. Aber ein anderer Teil von ihm wollte die private Glock aus dem Waffensafe in seinem Kleiderschrank nehmen, wo er sie seit dem Sommer aufbewahrte – anstatt im Kabelfach seines Gitarrenkoffers. Er wollte die Glock laden und so lange die Straßen absuchen, bis der Killer auftauchte, und ihm dann ein volles Magazin in den Schädel verpassen.

Die Frage war nur: Welchem von beiden, wenn es zwei gab? Warum war der Copykiller überhaupt aufgetaucht? Und wie würde der echte Killer darauf reagieren?

Nick suchte nach dem Autoschlüssel.

»Nick Beck?«

Nick blickte auf. Im nächsten Moment wurde er von einem Blitzlicht geblendet. Er sah tausend Sterne und versuchte, sie wegzublinzeln.

»Nick Beck? Hat man Sie reaktiviert? Jagen Sie jetzt wieder den Killer? Was gibt es für Neuigkeiten?«

Nicks Augen gewöhnten sich wieder an die Dunkelheit. Zwei Männer hatten sich aus dem Pulk der Journalisten auf der gegenüberliegenden Straßenseite gelöst. Den, der die Fragen stellte, kannte er. Den anderen, der gerade ein Foto von Nick geschossen hatte, kannte er nicht.

Roger Carstensen war ein Polizeireporter. Er führte ein kleines Vier-Mann-Unternehmen und belieferte die Medien, die sich keine eigenen Polizeireporter mehr leisten konnten oder wollten, mit Nachrichten. Carstensen war ein kleiner, drahtiger Kerl, ein Terrier, und vom Elbripper-Fall geradezu besessen gewesen. Kein Wunder, dass er hier auftauchte. Und kein Wunder, dass er Nick erkannt hatte: Carstensen hatte wie Hundescheiße an Nicks Hacken geklebt. Er machte nur seinen Job, und gemessen an seinen Maßstäben machte er ihn sicherlich brillant – dennoch war er so lästig wie eine Schmeißfliege und wirkte gerade, als sei er randvoll mit Adrenalin und Glückshormonen.

»Kein Kommentar, Carstensen«, sagte Nick und schloss auf.

»Sie sind der Experte für den Elbripper. Ist das ein neuer Elbripper-Mord? Werden weitere folgen? Was wissen Sie über das neue Opfer?«

»Wie gesagt: kein Kommentar.« Nick öffnete die Tür.

»Kommen Sie schon, Beck! Wenn Sie wieder im Boot sind, dann heißt das doch eindeutig, dass es um den Elbripper geht und alle bisherigen Vermutungen zutreffen. Wer ist das neue Opfer?«

»Fragen Sie unsere Pressestelle.« Nick machte sich daran, in den Wagen zu steigen.

»He, Beck!«, rief Carstensen. »Eine Hand wäscht die andere, oder? Sie wissen doch, wie's läuft. Vielleicht habe ich bald mal etwas für Sie. Ich habe von einem Symbol gehört, das er an die Wände malt.«

Nickt setzte sich hinters Steuer. »Ich weiß von keinem Symbol.«

»Was ist das für ein Zeichen? Was bedeutet es? Ist es eine Signatur?«

»Wie gesagt: Fragen Sie die Pressestelle, Carstensen.«

Carstensen lachte. »Stur wie eh und je, Beck. Wir sehen uns bestimmt bald wieder.«

»Hoffentlich nicht«, sagte Nick, schloss die Tür und fuhr los.

22

Wir werden sehen, dachte der Mann. Wir werden sehen, ob der große Plan gelingt und wie lange es dauert, bis sich der Erfolg einstellt. Nicht mehr allzu lange, hoffte er. Seine Taten waren nicht zu übersehen, und sie sollten sehr bald zu einer Reaktion führen. Ehrlich gesagt konnte er es kaum erwarten.

Er stellte die App aus, auf der er die Polizei beobachtet hatte, und legte das Handy auf den Beifahrersitz. Die Kamera hatte er dieses Mal an einem Ort angebracht, der nicht so leicht zu finden war wie der erste. Wirklich ungeschickt, sie in dem Rauchmelder zu installieren. Damit war seine erste Tat hinfällig. All die Mühe und das Risiko – aber nicht zu ändern. *Learning by Doing*, wie man so sagte.

Die Kameras dienten einem ganz bestimmten Zweck. Ganz bestimmt nicht dem, sich die Visage von Nick Beck anzusehen. Es war lediglich eine amüsante Randerscheinung, dass die Polizei beobachtet werden konnte. Die Bullen liefen herum wie aufgescheuchte Hühner und wussten weder ein noch aus. In diesem aktuellen Fall gab ihm der Videostream außerdem nur die Gewissheit darüber, was ohnehin auf der Hand lag: dass Beck in die Ermittlungen einbezogen worden war. Der Polizist konnte nicht widerstehen. Der Elbripper war eine viel zu fette Beute.

Die Kameras hatten jedenfalls nur einen Zweck: den Elbripper zu filmen, falls er die Orte aufsuchte, die der Mann zuvor für die Opferungen ausgesucht hatte.

Nur darum ging es bei allem: den Elbripper zu finden. Wie Beck würde er nicht widerstehen können und sich anschauen wollen, wer da in seine Fußstapfen trat und in seinem Namen mordete.

Er würde denjenigen ausfindig machen wollen, der dafür verantwortlich war. Denn er war ein Jäger – genau wie der Mann, der *ihn* jagte: Nick Beck. Und auf diese Weise, dachte der Mann, würde er den Elbripper irgendwann filmen können und seine Identität ausfindig machen. Zumindest war das der Plan, und der Mann hoffte, dass er aufging. Bisher lief jedenfalls alles zufriedenstellend.

Natürlich würde der Plan nur funktionieren, falls der Elbripper noch in Hamburg war. Ja, der Mann hatte viel darüber nachgedacht. Warum hatte er einfach aufgehört? Er war wie aus dem Nichts aufgetaucht, hatte immer wieder zugeschlagen und die Stadt in Angst und Schrecken versetzt – und zwar deswegen, weil die Menschen nicht in der Lage waren zu verstehen, *was* er tat und *wer* er eigentlich war. Die meisten Leute waren zu einfach gestrickt, um das zu begreifen.

Jedenfalls hatte der Mann befürchtet, der Elbripper könnte tot sein. Oder ausgewandert. Oder schwer erkrankt. Er glaubte es zwar nicht, doch möglich war es. Serientäter – der Elbripper war so viel mehr als das, aber offiziell musste man ihn als solchen bezeichnen – legten manchmal Pausen ein. Der BTK-Killer namens Dennis Rader zum Beispiel. *»Bind, torture, kill.«* – »Fesseln, foltern, töten.« Er war 2005 in Kansas City verhaftet worden, hatte zehn Morde zugegeben und war ein ganz normaler Familienvater mit zwei Kindern und sehr engagiert in der Kirche gewesen. Dennis Rader hatte mehrfach Pausen eingelegt. Manche hatten Jahre gedauert. In den Siebzigern war er in sehr kurzer Folge nacheinander tätig gewesen, fünf Opfer innerhalb eines halben Jahres. Dann hatte er zwei Jahre lang Pause gemacht und schlug 1977 zweimal zu, danach erst wieder Mitte der Achtziger. Sein letztes Opfer hatte er 1991 getötet und war 2004 sogar zum Cold Case erklärt worden, weil er komplett von der Bildfläche verschwunden war. Was jedoch nicht stimmte. Tatsächlich war er bereits wieder unterwegs gewesen, um ein neues Opfer zu erwählen und seine Gewohnheiten zu studieren. Er hatte es nicht ertragen können, dass das FBI annahm, der BTK-Killer spiele keine Rolle mehr, und schickte den Medien Beweise und Bekennerschreiben, was dann schließlich zu seiner Verhaftung führte. Die Eitelkeit hatte ihm das Genick gebrochen. Ansonsten hätte ihn niemals jemand erwischt.

Es gab auch andere, die lange Pausen einlegten. Dennis Rader hatte damals erklärt, es hätte sehr viel Zeit in Anspruch genommen, das perfekte neue Opfer zu finden.

Außerdem hatte er in der Zwischenzeit geheiratet und zwei Kinder bekommen, sich viel um das Haus gekümmert und verhindern müssen, dass seine Frau Verdacht schöpfte. Vielleicht lebte der Elbripper unter ähnlichen Umständen. Doch der beste Grund für seine Pause war, dass er nicht von der Polizei erwischt werden wollte, die ihn beinahe geschnappt hatte.

Das hieß: Nick Beck.

Es gab nur einen Weg zu überprüfen, was mit dem Elbripper los war – nämlich den, ihn aus der Reserve zu locken. Nein, das war viel zu schwach ausgedrückt. Es steckte ja so viel mehr dahinter. Das würde der Elbripper verstehen, wenn er erstmals einen der Tatorte besuchte. Wenn er das Zeichen sah. Dann endlich würde alles glasklar werden.

Der Mann war aufgeregt, wenn er sich vorstellte, wie er *ihm* erstmals persönlich gegenüberstehen würde. Dann würde sich nahtlos eines zum anderen fügen. Dann würde eine vollkommen neue Ära beginnen.

Eine Ära, in der Nick Beck keine Rolle mehr spielen würde, überlegte der Mann. Nick Beck, der den Elbripper beinahe gefasst hatte. Nick Beck, wegen dem sich der Elbripper zurückgezogen hatte.

In den Medien war in den vergangenen Jahren immer wieder über Beck berichtet worden. Es gab Interviews, Pressekonferenzen, Hintergrundberichte von findigen Polizeireportern mit exzellenten Insiderkontakten. Kein Wunder, denn Beck hatte die Kommission geleitet, die den

Elbripper zur Strecke bringen wollte. Die Verfolgungsjagd, in deren Verlauf Becks Kollegin gestorben war, hatte ein enormes mediales Echo nach sich gezogen. Und danach war nicht nur der Elbripper, sondern auch Beck von der Bildfläche verschwunden. Er hatte sich aufs Land zurückgezogen, wo er nicht allzu schwer aufzuspüren gewesen war.

Der Mann hatte in diesem Zusammenhang seine Hausaufgaben gemacht. Außerdem musste man sich bloß nach einem schwarzen Mercedes-Oldtimer umsehen. Dieser parkte heute Abend nicht auf dem Gelände der Tankstelle. Auch nicht nahe dem dahinterliegenden Wohnhaus.

Der Mann wusste ja, dass Beck nicht hier war. Dass er sich aktuell an dem neuen Fundort herumtrieb. Der Mann wusste ebenfalls, dass das Haus und die Tankstelle von der Polizei beobachtet wurden, nachdem er Beck den Zettel mit dem Zeichen in den Briefkasten geworfen hatte. Der Streifenwagen parkte stets in einer Haltebucht gegenüber, wo die Polizei annahm, dass er nicht auffallen würde. Falsch gedacht.

Auch heute Nacht stand er dort, und vermutlich unterhielten sich die Polizisten im Auto, spielten mit ihren Handys und blickten nur mal auf, wenn sie einen der seltenen Passanten sahen oder ein Auto vorbeifuhr. Ansonsten schrieben sie sich wohl den ganzen Tag lang die Nummernschilder der Autos auf, die zum Tanken hielten oder zur Reparatur abgegeben wurden.

Der Mann fiel ihnen jedenfalls auch in dieser Nacht nicht auf. Denn sein Auto hatte er außerhalb der Sichtweite des Polizeiwagens abgestellt. Von dort aus hatte er mit dem Nachtsichtgerät einen exzellenten Blick auf die Tankstelle und das Haus, in dem Nick lebte.

Das hieß: er und die junge Frau.

Der Mann nahm das Nachtsichtgerät, schaltete es ein, hob es vor die Augen und justierte es. Im Haus brannte Licht. Sie war daheim – vielleicht zusammen mit diesem jüngeren Kerl, der in der an die Tankstelle angeschlossenen Werkstatt arbeitete und mittlerweile bei Lola ein und aus ging. Inzwischen war er alleine in der Werkstatt, denn der Mann, dem das alles gehörte, lebte nicht mehr hier. Gestern war er aufgetaucht und hatte ein Mordsspektakel veranstaltet, worauf Nick Beck eingeschritten war. Und seine Kollegen aus dem Streifenwagen hatten den Mann verhaftet und mitgenommen. Es schienen sich dort zwischenmenschliche Dramen abzuspielen. Und wer wusste, welche Rolle genau Nick Beck dabei spielte. Wie vertraut er mit dieser Lola tatsächlich war.

Der Mann nahm das Nachtsichtgerät wieder runter. Was wäre das für ein wunderbares Geschenk? Diese Frau als Opfer für den Elbripper? Was für eine herrliche Rache er an Nick Beck nehmen könnte – als Strafe dafür, in seiner heiligen Aufgabe eingeschränkt worden zu sein. Ja, dachte der Mann, das wäre ganz ausgezeichnet, und er war sich sicher, dass der Elbripper nicht widerstehen könnte. Nein. Es würde ihm ein Fest sein. Und sie beide, er und der Elbripper, würden das neue Opfer unter dem Zeichen des Pazuzu gemeinsam töten.

Was für ein aufregender Gedanke. Die Hände des Mannes schwitzten. Er schluckte schwer. Und stellte sich vor, wie Nick Beck reagieren würde, wenn er die Leiche fand. Wenn es erneut geschah, dass jemand getötet wurde, der ihm nahestand. Es würde ihn endgültig zerbrechen. Er würde vielleicht sogar wahnsinnig werden – und sich, mit etwas Glück, die Pistole in den Mund stecken und abdrücken. Wäre das nicht ganz wunderbar?

Ja, dachte der Mann. Ja – und nochmals ja.

23

Zum Abendessen gab es mit Parmesan überbackenes Rinderfilet auf einem Wirsingbett mit Butterkartoffeln. Danach hatten sie beide noch einen kleinen Absacker getrunken. Schließlich war Ragnar Wilk aufgestanden mit den Worten, er könne es jetzt wirklich nicht mehr aushalten, und Rieke hatte geantwortet, er solle nur gehen, die neue Lok ausprobieren und viel Spaß dabei haben, sie würde in der Zwischenzeit den Abwasch machen und sowieso früh zu Bett gehen.

Wilk hatte sich das hölzerne Kistchen mit dem »Big Boy« geschnappt, den Schlüssel zur Hütte vom Haken genommen, seine Jacke angezogen und war dann losmarschiert. Er stellte sich vor, wie er die Lok auf das Gleis setzen würde, und überlegte bereits, welche Waggons er anhängen sollte. Denn vermutlich würde keiner so richtig gut zu der Lok passen, was wiederum erforderte, dass er sich darum kümmern müsste, im Internet welche zu finden. Schließlich steckte er den Schlüssel ins Schloss und stellte zu seinem Entsetzen fest, dass die Tür nicht abgeschlossen war.

Hatte er es das letzte Mal vergessen? Er konnte sich nicht daran erinnern, beim besten Willen nicht. Aber offensichtlich war es so, denn außer ihm betrat ja sonst niemand die Hütte. Das Abschließen war ein Routinehandgriff. Gut möglich, dass er einmal nicht daran gedacht hatte. Aber er müsste künftig wirklich penibel darauf achten und sich jedes Mal, wenn er sein Reich verließ, vergegenwärtigen, *dass* er abschloss. Denn nicht auszudenken, wenn Einbrecher seine Hütte leerräumen würden. Hier drinnen befanden sich Sammlerstücke im Wert von annähernd dreißigtausend Euro, wenn nicht mehr, wobei der ideelle Wert noch viel höher war. Einiges wäre nur schwer zu ersetzen – und am Ende nicht dasselbe, sondern nur eine Kopie, das Herzblut, das an der einen Lok hing, würde nicht an der neuen kleben. Und nicht auszudenken, was mit Wilks besonderen Sammlerstücken wäre. Die waren nun wirklich einzigartig und unersetzlich.

Wilk schaltete das Licht und dann das Laptop an, mit dem er die Eisenbahnanlage steuerte. Er legte den Sicherungsschalter für die Trafos um und dachte immer noch darüber nach, wie er das Abschließen hatte vergessen können. Vermutlich war er in Gedanken gewesen, als das passiert war. Er hatte ja auch schon mal seine Brille im Häuschen vergessen oder sein Telefon. Gerade jetzt war es ja auch so: Ihm fiel auf, dass er die Brille und das Telefon im Wohnzimmer vergessen hatte. Andererseits brauchte er keines von beiden.

Er wählte den Stream von Radio Hamburg auf dem

Laptop und stellte die Bluetooth-Box ein. Dann betrachtete er den »Big Boy«, seine wunderbare Eisenbahnlandschaft und lächelte. Ihm war warm ums Herz. War das Glück? Ja, das war pures Glück. Er war ein glücklicher Mann und hatte jedes kleine bisschen davon verdient, so sehr, wie er in der letzten Zeit gelitten hatte. Die Menschen hatten ja keine Ahnung. Gar nicht. Wie Jesus am Kreuz hatte er gelitten. Und das war nicht übertrieben. Wirklich nicht. Kein Stück.

Zur gleichen Zeit ging Rieke Wilk in der offenen Küche auf und ab, kaute auf der Unterlippe und starrte immer wieder Ragnars Handy an, das auf dem Wohnzimmertisch lag. Sie konnte es über die Kücheninsel hinweg genau sehen. Er hatte es vergessen, eine glückliche Fügung, denn ansonsten hätte sie heute Nacht, wenn er schlief, aufstehen und es suchen müssen.

Sie hatte im Internet eine App gefunden, die eigentlich zur Überwachung der Handys von Kindern da war, um sie vor Cybermobbing und anderen Gefahren im Netz zu schützen. Man installierte die App auf dem betreffenden Gerät und konnte auf einem anderen sämtliche Aktivitäten überwachen: SMS, ein- und ausgehende Anrufe, GPS-Standorte und Routen, Messaging und soziale Medien – und sobald Aktivitäten auf dem zu überwachenden Gerät geschahen, bekam man eine Benachrichtigung.

Die App kostete ein wenig Geld, und Rieke hätte sie gerne getestet. Aber wie? Die Hersteller versprachen jedenfalls, dass die Einrichtung ganz einfach und die Spionage-App nicht sichtbar wäre, sondern im Hintergrund aktiv sei und keines der Kinder es jemals bemerken würde, wenn es nicht explizit danach auf dem Handy suchte.

Nun – für eines der Kinder war diese App nicht gedacht.

Rieke spürte ihre Halsschlagader pochen. Ihre Hände waren feucht. Sie hatte sich bereits auf der Homepage der Anbieter angemeldet und ein Abo abgeschlossen, worauf sie einen Code erhalten hatte und die Erklärung, wie man das zu überwachende Gerät einstellen musste und wie die App zu installieren war. Sie musste nur Ragnars Handy nehmen. Einfach zugreifen. Dann würde sie seinen Code zum Entsperren eingeben – es war der, den er für alles nutzte: das Datum seines Geburtstages. Schließlich die App installieren und einrichten. Das war's.

Aber sollte sie den Schritt wirklich wagen? Aus der Streaming-Box in der Küche ertönte auf Radio Hamburg ein Lied von Taylor Swift. *»Having adventures on your own, you met some woman on the internet and take her home«*, sang sie.

Mach schon, sagte sich Rieke. Los, mach schon. Du wirst sterben vor Neugierde und Kummer, wenn du es nicht tust. Die Daten, die du sammeln wirst, werden dich wahrscheinlich verrückt vor Sorge machen. Aber vielleicht beruhigen sie dich auch. Und verrückt machst du dich ja schon jetzt. Also: Greif zu. Tu es. Er betrügt und hintergeht dich. Da hast du dasselbe Recht. Mindestens.

Rieke schluckte. Sie verließ die Küche und ging ins Wohnzimmer zum Tisch. Ihre Hand griff nach dem Handy ihres Mannes, weckte es auf und gab sein Geburtsdatum in die Codeabfrage ein.

Ragnar Wilk setzte den »Big Boy« behutsam auf die Schienen. Radio Hamburg spielte irgendein trauriges Lied von irgendeiner amerikanischen Sängerin. Das verdarb ihm die Stimmung. Er würde gleich am Laptop den Partykanal mit Musik der Achtziger einschalten. Aber vorher eine Testrunde mit dem »Big Boy«. Das durfte nicht warten, oh nein, absolut nicht.

Er hockte sich hin, begab sich auf Augenhöhe mit dem Zug und bewunderte die feine Detailarbeit an der Lok. Der vordere Bereich des Kessels war silbern und mit einem Windfang verkleidet. Auf den Seiten des Tenders war der Schriftzug »Union Pacific« angebracht. Im Inneren des Gehäuses befand sich ein Soundmodul, mit dem man verschiedene Klänge abspielen konnte: vom Schnaufen der Lok bis hin zum Läuten ihrer Glocke.

Die »Big Boys« waren die größten und stärksten Loks der Union Pacific und in den vierziger Jahren gebaut worden. Das Modell, das Rieke ihm geschenkt hatte, war wegen des Windfangs speziell. Unter der Bezeichnung 4019 hatte die Bahngesellschaft seinerzeit mit diesem Typus experimentiert, um die Verteilung des Qualms aus den Schornsteinen zu verbessern.

Wilk lächelte, hob den Blick etwas und fand, dass es nun Zeit war, die Lok zu starten und …

Einige Figuren der Modelllandschaft waren umgefallen.

Warum standen sie nicht, wo sie zu stehen hatten? Wie konnten die überhaupt umgefallen sein?

Wilk richtete sich auf. Betrachtete die Landschaft, deren Gestaltung ihn viele Monate gekostet hatte – ach, nein, es war eher ein *Work in Progress*. Er änderte ständig etwas. Aber was er niemals tat, war, Figuren umfallen und dann einfach so liegen zu lassen.

Wilk beugte sich etwas vor und stützte sich auf dem Tisch ab. Er setzte die Frau mit dem Buch in der Hand zurück auf die Bank und stellte die männliche Figur wieder auf, halb hinter den Baum, von wo aus er sie beobachtete. Diese Szene hatte sich vor rund zwei Jahren zugetragen. Das war diese junge Frau gewesen, die sich eine Wohnung angesehen hatte. Sie war innerhalb von Hamburg umgezogen, nachdem ihr die erste Wohnung nicht zugesagt hatte. Sie kam ursprünglich aus dem Ruhrgebiet und wollte hier einen neuen Job und ein neues Leben beginnen, wie sie bei der Wohnungsbesichtigung erzählt hatte. Sie war hübsch, ruhig und hatte kaum soziale Kontakte, wie er feststellte, nachdem er sie genauer unter die Lupe genommen hatte. Sie war der Typ, der … der Typ, der für Wilk in Betracht kam. Interessant. Eine Möglichkeit. Und dass hinter ihrer biederen Fassade eine Schlampe schlummerte, daran hatte er keinen Zweifel gehabt. Sie wäre sofort mit jedem Kerl ins Bett gehüpft, der ihr auch nur ein wenig Aufmerksamkeit geben würde. Sie hätte ihm echte Gefühle vorgegaukelt, bloß, um nicht alleine zu sein. Scheiße, sie wäre deswegen vermutlich sogar auf den Strich gegangen.

Sie war …

Sie musste weg.

Und schließlich war er im Alsterpark joggen gewesen, wo sie abends gerne spazieren ging. Sie hatte dort auf einer Bank gesessen und ein Buch gelesen. Er hatte ein paar Bilder gemacht und später nachgeschaut, was es mit dem Titel auf sich hatte. *Monsieur* von Emma Becker. Es klang nach angesagter Literatur aus Frankreich, war aber wohl nicht mehr als ein intellektueller Porno und damit der endgültige Beweis dafür, dass Wilk mit seiner Annahme über die wahre Natur der Schlampe vollkommen richtiglag. Und in diesem Moment fiel sein Entschluss, dass er sie dafür bestrafen würde.

Aber warum war die Figur von der Bank gefallen? Hatte es … einen Erdstoß oder so etwas gegeben? Schlagbohrer in der Nachbarschaft? Warum standen dann alle anderen Figuren noch? Im Radio kamen gerade die Nachrichten. Wilk hörte kaum hin, beugte sich stattdessen erneut vor, denn die Figuren befanden sich nahe dem Tunnel, in dem er …

Er sah das andere Ende des Tunnels.

Er konnte hindurchschauen.

Aber das war …

… unmöglich!

Man konnte nicht hindurchsehen, denn die Dose verhinderte es. Die besondere Dose.

Sie war fort.

Rieke fluchte, nahm ihr eigenes Handy und rief sich noch einmal die Anleitung für die Installation auf. Man musste diverse Einstellungen vornehmen – und sie hatte vergessen, welche genau das waren. In der Anleitung wurde es Schritt für Schritt erklärt.

Im Hintergrund liefen die Abendnachrichten auf Radio Hamburg, was bedeutete, dass die Kinder bald nach Hause kommen würden. Nathan war beim Sport – sein Training endete spät. Pia war ebenfalls beim Sport, das hieß, bei ihrem Pferd, und das wurde meist ebenfalls später. Wenigstens nahmen beide jeweils entweder den Bus oder das E-Bike. Nächstes Jahr würden sie den Führerschein machen. Dann war ein für alle Mal Schluss mit dem Elterntaxi, das dennoch von Zeit zu Zeit erforderlich war. Rieke blickte kurz aus dem Wohnzimmerfenster. In der Hütte brannte inzwischen Licht, und sie stellte sich vor, wie Ragnar dort mit seiner neuen Lok beschäftigt war. An wie vielen Tagen hatte er sich dort mit ganz anderen Dingen befasst? Mit den Slips oder den Schmuckstücken seiner Affären? Der verdammte Mistkerl. Sie hätte ihm wirklich sein geheimes Kistchen in Geschenkpapier wickeln sollen. Das Gesicht hätte sie sehen wollen.

Andererseits würde er früher oder später feststellen, dass seine Souvenirsammlung nicht mehr da war. Und er würde sich fragen, wer sie fortgenommen hatte.

Natürlich käme dafür nur Rieke in Betracht, obwohl sie nie seine Hütte betrat. Aber wer sonst sollte das getan haben? Und mittlerweile fragte sie sich, ob das wirklich so gut gewesen war. Ob es nicht besser wäre, sie würde ihn mittels der App in flagranti erwischen. Ja. Das war der Plan. Wenn er merkte, dass die Slips fehlten, dann würde er vorsichtig werden. Sollte er aber nicht. Er sollte sich so selbstherrlich wie – ja, seit wie lange eigentlich schon? – immer verhalten.

Und deswegen würde sie am besten gleich morgen früh das Kistchen wieder in den Eisenbahntunnel stellen. Heute Abend wäre er viel zu sehr mit seiner Lok befasst – und morgen früh würde sie ihn etwas auf Trab halten, damit er schnell zur Arbeit musste und keinen Ausflug mehr in seine Hütte machen konnte. Wenn er dann weg war, würde sie die Dose zurückstellen.

Rieke bestätigte mit ein paar Klicks auf Ragnars Handy, dass die App im Hintergrund Zugriff auf diverse Daten haben durfte. Sie schaute nochmals in die Anleitung und stellte fest, dass sie weitere Einstellungen vornehmen musste, wenngleich nicht mehr viele.

Auf Radio Hamburg kamen jetzt die Lokalnachrichten. Der Sprecher sagte, dass vor wenigen Stunden eine Tote gefunden worden war und es sich vermutlich um ein weiteres Opfer des Elbrippers handeln könnte. Rieke stoppte kurz und hörte zu. Die Polizei hatte gerade gestern erst eine Leiche gefunden, die wohl auf dessen Konto ging. Wie schrecklich. Dabei hatte doch die ganze Stadt gedacht, mit dem Spuk sei endlich Schluss.

Ragnar hatte vorletzten Sommer extra Sicherheitsschlösser an den Fenstern anbringen lassen, damit sie einbruchssicher waren, und außerdem einen Baseballschläger aus Metall besorgt, der hinter der Tür stand, sowie einen Elektroschocker – für den Fall, dass dieser verrückte Mörder auf die Idee kommen sollte, hier einbrechen zu wollen.

Rieke wendete sich wieder dem Handy zu und suchte nach dem Bereich, wo sie weitere Hintergrunddaten aktivieren und die Anmeldeinformationen der Cloud von Ragnar mit dem Konto der Spionagesoftware verbinden musste. Angeblich sollte dann alles funktionieren, ohne dass sie eine Extra-App auf Ragnars Gerät installieren müsste.

Der Nachrichtensprecher sagte, dass die Polizei und die Staatsanwaltschaft morgen eine Pressekonferenz geben wollten, aber noch nicht bestätigen konnten, dass es wieder ein Opfer des Elbrippers war, wovon aber jeder ausging.

Was waren das nur für kranke Leute, diese Serienmörder? Vor einigen Tagen hatte sie noch diese True-Crime-Reportage im Fernsehen darüber gesehen, was diese Menschen mit ihren Opfern so alles anstellten. Viele von ihnen waren ganz normale Menschen, sogar mit Familien. Niemand hatte je geahnt, dass ein Monster in ihnen schlummerte. Manche hatten schlimme Erfahrungen in der Kindheit gemacht. Andere aber nicht.

Einige waren von Natur aus böse und nicht einmal geistesgestört – obwohl man sich das kaum vorstellen konnte. Dieser Ted Bundy zum Beispiel war ein sehr gutaussehender Mann gewesen, charismatisch, aber mit dem Blick eines Wolfes. Er hatte Unmengen weiblicher Fans, die sogar noch mit ihm Beziehungen anfangen wollten, als er im Gefängnis saß. Er hatte nie Probleme gehabt, Opfer zu finden, und hatte – oh Gott – zum Teil ihre Köpfe abgeschnitten und mitgenommen. Wie viele andere Serienmörder hatte er eine kleine Sammlung von …

Rieke Wilk stockte.

… Souvenirs.

Versteckt an ganz persönlichen Orten. Mitbringsel von den Opfern, damit die Täter alles immer und immer wieder durchleben konnten.

Souvenirs.

Wie die von Ragnar?

Ragnar Wilk schrie auf und raufte sich vor Wut die Haare. Der verdammte Dreckskerl, der so tat, als sei er Ragnar Wilk, hatte schon wieder zugeschlagen! Gerade hatten sie es im Radio gesagt. Gerade in dem Moment, in dem Wilk festgestellt hatte, dass die Tupperdose nicht mehr im Tunnel und all seine Souvenirs fort waren! Noch bevor er begreifen konnte, dass das real war und keine grauenhafte Phantasie, kein verfluchter Albtraum, hatte der Nachrichtensprecher gesagt, dass ein weiteres Opfer gefunden worden war, das man wohl dem Elbripper zuschreiben musste. Dabei war der Ripper *hier*! Und er hatte *niemanden* getötet! Der verfickte *andere* war es, der in seine Fußstapfen trat, der …

Wilk starrte auf den leeren Tunnel. Auf die Figuren, die umgefallen waren. Dann zur Tür, die er unverschlossen vorgefunden hatte.

Der andere.

War das möglich?

Wilk zitterte und biss sich auf die Unterlippe.

War das denkbar?

Bleib ruhig, dachte er. Denk nach. Denk ganz genau nach, Ragnar. Denn hier glaubt jemand, er sei besser als du, dabei sind alle anderen nur Amateure, Anfänger, niemand kann dir das Wasser reichen, weil niemand so gut ist wie du. Bleib ruhig und denk nach, *verflucht nochmal*!

Wilk zog den Kopf ein und bedeckte das Gesicht mit den Händen. Er hörte sich selbst in den Trichter seiner Finger atmen und schnaufen.

Es gab drei Möglichkeiten, dachte er.

Erstens: Eines der Kinder war in sein Reich eingedrungen, hatte sich umgesehen und die Tupperdose entdeckt.

Zweitens: Rieke hatte das Häuschen betreten.

Dafür sprach, dass der Schlüssel für alle zugänglich neben der Garderobe hing. Jeder könnte ihn nehmen, aufschließen und in die Hütte gehen. Wilk bewahrte ihn extra so offen auf, damit niemand auf die Idee kam, er hätte etwas zu verbergen. Aber warum sollten eines der Kinder oder Rieke sich auf einmal für die Eisenbahn interessieren? In den letzten Jahren hatte das keiner getan. Nicht einer. Irgendwann einmal hatten die Kinder vor der Tür gestanden und angeklopft und gesagt, sie sollten schöne Grüße von Mama ausrichten und er solle zum Essen kommen. Seitdem nahm er meistens sein Handy mit in die Hütte, damit er erreichbar war. Das war aber nicht zwingend nötig, denn man konnte ihn auch über Facetime auf dem Laptop anklingeln, was bereits oft geschehen war. Rieke hatte lediglich mal einen Blick hineingeworfen – im Sommer vor etwa zwei Jahren, als sie auf der Terrasse gesessen hatte und Wilk bei offener Tür an der Modelllandschaft baute. Als er sie fertig hatte, hatte er Rieke gerufen, um ihr stolz zu zeigen, was er da gebaut hatte. Sie hatte es sich mäßig interessiert angesehen und gesagt, dass das ja großartig sei. Und damit hatte es sich.

Die Kinder fanden es eher albern und spießig und peinlich, dass sich ihr Vater mit etwas so Ödem wie Modelleisenbahnen befasste. Nein, ihm fiel kein Grund ein, aus dem die Kinder ohne sein Wissen in die Hütte gehen sollten.

Was Rieke anging: Es wäre eventuell möglich, dass sie hinter seinem Rücken in das Häuschen geschaut hatte, um sich hinsichtlich ihres Hochzeitstagsgeschenks über seine Sammlung zu informieren. Aber das war unlogisch, denn vorgestern war die Tupperdose verlässlich noch im Tunnel gewesen, hundertprozentig. Und Rieke hatte den »Big Boy« schon vor Wochen geordert. Und falls sie doch in die Hütte geschaut hätte, dann hätte sie ja in die Regale geschaut, wo die Waggons und Loks standen, und sich nicht weit über die Modelllandschaft bis in deren Zentrum gebeugt. Außerdem hätte sie sicherlich wieder abgeschlossen.

Nein, das passte alles nicht. Und selbst wenn sie oder eines der Kinder die Tupperdose gefunden hatten: Dann würden sie sie doch nicht mitnehmen? Wozu? Sie hätten vielleicht hineingeschaut, wären irritiert gewesen und hätten sich wer weiß was gedacht – aber doch bestimmt die Dose zurück in den Tunnel geschoben, damit Wilk nichts merken würde.

Dennoch müsste er Rieke auf den Zahn fühlen, überlegte Wilk. Und zwar vorsichtig. Extrem vorsichtig, damit er keine schlafenden Hunde weckte.

Die dritte Möglichkeit war viel entsetzlicher und viel wahrscheinlicher: *Er* war hier gewesen.

Er. Der Copykiller. Der Imitator.

Der Mann, der in Wilks Namen in Hamburg unterwegs war und innerhalb weniger Tage zwei Morde begangen hatte, die ihm, Wilk, zugerechnet wurden.

Und hier passte der Zeitfaktor. Jemand musste innerhalb der vergangenen drei Tage die Hütte betreten haben. Innerhalb der vergangenen drei Tage waren die Toten gefunden worden. Wilk hatte sich bereits gefragt, wie der ihn so gut kopieren konnte, dass alle Welt annahm, die Morde seien original Elbripper-Morde. Ja, der verfluchte Hund machte mit ihm vielleicht genau das, was Wilk ansonsten tat: die Opfer studieren, ihre Gewohnheiten.

Und wenn man das Schloss zur Hütte zum Beispiel mit einem Dietrich knackte, dann würde man sich hinterher ja nicht die Mühe machen und es wieder abschließen. Das passte also zur offenen Tür. Und ebenfalls passte es, dass die Tupperdose gestohlen worden war. Wenn der Kopist wie Wilk tickte, und das tat er wohl, dann wüsste er, dass man sich Souvenirs aufbewahrte. Dass es einen geheimen

Ort geben würde. Und genau deswegen war er hier eingedrungen. Um Wilks Beute zu stehlen, seinen Schatz, um ihn zu demütigen, noch besser zu verstehen und ganz er zu werden.

Und möglicherweise hatte er hier …

Wilk zuckte und riss die Hände vom Gesicht. Verdammt. Hatte der womöglich …

Wilk duckte sich unter den Tisch, wo einige Kartons standen. Er zog den wichtigsten Karton heraus, öffnete ihn – und atmete erleichtert auf. Alles sah gut aus. Unter den Stapeln von alten Dokumenten und Zeitungen lagen die alten Fotoalben und die neuen, der USB-Stick – alles da, alles unversehrt. Gott sei Dank.

Er stand zitternd auf und ging zur Tür, um das Schloss zu untersuchen. Verflucht, er konnte sich beim besten Willen nicht erinnern, ob er abgeschlossen hatte oder nicht. Das Abschließen war ein Routinehandgriff – so wie das Abspülen der Toilette oder das Ausschalten der Kaffeemaschine. Er versuchte zu erkennen, ob sich am Schloss Kratzer befanden oder Aufbruchsspuren. Tatsächlich fand er einige Kratzer. Aber es war schwer zu sagen, ob sie von einem Dietrich oder einem Schraubenzieher stammten – oder davon, dass der Schlüssel Tausende Male über den Beschlag gekratzt war, bevor er ins Schloss glitt. Es war kein besonderes Schloss und wahrscheinlich das billigste Bauteil am gesamten Gartenhaus. Sicherlich hätte er es mit etwas Aufwendigerem nachrüsten können, aber er hatte das bisher nie gemacht, um keinen Verdacht bei Rieke zu erregen. Tatsächlich hatte sie sogar einmal vorgeschlagen, er solle doch lieber ein Vorhängeschloss anbringen, denn seine Bahnsammlung sei ja nun inzwischen richtig wertvoll. Aber auch das hatte er heruntergespielt und gesagt, dass ein Schloss so gut wie das andere sei und es sich ja nur um eine Holztür und einfache Fenster handele. Wenn es ein Einbrecher auf seine Sammlung abgesehen hätte, wäre es so oder so ein leichtes Spiel für ihn – Schloss hin oder her.

In diesem Augenblick allerdings wünschte sich Wilk, er hätte ein besseres Schloss nachgerüstet. Eine Stahltür dazu. Einen verdammten Bunker aus Beton hätte er bauen sollen.

Er blickte rüber zum Haus, zur Terrasse. In der Küche brannte Licht, im Wohnzimmer ebenfalls. Wilk atmete tief ein und wieder aus. Er schloss die Tür hinter sich und ging quer durch den Garten. Er würde Rieke sagen, dass er bloß sein Handy vergessen hatte.

Und dann mal sehen, dachte Wilk.

Rieke schlug sich den Gedanken aus dem Kopf. Was für ein Unsinn! Was dachte sie da bloß? Doch sie wusste schon jetzt, dass es die Art von Gedanken war, die sie nicht mehr loslassen würde. Sie würden sich in ihren Gehirnwindungen festsaugen wie die Tentakel eines Oktopus, der zugleich seine schwarze Tinte ausstieß und ihre Seele verdunkelte.

Himmel nochmal – sie musste sich nun auf das Handy konzentrieren und …

Sie blickte nach draußen, wo sie einen Lichtschein bemerkte. Sie sah Ragnar an der Tür der Hütte. Was machte der denn da? Im nächsten Moment setzte er sich in Bewegung – und kam auf das Haus zu, in Richtung Terrasse. War endlich alles eingestellt? Gott, sie hoffte es, denn sie hatte keine Zeit mehr zu verlieren. Ragnar hatte schon fast den halben Rasen überquert, als sie schließlich alle offenen Fenster vom Display löschte, rasch das Handy wieder auf den Wohnzimmertisch legte und so tat, als ob sie gerade etwas aufwischen würde, um damit in die Küche zu gehen. Das Herz schlug ihr bis zum Hals. Ihre Wangen glühten. Sie hoffte, dass es ihm nicht auffallen würde, wenn er gleich hereinkam.

Schon im nächsten Moment klopfte er gegen das Glas der Schiebetür. Rieke wirbelte in der Küche herum, griff sich noch schnell einen Lappen und ging dann zurück ins Wohnzimmer, wo sie ihrem Mann öffnete. Mit ihm kam eisige Kälte hinein.

»Na?«, fragte sie mit heiser Stimme. Sie räusperte sich.

»Die Lok ist großartig, Rieke, ich liebe sie«, sagte er. »Und ich liebe dich.«

Rieke lächelte. »Bist du nur reingekommen, um mir das zu sagen?«

»Klar«, sagte Ragnar. Rieke spürte seine musternden Blicke. »Ist dir heiß? Du glühst ja.«

Sie nickte. »Ja, das Hin-und-her-Laufen, der Geschirrspüler war fertig, puh …« Sie fächelte sich Luft zu. »Freut mich, dass dir die Lok gefällt.«

»Das tut sie.« Ragnar deutete zum Wohnzimmertisch. »Ich habe mein Handy vergessen, wollte es gerade holen.«

Rieke trat einen Schritt zur Seite. Ragnar ging an ihr vorbei, nahm das Telefon.

»Die Tür zum Schuppen war nicht abgeschlossen«, sagte er dann, blickte Rieke an und kratzte sich mit dem Handy in der Hand im Nacken.

Oh. Gott. Nein. Rieke wurde eiskalt. Hatte sie tatsächlich gestern vergessen abzuschließen? Verdammt, verdammt!

»Was?«, fragte sie und tat entsetzt. »Hast du das vergessen? Da musst du aber drauf achten, Ragnar.«

»Ja«, sagte er, »ja, ich weiß. Keine Ahnung, ob ich es vergessen habe. Normalerweise vergesse ich das nicht, niemals. Oder …«, er machte eine Geste, »… war irgendwer anders in der Hütte? Die Kinder? Du?«

»Ich?« Rieke lachte und legte sich die Hand aufs Herz. »Ich glaube, ich war seit Jahren nicht in deinem Reich, was soll ich denn da?«

»Das habe ich mich auch gefragt.«

»Die Kinder – das kann ich mir auch nicht vorstellen. Wozu denn? Die würden doch nie reingehen, ohne dich zu fragen.«

»Nein.«

»Und ich auch nicht.«

Ragnars Blicke waren überall. Tasteten sie ab. Versuchten, etwas zu lesen.

»Da hat doch niemand eingebrochen?«, fragte sie.

Ragnar zuckte mit den Achseln.

»Fehlt denn etwas?«

»Nein, es fehlt nichts«, sagte er.

»Na, zum Glück, oder?«

»Ja«, erwiderte er. »Zum Glück. Dann habe ich wohl wirklich vergessen abzuschließen.«

»Dein Handy hast du ja auch hier vergessen.«

Ragnar nickte. »Ja«, sagte er und ging dann wieder zur Terrassentür hinaus, »das habe ich.«

In dieser Nacht tat Ragnar Wilk kein Auge zu. Er wälzte sich im Bett, schwitzte, stand einige Male auf, um etwas zu trinken und zur Toilette zu gehen. Er malte sich aus, wie der Mann, der ihn kopierte, ums Haus schlich, sich Zugang zum Gartenhaus verschaffte und es durchsuchte. Jemand wie er, jemand mit dem gleichen Drang wie Wilk, der wusste, wo und wonach er zu suchen hatte. Es beunruhigte Wilk zutiefst, dass dieser Mann anscheinend Wilks Identität kannte, dass er wusste, wo er wohnte. Was plante er nur, wenn er Wilk nicht an die Polizei auslieferte, sondern seine Taten kopierte? Was wollte er? Woher wusste er, dass Wilk der Elbripper war? Wie konnte das möglich sein?

Wie Wilk es auch drehte und wendete: Er würde keine Antworten finden. Es gab nur eine Möglichkeit. Er musste den Nachahmer aufspüren, so wie der auch Wilk aufgespürt hatte. Er musste ihn zur Rede stellen, seine Sachen zurückfordern – und den Kerl ausschalten. Denn es wäre ein Leichtes für ihn, Wilk zu erpressen, auszuliefern oder – schlimmer noch – seine Familie zu bedrohen.

Aber wo sollte er anfangen? Ja, dachte Wilk und grub seine Finger ins Kopfkissen, ja, er würde da anfangen, wo der Killer aufgehört hatte: an den Orten, an denen er die Leichen abgelegt hatte. Ihn kennenlernen, seine Spuren lesen. Gleichzeitig, dachte er, wäre es vielleicht sinnvoll, der Polizei oder den Medien mitzuteilen, dass er selbst mit den Taten nicht das Geringste zu tun hatte. Ja, eigentlich erforderte das nicht nur seine eigene Ehre. Es war auch so wie … na ja … Hätte Picasso es geduldet, dass irgendjemand seine Bilder nachmalte und mit »Picasso« signierte? Nein, das hätte er nicht.

Das wäre kein schlechter Schachzug, dachte Wilk und schloss die Augen. Das würde den anderen unter Druck setzen. Und unter Druck beging man Fehler.

Ganz abgesehen davon, dachte Wilk, öffnete die Augen und drehte sich herum zu Rieke, ganz abgesehen davon gab es noch die unwahrscheinliche Möglichkeit, dass doch eines der Kinder oder Rieke im Gartenhaus gewesen waren. Ja, er müsste die Augen nach allen Seiten offen halten, dachte Wilk. Und er hielt sie offen. Bis zur Morgendämmerung.

Als der Morgen graute, war Rieke Wilk bereits aufgestanden und hatte ihren zweiten Kaffee getrunken. Sie machte den Kindern Schulbrote und fühlte sich wie erschlagen. Der Mann, der neben ihr geschlafen hatte, könnte ein

Mörder sein. Und falls nicht, dann in jedem Fall jemand, der sie hinterging oder betrog oder …

… oder vielleicht redest du dir das alles nur ein. Vielleicht hat das alles eine einfache Ursache. Vielleicht sind es auch nur Strings und Schmuck von Nutten, die er mitgehen ließ, was es nicht besser macht, nein, aber nicht ganz so schlimm wäre, oder? Es wäre etwas leichter zu ertragen, als wenn er eine richtige Affäre hätte, oder nicht?

Sie packte die Pausenbrote und die Apfelspalten in die Tupperdosen und malte sich aus, wie Ragnar vorgab, mit der Eisenbahn spielen zu wollen, stattdessen aber die Dose aus dem Tunnel nahm, die Höschen herausholte und an ihnen schnüffelte, seinen Reißverschluss öffnete …

Sie erschauderte, warf das Brotmesser hin und ging auf den Flur, um die Zeitung aus dem Briefkasten zu holen. Oben schliefen die Kinder noch. Sie würde sie gleich wecken müssen. Ragnar duschte. Sie hörte das Wasser rauschen. Er hatte sich unruhig hin und her gewälzt in der Nacht, war einige Male aufgestanden. Er machte sich anscheinend ernsthafte Sorgen, kein Zweifel. Und das nicht nur wegen der offenen Tür, die ihn wahrscheinlich dazu motiviert hatte, nachzusehen, ob seine Souvenirs noch alle da waren. Waren sie natürlich nicht – und damit hatte sich Rieke den Rückweg abgeschnitten. Sie konnte seine Dose jetzt nicht wieder zurückstellen. Er *wusste*, dass sie fort war, und ihm *musste* klar sein, dass nur Rieke oder die Kinder sie gefunden haben konnten. Wer denn sonst?

Oder er wusste es doch nicht. Vielleicht, ja, vielleicht sorgte er sich doch über etwas anderes?

Sie musste jedenfalls eine Entscheidung treffen, heute noch, sobald er bei der Arbeit war, und die Dose entweder zurückstellen – oder auch nicht. Und alles andere, all ihre verrückten Hirngespinste, dachte sie, würden sich klären, wenn sie die ersten Daten von Ragnars Handy analysieren würde. Dann dürfte sich einiges klären. Sie zog die Zeitung aus dem Briefkasten und ging damit in die Küche.

Sie musste einen klaren Kopf behalten, dachte sie, zapfte sich noch einen Kaffee und faltete die Zeitung auf. Die Titelgeschichte stammte von einem Journalisten namens Roger Carstensen und handelte von dem neuen Mord. Der Fundort der Leiche war fotografiert worden. Und es gab ein Bild von einem Mann, der neben einem alten Mercedes stand und gerade einsteigen wollte. Er sah nicht aus, als sei er damit einverstanden, abgelichtet zu werden.

Es war ein Polizist.

Die Bildunterschrift lautete: »Er ist wieder da: Elbripper-Jäger Nick Beck.«

24

Nick hielt sich an der Kaffeetasse fest. Er betrachtete die Fotos von den Leichenfundorten am Whiteboard und hörte den anderen zu. Es war merkwürdig vertraut, in Zivilkleidung hier im LKA bei einer Besprechung herumzustehen. Genau wie früher. Genau wie das, was er hatte vermeiden wollen. Es fühlte sich falsch, aber gleichzeitig richtig an.

Cleo, Schultz und Janson sprachen gerade über die Resultate der Obduktion. Die Identität der Toten war inzwischen ermittelt worden. Die Frau war Ende zwanzig, arbeitete als Prostituierte und Webcam-Girl. Sie hieß Annalena Krömer und war zuletzt in der Nacht ihres Verschwindens beim Verlassen ihrer Arbeitsstätte gesehen worden. Zusammen mit dem ersten neuen Opfer ließ sich daraus ein Schema ableiten.

Der Mörder griff die Frauen vermutlich auf ihrem Nachhauseweg auf und überwältigte sie. Das musste bedeuten, dass er ein Auto hatte. Beide Opfer hatten Verletzungen am Kopf und im Gesicht, die auf stumpfe Gewalteinwirkung zurückzuführen waren. Folglich schlug er sie entweder mit einem harten Gegenstand bewusstlos, verstaute sie dann im Auto und verschwand mit ihnen – oder er lockte sie ins Auto und schlug sie dann bewusstlos. Bei der zweiten Variante mochte es sein, dass der Killer ein Taxifahrer oder etwas in der Art war. Weswegen die Ermittlungsgruppe derzeit nicht nur die Betriebe auseinandernahm, in denen die Frauen gearbeitet hatten, sondern auch alle Taxiunternehmer überprüfte.

Eine Heidenarbeit und nach Nicks Meinung überflüssig, denn er glaubte nicht, dass der Mörder ein Taxifahrer war. Er glaubte vielmehr an die erste Option: Der Killer suchte sich ein Opfer aus, beobachtete seine Gewohnheiten, verfolgte es, legte sich einen Plan zurecht – und dann schlug er zu. Was bedeutete: Er war mindestens einmal in einem der Tabledance-Läden gewesen, wahrscheinlich sogar öfter.

»Weißte«, sagte Janson zu Cleo und kratzte sich den Hipsterbart, »das macht mich irre mit der Technik. Wir haben das ganze Areal mit der Lupe abgesucht, aber keine Kamera gefunden. Und wir müssen ungefähr hunderttausend Anträge ausfüllen und auf weitere hunderttausend Bewilligungen von der Bundeswehr warten, bis wir so einen IED-Detektor bekommen. Die Abkürzung steht für *Improvised Explosive Devices*. Man kann damit elektromagnetische Schwingungen zum Beispiel von Handyzündern für Bomben auffangen, wie sie in Afghanistan in parkenden Autos platziert werden. Damit können wir auch die bescheuerte Kamera orten, hoffe ich. Wir sollten das schon längst erhalten haben. Aber jetzt fehlten wohl irgendwelche Formblätter. Die Bundeswehr ist noch zehnmal bürokratischer als wir.«

»Verwalten liegt uns Deutschen halt im Blut«, sagte Schultz.

»Da kannste drauf wetten. Mit 'ner Wünschelrute würden wir das Teil schneller finden.«

»Und wenn es gar keine Kamera gibt?«, fragte Cleo und rutschte auf dem Bürostuhl herum. Sie hielt ihren Bauch umfasst wie ein Buddha.

»Ist doch egal«, sagte Janson und regte sich auf. »Wir müssen das dennoch checken. Weißte, mich macht es verrückt, mir vorzustellen, dass der Scheißkerl uns die ganze Zeit bei der Arbeit zusieht und sich ins Fäustchen lacht.«

»Oder schlimmer«, sagte Schultz und goss sich etwas Kaffee nach.

»Schlimmer?«

Schultz machte eine Onaniergeste. Janson verdrehte die Augen. Cleo nicht.

»Kann sein«, sagte sie. »Aber das spielt keine Rolle. Ich frage mich, was er mit dem Symbol ausdrücken will. Also ob er damit sich selbst meint – oder irgendeine Gottheit, den echten Dämon Pazuzu.«

»Wie kommt man überhaupt auf so einen irren Scheiß – irgendwelche babylonischen Dämonen?«, fragte Janson.

Cleo zuckte die Schultern. »Es gibt Hunderte von Möglichkeiten. Vielleicht hat er nur einen Horrorfilm gesehen – und das hat sich in seinem Kopf festgesetzt. Vielleicht ist er auch Teil der Gothic-Szene. Weiß der Himmel. Sein Trigger ist aber ein anderer. Das dämonische Zeichen ist ein Ausdruck für etwas, das tief in seiner Persönlichkeit verwurzelt sein muss.«

Nick trank etwas Kaffee. »Ich frage mich ebenfalls ein paar Dinge«, sagte er.

Schultz schmunzelte. »Beck«, sagte er, »du bist hier, um Antworten zu geben.«

Nick ging nicht darauf ein. Er sagte: »Erstens: Wie reagiert wohl der echte Elbripper auf diese neuen Fälle? Zweitens: Woher genau hat der Copykiller sein ganzes Wissen? Drittens: Wann müssen wir mit dem nächsten Opfer rechnen? Unser Mann legt eine enorme Schlagzahl vor.«

»Spielt es eine Rolle, wie der echte Elbripper darauf reagiert?«, fragte Cleo.

»Er könnte auf die Idee kommen, wieder jemanden zu töten – auf seine Weise«, erwiderte Nick. »Damit wir verstehen, dass er nicht für die anderen Taten verantwortlich ist.«

Schultz nickte und sagte: »Jemand kackt in seinen Vorgarten. Wird ihm nicht passen. Und dann haben wir zwei aktive Killer draußen herumlaufen.«

»Das fehlt mir noch.« Janson schnaubte und fuhr sich mit beiden Händen durchs Gesicht. »Wie biste überhaupt auf einmal aus blauem Himmel auf die Idee mit dem Trittbrettfahrer gekommen, Beck?«

»Zufall«, antwortete Nick. »Ihr habt mich beim Musikmachen erwischt. Wir haben was von Depeche Mode gespielt. Das eine führte zum anderen.«

»Musikmachen?«

»Kleine Session. Ich spiele Gitarre. Jonas Peterson von ForGenTox ist ein exzellenter Bassist und Razan Sabia vom rechtsmedizinischen Institut ein ehemaliger Metaldrummer.«

»Sabia?«, fragte Cleo.

»Ja. Hat früher im Irak ebenfalls in der Rechtsmedizin gearbeitet.«

»Komischer Kerl«, sagte Schultz.

»Warum?«

Schultz zuckte mit den Achseln. »Bin ihm ein paarmal über den Weg gelaufen. Manche von denen hängen zu lange bei den Leichen rum. Das macht was mit ihnen.«

»Die Leichen machen auch mit uns etwas«, sagte Cleo.

»Stimmt«, erwiderte Schultz. »Woher kommt der noch mal?«

»Vor ein paar Jahren kam er aus dem Nordirak«, sagte Nick.

»Das alte Assyrien, oder? Assur? Ninive? Wo der Islamische Staat alles zerstört hat?«, fragte Schultz.

»Kann sein«, sagte Nick.

»Hm«, machte Cleo.

Nicks Handy klingelte. Er ging dran.

»Hey, Beck … Roger Carstensen hier. Stimmt es, dass …«

Nick drückte das Gespräch weg. Woher hatte der Kerl

Nicks Handynummer? Okay, Carstensen hatte viele Kontakte. Und er machte seinen Job gut. Kein Kunststück, für einen Profi wie ihn an eine Telefonnummer zu gelangen.

Schultz schmunzelte. »Unangenehmer Anrufer? Exfrau?«

Nick hatte keine Ex-Frau. »Carstensen«, antwortete er.

»Carstensen, der Polizeireporter.«

»Boah, der geht mir so auf die Eier«, stöhnte Janson. »Ich hatte gehofft, der zieht nach seiner Insolvenz ab und wird – keine Ahnung – Kochblogger oder so was. Aber irgendjemand muss ihm wohl einen Kredit gegeben haben. Na ja, der wird sich an den neuen Morden gesundstoßen, das wird die Kasse klingeln lassen.«

»Er war pleite?«, fragte Nick.

»Hatte sich verhoben, wie man hörte. Scherte irgendwann beim Boulevardblatt aus und witterte das ganz große Geschäft, als das alles online losging und die Zeitungen ihre Leute in Massen entließen. Gründete seinen eigenen Laden und befeuerte sämtliche Kanäle, kennste ja.«

Nick hatte es leidlich erfahren.

»Lief alles wie verrückt. Er stellt neue Leute ein, kauft Autos, Kameras, rüstet voll auf. Tja. Hat aber vergessen, dass er kein Bürokaufmann ist, und hat sich total verfranzt. Dann steht im Frühjahr die Steuer vor der Tür und bämm! Hat mir eine Fotografin von ihm erzählt, weil ich sie gefragt habe, warum nicht mehr ›Carstensen Media‹ auf den Autos steht, sondern ›MediaTeam‹, und warum ich

Carstensen selbst gar nicht mehr sehe. Firma umfirmiert, sagt sie, und Carstensen im Burnout nach dem ganzen Scheiß. Geht aber wohl wieder.«

Janson machte eine wegwerfende Handbewegung. »Ist der also auch schon wieder am Ball?«

»Natürlich«, sagte Nick. »Habe ihn gestern Abend getroffen. Er stürzte sich gleich auf mich.«

»Und du gibst ihm deine Handynummer?«, fragte Cleo und machte große Augen.

»Nein«, sagte Nick. »Natürlich nicht. Er muss sie sich anderweitig besorgt haben und …«

Nicks Handy klingelte erneut. Dieses Mal eine andere Nummer. Eine, die mit einem Namen versehen war. Nick bedeutete den anderen, dass er ein Privatgespräch führen musste. Er verließ das Büro und betrat den Flur.

Dann ging er dran und sagte: »Hallo, Bekka.«

»Hallo, Nick«, sagte die schönste Stimme von allen. »Ich will dich nicht stören …«

»Du störst nicht.«

»Ich habe in den Nachrichten gehört, dass es einen weiteren Mord gab.«

»Das stimmt leider.«

»Der Elbripper?«

»Manche meinen das.«

»Warum drückst du das so vage aus?«

»Ich darf nicht darüber sprechen.«

»Okay. Klar. Die Nachrichten sagen, er sei es gewesen. Wie beim ersten Fall.«

»Die beiden neuen Fälle sind sehr ähnlich.«

»Aber?«

»Aber.«

»Das heißt?«

»Vielleicht haben wir es nicht mit dem Original zu tun, sondern mit einer Coverversion.«

Bekka schwieg einen Moment, zählte eins und eins zusammen. »Oh«, machte sie dann, »okay ... Ich glaube, ich verstehe, was du meinst.«

»Es gibt Pros und Contras«, sagte Nick.

»Ja. Okay. Ich denke mir, du hast sehr viel zu tun, und wenn es wann anders besser passt, dann ...«

»Worum geht es?«

»Mir ist etwas eingefallen.«

»Etwas Wichtiges?«

»Vielleicht. Vielleicht auch nicht. Vielleicht sprechen wir später darüber?«

»Okay.«

Nick wollte fragen, wann er Bekka zurückrufen sollte. Aber sie sagte bereits: »Sollen wir heute Abend essen gehen? Die Kinder sind bei ihrem Vater. Ich habe keine Lust, für mich alleine zu kochen, und wollte mir sowieso etwas holen.«

»Klar«, sagte Nick. »Gerne. Vorlieben? Vegan? Indisch? Burger?«

Bekka lachte. »Nein, nicht vegan. Burger klingt gut. Medium und leicht blutig.«

Nick lächelte. »Ich kenne da einen guten Laden. Hat

vielleicht nicht deine Klasse, aber die Musik könnte dir gefallen. Die Burger ebenfalls«, sagte er.

»Welche Art von Musik?«

»Johnny Cash. US-Rock. Country.«

»Wann und wo?«, fragte Bekka.

Nick sagte es ihr.

25

Cleo hätte alles für einen Burger zum Abendessen gegeben. Aber Hackfleisch und schwanger – das war leider verboten. Wie so vieles andere auch. Insofern konnte sie sich ein weiteres Mal von der Idee verabschieden, sich eine dicke Tüte Fastfood mit nach Hause zu nehmen.

Abgesehen davon, dachte sie, während sie sich im Dunkeln auf der Straße umsah, würde Chris dann vermutlich ausrasten. Er war sowieso auf dem Gesundheitstrip, und damit war es sehr viel schlimmer geworden, seit sie schwanger war.

Cleo leuchtete mit der Maglite über den Asphalt. Sie stand mitten im Nirgendwo auf einer Landstraße. Das Auto parkte mit laufendem Motor und eingeschaltetem Warnblinker am Fahrbahnrand. Ein klarer Mond warf ein kaltes Licht auf die Straße. Cleo fror. Das Thermometer im Auto hatte minus vier Grad angezeigt, und sehr bald sollte es zu heftigen Schneefällen im Norden kommen, die von Orkanböen begleitet würden. Sie keuchte leise, als sie einen Tritt im Unterleib verspürte. Das Baby drehte sich mal wieder um die eigene Achse.

Cleo legte die freie Hand auf den Bauch und murmelte: »Schon gut, gleich geht's wieder ins Warme. Ich weiß auch nicht, was ich hier eigentlich mache.«

In jedem Fall hatte es mit der Akte Fanny Monecke zu tun. Sie war heute am späten Nachmittag endlich gekommen und lag auf dem Beifahrersitz. Cleo wollte sie zu Hause durchsehen, was Chris vermutlich wiederum in eine Krise stürzen würde – nach dem Motto: »Was musst du dir jetzt noch Arbeit mit nach Hause nehmen? Und warum machst du das überhaupt? Feierabend ist doch Feierabend.«

Na ja, eigentlich gab es im Moment Wichtigeres zu tun, aber die unbeantwortete Frage, von welchem Auto Fanny Monecke im Sommer angefahren worden war, beschäftigte Cleo immer noch. Schwer zu sagen, warum. Vielleicht, weil eben dieser Fall Cleo endlich in die Mordkommission gebracht hatte. Vielleicht, weil ihr Fanny leidtat und sie alles zu nah an sich heranließ oder weil die Schwangerschaft sie viel sensibler gemacht hatte. Vielleicht auch einfach nur deswegen, weil ihr siebter Sinn ihr sagte, dass hier etwas nicht in Ordnung war – so wie Tiere spürten, dass das Wetter umschlagen würde oder etwas Bedrohliches durch das Unterholz kroch.

Cleo blickte nach rechts, wo sie in der Ferne die Fahnenmasten der Fleisch- und Wurstwarenfabrik Monecke erkannte. Sie blickte nach links, wo einige neu gebaute Windräder in den schwarzen Himmel stachen. Die kleine Nebenstraße war ein Schleichweg, eine Abkürzung, die nach Nordbek führte, wo Nick wohnte. Das Areal des

Monecke-Anwesens konnte man nur auf zwei Arten verlassen: entweder über die Hauptzufahrt. Aber dort gab es eine Kamera, und die Videoaufnahmen waren allesamt kontrolliert worden. Zu keinem Zeitpunkt hatte Fanny oder ein verdächtiges Fahrzeug, das sie fortgebracht haben könnte, die Ausfahrt passiert. Oder durch eine Pforte am Ende des Parks hinter dem Anwesen, zu dem auch ein Löschteich gehörte. In dem dortigen Bootshaus war Fanny zuletzt gesehen worden. Es lag also der Verdacht nahe, dass die Pforte genutzt worden war.

In diesem Fall führte der Weg unmittelbar zu der Straße, auf der Cleo jetzt stand. Sie dachte daran, wie sie mit Nick hier entlanggefahren war und er plötzlich sehr komisch reagiert hatte. Sie erinnerte sich außerdem, dass sein Auto beschädigt gewesen war. Es hatte Dellen in der Fahrertür und einen Defekt an der Stoßstange gehabt. Randalierer seien das gewesen, hatte er gesagt, die keinen Respekt vor Oldtimern hatten. Und der Kerl, dem die Werkstatt gehörte, wo Nick wohnte, hatte den Schaden geflickt. Wie hieß der noch? Heitzer oder so ähnlich.

Cleo seufzte, stellte die Maglite wieder aus und ging zurück zum Wagen. Was ging ihr da bloß durch den Kopf? Fannys Verschwinden, Nicks komisches Verhalten, die Schäden an seinem Auto, die Frage, welches Auto Fannys Körper überrollt haben könnte …

»Deine Mama spinnt. Ich weiß auch nicht, was das soll«, murmelte Cleo und stieg ein. Sie schüttelte den Kopf und sagte sich selbst, dass sie Gespenster sah. Was für ein Unfug, einer Spur in einem abgeschlossenen Fall nachzugehen, die zu nichts weiter führen würde. Und allein der Gedanke, dass Nick darin irgendeine Rolle spielen könnte – totaler Unsinn. Nick war doch der gewesen, der den Fall hauptsächlich gelöst hatte. Außerdem war er Polizist, auch wenn er sich immer wieder mal merkwürdig benahm…

Cleo ließ den Wagen an. Sie hatte wirklich wichtigere Themen auf dem Tisch. Zum Beispiel den Elbripper und seinen Copykiller. Sie startete den Motor, fuhr los – und trat nach wenigen Metern Fahrstrecke voll auf die Bremse. Der Wagen bockte. Der Sicherheitsgurt schnitt ihr in den Bauch. Etwas Großes war aus dem Randbewuchs auf die Fahrbahn und genau vor ihr Auto gesprungen, es …

… war ein kleines Reh, das Cleo den Kopf zudrehte und sie einige Sekunden lang anblickte.

»Mann!« Cleo schrie das Tier an. »Bist du total bekloppt, Reh? Ich hätte dich fast überfahren. Hau ab! Los!« Sie hämmerte auf die Hupe. Das Reh sprintete sofort los und verschwand im Dickicht auf der anderen Straßenseite.

Cleo keuchte. Hielt sich den Bauch.

»Alles okay da drin?«, fragte sie.

Alles blieb ruhig im Bauch. Es schien alles okay zu sein und war noch mal gutgegangen. Cleo fuhr wieder an und spürte nach wie vor den Puls in ihren Adern klopfen. Meine Güte, dachte sie, das hätte auch ganz anders ausgehen können. Und sie überlegte, ob vielleicht Fanny wie das Reh auf die Straße gelaufen sein mochte, weil sie vor etwas Gefährlichem geflohen war, als zufällig ein Auto vorbeikam.

»Spinn nicht rum, Torner«, flüsterte Cleo. »Krieg dich mal wieder ein, echt jetzt.«

Sie setzte am Ende der Straße den Blinker, um wieder in die City und nach Hause zu fahren. Wenn ihr doch nur der richtige Name von diesem *Heitzer* einfallen würde.

26

»Ich will spüren, dass ich lebe, dieses Flimmern auf der Seele, Euphorie, federleicht wie nie«, sang Helene im Autoradio. Und ehrlich gesagt: ja. Genau das wollte Ragnar Wilk. Spüren, dass er lebte.

Ein wenig kam dieses Gefühl gerade wieder zurück, als er aus dem Auto stieg und gegen die Kälte die Schultern hochzog. In der Ferne sah er die Lichter der Stadt und vom Hafen. Geräusche drangen dumpf herüber, der Wind wehte sie die Elbe entlang. Etwas Euphorie, ja, denn der Instinkt des Jägers war geweckt. Er roch die eiskalte, salzige Luft und fühlte sich frei und allein in der Nacht – wie ein Spieler, der viel zu lange auf der Ersatzbank gesessen hatte.

Wilk hatte den Wagen am Holthusenkai abgestellt, an dem das weitläufige Areal des früheren Überseezentrums lag. Hier war das erste Opfer gefunden worden, hatte er vorhin im Internet gelesen. Wilk hatte ein wenig gegoogelt und herausgefunden, dass die Tote im alten Verwaltungsgebäude platziert worden war, das bald abgerissen werden sollte. Dort hatte der Killer sie zur Schau gestellt. *Zur*

Schau. Wilk hatte niemals etwas *zur Schau* gestellt, höchstens für sich selbst.

Eine Online-Crime-Plattform hatte inzwischen die Bilder gepostet, die ein professioneller Fotograf eher zufällig gemacht hatte. Es war dieselbe Plattform, für die dieser Carstensen arbeitete, der regelmäßig über Wilks Fälle geschrieben hatte – ziemlich viel Unsinn, aber auch eine Menge Dinge, die zutrafen. Leider waren die Fotos verpixelt worden, aber man konnte zumindest erahnen, was der Mörder mit dem Opfer angestellt hatte. Und dass er es an einer eingestürzten Mauer in einem der oberen Geschosse mit dem Gesicht zur Elbe aufgehängt hatte.

Wilk wäre nie auf die Idee gekommen, das zu tun. Warum sollte er? Außerdem mussten die Polizisten, die an dem Fall arbeiteten, noch größere Dilettanten sein, als er bisher gedacht hatte. Sie brauchten doch bloß seine bisherigen Opfer miteinander zu vergleichen und die Art und Weise, wie er vorgegangen war. Da musste ihnen doch auffallen, dass das überhaupt nicht seine Handschrift war? Ja, sprach das nicht nur von grober Inkompetenz, sondern auch von Ignoranz und Missachtung?

Aber das war alles nicht die Kernfrage. Denn es war ja nun einmal so, dass die Polizei die Morde Wilk zuordnete. Die Frage war vielmehr: Warum tat es der andere?

Du willst, dass man sieht, was du tust, dachte Wilk. *Du willst gesehen und beachtet werden. Und ich sehe dich. Ich sehe dich immer besser. Ich bin sogar schon unterwegs.*

Wilk lief den hellgrün gestrichenen Sturmflutwall aus

Metall entlang, der von abgesägten Bäumen flankiert war. Die Rodungsarbeiten am Grasbrook waren in vollem Gang. Bald würde das große Abreißen beginnen und danach der Wiederaufbau für die neuen Wohnanlagen, die hier entstehen sollten. Auf Höhe des früheren Verwaltungsbaus stoppte er, verharrte eine Weile ruhig und sah sich um.

Er musste natürlich damit rechnen, dass die Polizei das Areal überwachte. Auf genau diese Art und Weise hatte der verfluchte Nick Beck ihm vor eineinhalb Jahren eine Falle gestellt, denn er hatte kapiert, dass es Wilk gefiel, seine Opfer immer mal wieder zu besuchen.

Wie auch immer er das herausgefunden hatte. Wilk nahm an, dass es an den Fußspuren lag. Anscheinend hatte die Polizei daran ablesen können, dass er mehrfach vor Ort gewesen war. Und dieser Beck hatte ihm dann daraus einen Strick gedreht – der verfluchte Mistkerl, der jetzt erneut an den Ermittlungen teilnahm, wie die Medien schrieben. Wilk hatte sein Foto in der Zeitung gesehen und noch gedacht: Dich hätte ich damals auch umlegen sollen. Tatsächlich hätte er es tun können.

Beck und seine Partnerin hatten Wilk bis in ein Abbruchhaus verfolgt. Wilk hatte hinter einer Tür gelauert, und als Beck seine Hand hereinstreckte, hatte Wilk die Stahltür zugeschlagen und Beck mit Sicherheit ein paar Finger gebrochen. Das hatte ihn etwas aufgehalten, und Wilk hatte auf das Dach entkommen können.

Und in diesem Moment, ja, in dem Moment hätte er

Beck einfach mit dem Eisenrohr eins überziehen sollen, das Wilk in der Hand gehalten hatte. Dann hätte er Beck die Dienstwaffe abnehmen und das komplette Magazin in seinen Schädel leeren können.

Stattdessen war Wilk über das Dach geflohen, und die Polizistin war ihm gefolgt und hätte ihn fast erwischt. Sie war ihm mit gezogener Pistole hinterhergelaufen, hatte aber nicht damit gerechnet, dass er unmittelbar hinter der Tür zum Treppenhaus lauerte. Er hatte sie mit dem Eisenrohr voll im Gesicht erwischt. Sie hatte in die Luft geschossen. Dann ein Tritt gegen ihren Magen. Sie stolperte.

Wwwusch.

Rumms.

Knack.

Aufschlag auf einem geparkten Auto. Ob das ein Totalschaden war?

Wilk nahm eine Strickmütze aus der Tasche und rollte sie sich über den Kopf und das Gesicht. Für die Augen hatte er mit der Schere zwei Löcher hineingeschnitten. Es fühlte sich gut an, die Maske mal wieder zu tragen. Es war fast zwei Jahre her, seit er sie das letzte Mal benutzt hatte. Ja, und wenn er sehr stark inhalierte, dann konnte er noch den Duft seines letzten großen Abenteuers darin riechen.

Gabriele, die eine Dreizimmerwohnung gesucht hatte und bei einem Verlag anfangen wollte. Er hatte fast fünf Stunden damit zugebracht, sie immer wieder bis zur Bewusstlosigkeit zu würgen, aufzuwecken und das Spiel von neuem zu beginnen. Und immer wieder hatte er ihr gesagt: »Eben war nur Spaß. Aber jetzt stirbst du wirklich.« Weil die Schlampe es wie alle anderen verdient hatte, nicht nur einen Tod zu sterben. Hinterher hatte er sie dann vernäht, weil verfluchte Biester wie Gabriele und all die anderen auf ihre Brut achtgeben mussten. »Gute Mutter«, hatte er gekeucht. »Du gute Mutter. Und ich bin dein guter Junge.«

Ja, er hatte sie transformiert. So wie all die anderen. Er hatte sie von billigen, kleinen, notgeilen Drecksstücken in gute Mütter verwandelt. Denn rumhuren und Kerlen den Kopf verdrehen konnten sie ja jetzt wohl kaum noch. Nein, und sie hatten eine symbolische Aufgabe mit auf den Weg bekommen und eine schöne Aussicht auf die Elbe, wo Wilk und seine Mutter früher so oft spazieren gegangen waren.

Damals, als sie noch laufen konnte, statt den ganzen Tag zugedröhnt im Bett zu liegen …

… und dann hat sie dir den Platz von dem alten Kerl im Rollstuhl zugewiesen, Ragnar, deinem Vater, nachdem er gestorben ist – besser gesagt, nachdem er mit dem Rollstuhl versehentlich die Treppe hinabgefahren ist und sich dabei das Genick gebrochen hat –, da hat sie gesagt: Jetzt bist du der Mann im Haus, und sie hat dich auf den Schoß gezogen und dir die Hand auf den Schenkel gelegt in diesem heißen Sommer, als es sogar in kurzen Hosen zu heiß war, weißt du noch? Ja, und es war falsch, so falsch und schlimm, und er hat sich selbst die Schuld dafür gegeben, und ihr gab er das Versprechen, immer für sie da zu sein, jetzt, da sie allein war. Ich brauche dich, du bist der Mann im Haus, du darfst mich niemals alleine lassen. Und dann kamen andere Männer, und nebenan im Schlafzimmer, ja, da machte sie unanständige Sachen mit ihnen und war laut, sehr laut beim Geldverdienen, so laut, dass Ragnar nicht schlafen konnte. Und mit dem Geld kamen die Tabletten und die Drogen und der Schnaps, und Spaziergänge an der Elbe gab es nicht mehr, nein – Gott, und er hätte sie am liebsten erwürgt. Erwürgt für alles, geschlagen, auch später noch – aber es ging nicht, er musste sich um sie kümmern. Und selbst zuletzt, kurz bevor sie starb, hat sie ihn gefragt, ob er noch mal auf ihrem Schoß sitzen möchte, und er ist fast durchgedreht, bist du irre? Auch hinterher war er noch voller Wut, voller schrecklichem Zorn, zum Beispiel bei der Wohnungsbesichtigung, als sich Grit aus Stralsund das kleine Zimmer ansah und so knappe Sachen trug, diese verdammte Nutte, da ist ihm einfach die Sicherung rausgesprungen. Er hat sie gepackt und gewürgt wie damals das Mädchen auf dem Schulhof – er hat sie mit dem Kopf gegen die Wand geschlagen und dann mit Hass gefickt und angebrüllt, dass sie niemals eine gute Mutter sein würde, wobei sie da vielleicht schon tot war, ja, das war sie wohl, und er hatte gedacht: O Scheiße! Aber es war gut gewesen, so gut. So gut wie noch nie etwas, und all der Zorn war plötzlich weg, und, ja, irgendetwas war in ihm zerbrochen und durchlässig geworden. Was er früher nie machen durfte auf dem Schulhof oder auf dem Spielplatz oder mit den kleinen Tieren, das war jetzt plötzlich möglich, und niemand schimpfte mit ihm oder jammerte, nein, vielmehr war alles so schön ruhig später, ganz leise, und er hatte Grit verwandelt zu etwas Anständigem, zu einer, die eine gute Mutter werden und gut auf ihre Brut aufpassen würde, nicht wie die anderen, oh nein, nicht wie seine eigene Mutter, keinesfalls …

… Wilk duckte sich und spurtete über das weitläufige Areal auf das Verwaltungsgebäude zu. Er versicherte sich mit Blicken nach links und rechts immer wieder, dass nirgends ein Fahrzeug oder das Licht einer Taschenlampe zu sehen war. Falls nicht die Polizei, dann wäre es wahrscheinlich, dass zumindest ein Sicherheitsdienst das Areal überwachte. Und dieses Risiko musste auch dem anderen bewusst gewesen sein. Er musste außerdem einen langen Weg hinter sich gebracht haben, um den Körper seines Opfers – ob tot oder lebendig – hierherzubringen.

Vielleicht hatte er eine Sackkarre benutzt. Zudem hatte er den Körper jede Menge Treppen hinaufgeschleppt. Wilk selbst hätte das niemals getan. Wozu sich die Mühe machen? Und wozu über mehrere hundert Meter hinweg über völlig offenes Gelände laufen? Nein, das war nicht sein Stil. Als er am Haupteingang ankam, der mit einem Flatterband der Polizei abgesperrt war, dachte er erneut, dass das alles ein völlig unnötiger Aufwand war. Vielleicht war ja die Frau auch bei Bewusstsein gewesen, als der andere sie geknebelt und unter Vorhalten einer Waffe vor sich hergetrieben hatte. Oder sie war freiwillig mitgekommen, und der andere hatte sie hergelockt.

Aber das tat man alles nur, wenn der Ort entweder eine ganz besondere persönliche Bewandtnis hatte oder wenn man immer wieder daran vorbeigefahren war und sich dachte: Was für ein schöner Platz zum Sterben!

Wilk war immer zufällig auf abgelegene Orte in Reichweite der Elbe gestoßen, wenn er am Ufer joggte oder Immobilien besichtigte. Er hatte Hinterhöfe, Ruinen, Verstecke, geschützte Areale gesehen. Das hier war kein geschütztes Areal. Es war abgelegen, ja, es war einsam, ja – aber Wilk wurde immer klarer, dass es dem Killer hauptsächlich auf den Effekt ankam. Er wollte wahrgenommen werden mit dem, was er tat.

Wilk tauchte unter der Absperrung hindurch. Er hatte Glück: Der Haupteingang war nicht abgeschlossen und auch nicht mit einem Vorhängeschloss oder dergleichen gesichert. Das würden die Polizei oder die Besitzer des Areals sicherlich bald nachholen. Aber als der andere hierhergekommen war, war die Tür vermutlich verschlossen gewesen, und er hatte das Schloss geknackt. So wie auch das Schloss an Wilks Hütte geknackt worden war. Ein weiterer Beleg dafür, wer sich die Dose mit Wilks Schätzen geschnappt hatte.

Er drang in das Gebäude ein, nahm dann sein Handy, schaltete die Taschenlampen-App ein und leuchtete etwas herum, um sich zu orientieren. Kurz darauf verortete er das Treppenhaus und lief die Stufen hinauf bis in das Stockwerk mit der offenen Außenwand. Der entsprechende Teil des Gebäudes war leicht zu finden. Man musste sich nur am Heulen des Windes orientieren. Wilk lief den Flur entlang. Schließlich erreichte er den Raum, der am Boden und an den Wänden mit Markierungen der Spurensicherung übersät war – man kannte das ja aus dem Fernsehen. Vereinzelt hatte er solche schon auf dem Weg im Treppenhaus gesehen. Wilk sah sich um, leuchtete etwas herum und stellte die App dann aus. Er trat an die eingestürzte Mauer und blickte über das nächtliche Hamburg und das schwarze Wasser der Elbe.

Hier hatte das Opfer an der Decke gehangen. Auch das konnte nicht einfach gewesen sein. Nein, der Kerl hatte sich ziemliche Mühe gegeben. Das alles hatte sehr viel Kraft und Nerven gekostet, keine Frage.

Aber wozu?

Die Leiche war wie ein Opfer platziert worden – wie etwas, das präsentiert und dargeboten wird. In diesem Fall vorerst mal dem eisigen Wind, der hier hereinwehte, dachte Wilk und drehte sich um, weil es trotz der Strickmaske eisig zog und seine Augen zu tränen begannen. Da waren Schattierungen an der Wand. Er stellte die App wieder an, trat näher und sah, dass sich dort ein Muster befand. Und es sah so aus, als sei es mit Blut gemalt worden.

Was war das für ein bescheuertes Zeichen? War das ein Symbol? War es für eine Beschwörung genutzt worden? Wie konnte die Polizei ernsthaft denken, dass das hier Wilks Werk war? Er schmierte niemals etwas an die Wand. Darum ging es überhaupt nicht, das machte man doch nur, wenn man vollkommen irre war oder …

… oder ein durchgeknallter Ritualkiller, der sprichwörtlich ein Opfer darbringen wollte. Vielleicht irgendeinem Wesen, auf das sich das Zeichen an der Wand bezog.

Ja, dachte Wilk, genauso sah das hier aus. Wie in einem durchgedrehten, makabren Gottesdienst. Und dennoch dachten die Polizei und die Öffentlichkeit, alles sei ein Werk von Wilk, dem Elbripper. Was nur sein konnte, weil der andere einige Dinge mit den Opfern anstellte, die auch Wilk vornahm. Der Mann kannte Wilks Arbeit. Er hatte sie studiert und – ja, verdammt – anscheinend auch herausgefunden, wer Wilk war und wo er wohnte. Und der andere hatte sich außerdem Wilks Schatz geschnappt, obwohl ihm klar sein musste, dass Wilk das merken würde. Und dass er außer sich sein würde darüber, dass ihm Morde zugeschrieben wurden, die er nicht begangen hatte. Und der andere. Ja. Er war ein …

… Fan, dachte Wilk.

Ein Fan. Fans bringen Stars kleine Geschenke dar. Teddybären oder …

… Opfer.

Wilk lachte einmal auf und hielt sich sofort den Mund wieder zu, erschrocken über das eigene Geräusch.

Verflucht. Ging es etwa darum? Und was sollte dann das Zeichen? Ob es auch an dem anderen Ort zu finden war? Er musste es unbedingt überprüfen.

27

Wenige Minuten später saß Wilk wieder im Auto und stellte die Sitzheizung auf Maximum. Er war völlig durchfroren, startete den Motor und fuhr los. Etwa eine halbe Stunde später erreichte er schließlich den zweiten Fundort an der Moorburger Schanze, wo sich das alte Abwrackgelände befand.

Die Lichter des Moorburger Kraftwerks und einer Raffinerie erhellten die Dunkelheit, so dass Wilk schon von weitem ein Streifenwagen auffiel, der vor der früheren Zufahrt des Areals parkte. Er lachte kurz auf, schüttelte den Kopf und dachte: Was für Trottel, auffälliger ging es ja kaum.

Er fuhr an dem Polizeiauto vorbei, bis eine Kurve kam und die Streife außer Sichtweite war. Wilk suchte nach einer weiteren Einfahrt, fand aber keine und gelangte in einen Wendehammer. Dort befand sich die abgesperrte Zufahrt zur Raffinerie. Er hatte zwei Möglichkeiten: zurückfahren und eine andere Stelle suchen, oder diese nehmen. Er entschied sich für Letzteres und parkte den Wagen unter Bäumen am Rand des Wendehammers. Er stieg aus, orientierte sich – und drang schließlich ins Unterholz ein, wo er auf die andere Seite der Hochwasserschutzwand gelangte, die an der Moorburger Straße verlief. Und damit war er fast auf dem Gelände des Abwrackers angelangt.

Er bewegte sich einige hundert Meter weit durch das Gestrüpp und unter den Bäumen hindurch, erreichte das Ufer eines kleinen Wurmfortsatzes der Süderelbe und sah bereits einige rostige Container, die er wenige Minuten später erreichte. Schließlich stand er auf dem mit Schotter und Schrott bedeckten Gelände, das zu allen Seiten von gigantischen Öl- oder Erdgastanks eingefasst wurde. Der Himmel war voller Positionslichter von Kränen und Schornsteinen. Ein leises, dumpfes Surren und Stampfen erfüllte die Luft.

Er aktivierte seine Taschenlampen-App, und auch hier fielen ihm überall Markierungen der Spurensicherung am Boden auf. Er folgte ihnen bis fast ans Elbufer, wo im Wasser ein altes Schiffswrack nahe am Ufer lag und einige schrottreife Container standen, die mit verschiedenfarbigen, nummerierten Klebestreifen versehen waren.

Hier also war es, dachte Wilk. Der zweite Ort. Und wieder das Zeichen – dieses Mal an den Containern.

Wilk orientierte sich, sah sich um, machte sich mit allem vertraut und stellte sich vor, wie er selbst vorgehen würde, wenn er mit einer Leiche herkommen würde. Es sah aus, als sei die Tote – oder noch Lebendige – erneut regelrecht zur Schau gestellt worden, indem der Täter sie hängend an einem Container befestigt hatte. Dasselbe Vorgehen, dachte Wilk, und drehte sich um. Er ließ den Blick über den Fluss schweifen, das Wrack. Wieder war die Leiche den Elementen ausgeliefert worden, dem Wind, der auch hier eisig wehte, und keinesfalls so versteckt wie die Opfer von Wilk selbst. Nein, auch hier schrie förmlich alles: »Seht her!« Auch hier war es ein Ritual.

Ein Ritual für wen?, fragte sich Wilk. Ein Ritual, das unter einem Symbol stattfand. Solche Zeichen verwendete man entweder als eine Art Unterschrift oder als Widmung. Jedenfalls wirkte das Zeichen auf Wilk wie eine Adresse. Dem, der mit diesem Zeichen gemeint war, wurde vielleicht das Opfer gebracht. Wie in einem Gottesdienst.

Und was, zum Teufel, hatte Ragnar Wilk mit all dem hier zu tun? Warum war der Copykiller darauf bedacht, Wilks sonstige Vorgehensweise so gut zu imitieren? War das eine Hommage? Eine Tarnung? Oder war das mehr?

Er fand keine Antwort darauf. Aber er verstand den anderen immer mehr, der den Medien zufolge außerdem das gleiche Opferschema wie Wilk verfolgte. Er sprach Prostituierte an. Wo fand er die? Auf der Straße.

Wilk schloss die Augen und stellte sich vor, wie der Killer durch die Nacht spazierte, wie er in Clubs nach Opfern Ausschau hielt und schließlich eines ausmachte, dessen Gewohnheiten studierte. Vor seinem geistigen Auge entstand ein vages Bild des Mannes, einsam in der Nacht, kräftig, sportlich, mittelalt und mit einem durchschnittlichen Aussehen, das niemandem weiter auffallen würde.

Wilks Atem verwehte in weißen Fahnen. Er fuhr sich durchs Gesicht, spürte den Frost an den Händen, der sich an der Strickmaske gebildet hatte. Der Wetterbericht hatte noch schlimmere Minusgrade vorausgesagt und heftige Schneefälle. Ja, dachte Wilk, es würde noch viel schlimmer werden. Schlimmer – und eiskalt.

28

Gomorrha war eine biblische Stadt gewesen, in der die Menschen in Sünde lebten, weswegen sie unter einem Regen von Feuer und Schwefel begraben wurde. Insofern war der Name der Operation sehr treffend, die die Alliierten Ende Juli 1943 über Hamburg starteten und die am 28. des Monats ihren tödlichen Höhepunkt fand. Rund siebenhundertvierzig britische Flugzeuge warfen mehr als hunderttausend Spreng- und Brandbomben über der Stadt ab, vernichteten sie in weiten Teilen auf einen Schlag. Das Bombardement hatte System, denn Zehntausende kleiner Brände verbanden sich zu einem gigantischen Feuersturm, der wie in einem Kamin, teilweise in Orkanstärke, durch die engen Straßen stob und in dessen Zentrum Temperaturen um die tausend Grad herrschten.

Am nächsten Morgen türmten sich die Leichenberge. Über dreißigtausend Menschen waren getötet worden. Zahllose Körper waren zu Staub zerfallen und wurden mit Kehrblechen weggefegt, andere auf Lkws gestapelt – überall roch es nach menschlichem Fett.

Noch über Jahre war der Hafen mit gesunkenen Wracks

von Schiffen blockiert, an denen Bojen befestigt waren, damit andere Schiffe sie in der Elbe verorten konnten. Ob das Wrack des irischen Walfängers »Mountbatten« dazu zählte, war unklar. Die »Mountbatten« lag südöstlich vom Kohlekraftwerk Moorburg in Ufernähe. Der Rumpf wurde einfach dort gelassen, nachdem das Geschäft aufgegeben worden war. Er war mit Gras und Bäumen bewachsen, und an den Ästen von einem Baum war eine kleine Hochleistungskamera mit Klebeband befestigt und auf das Gelände ausgerichtet worden.

Niemand war bisher auf die Idee gekommen, wenige Meter vom Ufer entfernt im Wasser auf der »Mountbatten« zu suchen. Im Gegensatz zu dem Gerät im Gehäuse des Feuermelders im alten Überseezentrum handelte es sich hier um eine Hochleistungskamera, die man zur Überwachung einsetzte, die zoomen konnte, einen Restlichtverstärker hatte sowie eine Funkreichweite von fünfhundert Metern. Außerdem konnte sie mit einer weiteren Kamera verlinkt werden, zum Beispiel mit der an der Moorburger Straße, die ebenfalls in den Bäumen versteckt war. Die Kameras schickten ihre Bilder an einen Rekorder, der sich unter dem Schotter in einem Streugutkasten am Straßenrand befand. Ihre Reichweite ließ sich deutlich erhöhen, wenn man diesen Rekorder mit einem weiteren in rund fünfhundert Metern Entfernung koppelte und diesen wiederum mit einer App über LTE steuern und alles fernüberwachen konnte.

Tja, man wuchs mit seinen Aufgaben, dachte er und

betrachtete den Mann, der sich suchend bei den Containern umsah, auf dem Handydisplay. Es gab keinen Zweifel. Das war der Elbripper. Das musste er sein.

Ein leibhaftiger Gott.

Er konnte sein Glück kaum fassen. Er war aufgeregt wie ein kleines Kind an seinem Geburtstag. Der Plan war aufgegangen. Er war erhört worden. Und jetzt ging es darum, Kontakt aufzunehmen. Nur deswegen hatte der Mann sich all die Mühe gemacht. Er war gerade am Grasbrook angekommen, um im Schutz der Dunkelheit eine neue Kamera zu installieren, die das Areal überwachen sollte. Aber das war ja nun überflüssig.

Mit dem Daumen switchte er auf die Kamera an der Moorburger Straße und sah, dass im Wendehammer ein Auto parkte. Das musste *sein* Wagen sein, ja. Er hatte es gewagt, obwohl die Polizei das Abwrackgelände überwachte! Jetzt galt es, keine Zeit zu verlieren.

Er blieb also auf der B 75, gab Gas und fuhr in Richtung Mitte und Wilhelmsburg nach Harburg, passierte dann die Alte Harburger Elbbrücke und gelangte nach rund zwanzig Minuten an den Moorburger Hauptdeich. Er atmete schnell, warf zwischendurch immer wieder einen Blick auf das Handy. Der Elbripper hatte inzwischen das Abwrackgelände wieder verlassen und war im Unterholz verschwunden. Jetzt sah er, wie an dem im Wendehammer geparkten Auto die Lichter aufflammten und sich der Wagen in Bewegung setzte.

Er keuchte, trat stärker aufs Gas und jagte die schmale

Straße am Deich entlang, bis er die Kreuzung erreichte – und genau in diesem Moment ein weißer Range Rover Evoque an ihm vorbeifuhr.

Sein Auto.

Der Mann heftete sich an den Rover und folgte ihm. Sie fuhren zur Autobahn, und einige Male hätte er den Wagen beinahe verloren. Im Fernsehen sah es immer so einfach aus, aber in der Realität und bei Dunkelheit war das eine ganz andere Sache.

Schließlich fuhren sie von der Autobahn ab und erreichten einige Minuten später ein Wohnviertel. Der Rover verlangsamte die Geschwindigkeit und setzte den Blinker, um in eine Einfahrt zu steuern und vor der dortigen Garage zu parken.

Der Mann fuhr bis zum Ende der Straße und dann einmal um den Block. Er stellte sein Auto in einer Parallelstraße ab und stieg aus, ging zu Fuß weiter und stand fünf Minuten später auf der gegenüberliegenden Seite im Schatten vor dem Einfamilienhaus, in dem *er* wohnte. In mehreren Fenstern brannte Licht. Hinter einem davon sah der Mann eine Frau vorbeigehen. Im oberen Geschoss stand ein junges Mädchen mit Kopfhörern und schloss die Gardinen. Aus dem Fenster daneben flackerte das Licht eines Fernsehers.

Zwei Kinder. Eine Ehefrau. Eine ganz normale Familie in einem ganz normalen Haus, dachte der Mann. Er hatte eine Menge erwartet – aber nicht diesen … Durchschnitt.

Doch vielleicht kam es genau darauf an, wenn man

nicht auffallen wollte: in der breiten Masse unterzugehen. In diesem Fall in der gehobenen Mittelschicht. Und außerdem passte es so sehr zu *ihm*. Ihm, dem Beschützer, der auf die Familien achtgab, auf die Mütter und Kinder. Der sie fernhielt von den großen, bösen Dämoninnen, den schlechten und schlimmen Frauen.

Der Mann ging schließlich über die Straße auf die Haustür zu. Sein Herz schlug schnell. Wenn jetzt jemand öffnete … Was würde er dann zur Erklärung sagen? Und was, wenn er *persönlich* öffnete? Er, Ragnar Wilk, dachte der Mann, nachdem er auf das Klingelschild gesehen hatte.

Ragnar Wilk.

Nun, überlegte er, drehte sich wieder um und ging zu seinem Auto, sie würden sich schon sehr bald gegenüberstehen. Vor einer ganz anderen Kulisse. Ja. Es würde großartig werden, und Pazuzu würde wiederauferstehen. Sie würden gemeinsam ein Opfer bringen, ein Fest feiern, einen Gottesdienst.

Denn *er* war Pazuzu.

Er, Ragnar Wilk.

Pazuzu würde begreifen, dass die Welt nicht ohne ihn sein konnte. Dass er gebraucht wurde. Wilk, dachte der Mann und stieg in seinen Wagen, würde das begreifen, wenn sie erst einmal gemeinsam opferten. Und dem Angebot, zugleich Nick Beck zu bestrafen und zu vernichten, würde Wilk ganz bestimmt nicht widerstehen können.

Schließlich fuhr der Mann los – nach Nordbek, zu der Tankstelle, neben der Beck lebte. Und die junge Frau, die auf den Namen Lola hörte. Der Mann hatte heute dort getankt und mit ihr gesprochen.

Sie war das perfekte Geschenk für Pazuzu, keine Frage. Ganz nach seinem Geschmack.

29

Lola stand schon auf dem Flur, als Nick die Haustür aufschloss. Er musste sie mit der Schulter aufdrücken, weil sie klemmte. Lola lehnte am Handlauf der Treppe, trug Fellpuschen mit Hasenohren zur Jogginghose, die ihr nur so gerade eben auf den Hüften saß, sowie einen nabelfreien Hoodie mit der Aufschrift »Not your Bitch« und wedelte mit ihrem Handy.

»Hi-ho, Nickieboy«, sagte sie.

Nick schloss die Tür hinter sich, wischte die Boots auf der Fußmatte trocken und vergewisserte sich, dass kein Schneematsch mehr an den Sohlen klebte.

»Hi-ho«, erwiderte er, ging auf Lola zu und blieb vor ihr stehen.

Sie wedelte weiterhin mit dem Telefon. »Es ist alles gelöscht«, sagte sie. »Du hast deinen Teil der Abmachung eingehalten. Und ich meinen.«

Die Abmachung war gewesen: Er kümmerte sich darum, dass Heitzer verschwand, und Lola würde gewisse Fotos löschen, die sie im Sommer mit dem Handy geschossen hatte und die Nick in Schwierigkeiten bringen könnten.

Konnte natürlich sein, dass sie Back-ups davon hatte. Aber er musste ihr vertrauen – so wie sie ihm.

»Okay«, sagte Nick. »Fabelhaft.«

»Kommt Heitzer wieder raus?«

Nick zuckte mit den Schultern und öffnete die Jacke. »Früher oder später. Eher früher. Hoffen wir, dass er lernfähig ist und sich nicht wieder blicken lässt.«

»Und falls doch, bist du ja da.«

»Ja.«

»Mein Bodyguard«, schnurrte Lola und ließ ihre Augen blitzen. »Heiß.«

Nick sparte sich jeden Kommentar, lächelte knapp und ging die Treppe hinauf.

»Vielleicht zeige ich mich ja noch erkenntlich, weißt schon. Sag ruhig Bescheid.«

»Lass die Haustür reparieren«, sagte Nick im Gehen. »Sie klemmt.«

Er duschte lang und heiß, stand dann vor dem Kleiderschrank und überlegte, was er anziehen sollte. Er entschied sich für das, was er im Winter meistens trug: Jeans, T-Shirt, einen schlichten Pullover mit V-Ausschnitt und die Doc Martens. Dann nahm er den olivfarbenen Daunenblouson vom Garderobenhaken, verließ das Haus, setzte sich in den Mercedes und fuhr los.

Zwanzig Minuten später parkte er vor dem »Roadhouse«, betrat den im amerikanischen Diner-Stil eingerichteten Laden, der um diese Uhrzeit zur Hälfte mit Besuchern gefüllt war, und grüßte Jenny an der Bar, die alle Hände voll zu tun hatte. Er wählte einen Platz in der Ecke, mit dem Rücken zur Wand, von wo aus er einen guten Überblick hatte und die mit einem Plakat der AC/DC-Welttournee von 1980 beklebte Eingangstür sehen konnte. Nick beobachtete die drei Bedienungen, die zwischen Bar, Küche und den Tischen hin- und herliefen, sah auf die Uhr und dann auf die Speisekarte. Auf der Jukebox lief gerade Don Henleys »The Boys of Summer« – ein passender Song, der an einem eiskalten Dezemberabend Sehnsüchte nach Wärme weckte, obwohl er vielmehr das Ende des Sommers beschrieb.

Nobody on the road
Nobody on the beach
I feel it in the air
The summer's out of reach
...
But I can see you
Your brown skin shining in the sun
You got your hair slicked back
Sunglasses on, baby.

In diesem Moment verschwand das Gesicht von Bon Scott auf dem AC/DC-Plakat, denn die Tür öffnete sich, und Bekka trat herein. Auf die Minute genau, dachte Nick und legte die Speisekarte zurück auf den Tisch. Sie trug einen knielangen Daunenmantel und sah sich um. Nick stand auf. Sie bemerkte ihn, kam zum Tisch herüber, nahm im

Gehen die Strickmütze ab und warf effektvoll das rote Haar zurück. In ihrem Windschatten sah er, wie Jenny an der Bar das Kinn hob, Bekka musterte und dann mit einem Lächeln eine zustimmende Geste zu Nick machte, der Bekka aus dem Mantel half und ihn auf den Stuhl neben sich legte. Bekka setzte sich, blickte sich um und sortierte ihre Haare.

»Hier war ich noch nie«, sagte sie.

»Zufallsfund«, erwiderte Nick.

»Gefällt mir. Sieht aus wie die Kulisse aus einem amerikanischen Roadmovie. Dazu die Musik.«

Gerade lief »Take my breath away« aus dem »Top Gun«-Soundtrack. Jenny hatte für heute Abend offenbar ein Achtziger-Revival ausgerufen – dürfte ihre große Zeit gewesen sein, nahm Nick an, wobei schwer zu schätzen war, ob sie noch unter oder schon über sechzig war. Jetzt kam sie persönlich herüber, um die Bestellung aufzunehmen, und wohl auch, um Bekka aus der Nähe zu betrachten. Es war schließlich das erste Mal, dass Nick hier mit einer Frau auftauchte, zumal das Treffen mit Bekka wie ein Date wirken musste. Jennys mit Jade bestückten Silberketten und Armbänder klirrten, als sie sich über den Tisch beugte und den Chilliburger empfahl. Sie bestellten zwei. Bekka wählte extra Käse und nahm ein Bier dazu, Nick Cola.

»Bier?«, fragte Nick, als Jenny mit dem Bestellzettel abrauschte.

»Ja«, erwiderte Bekka und nahm sich den Schal ab. Sie

trug einen schlichten schwarzen Pullover. Kaschmir, nahm Nick an.

»Ich hätte dich eher für den Chardonnay-Typen gehalten.«

»Zu einem Burger trinkt man Bier.«

»Goldrichtig.«

»Oder Cola.«

»In meinem Fall schon.«

Bekka faltete die Hände auf dem Tisch, verschränkte die schlanken Finger ineinander. An keinem steckte ein Ring. Sie betrachtete Nick und fragte: »Vor oder nach dem Essen?«

»Wann immer du willst.«

»Es ist ein Dämon«, sagte sie dann. »Die Zeichnung, wegen der du bei mir warst, zeigt ein Wesen namens Pazuzu.«

»Ich höre zu«, sagte Nick.

Bekka erzählte, was sie in Erfahrung gebracht hatte, während Jenny die Getränke servierte und sagte, dass die Burger gleich kämen. Bekka berichtete von einem Gespräch mit ihrer Kollegin aus der Psychiatrie, die sich im Internet und bei einem weiteren Kollegen über die Zeichnung informiert hatte, wegen der Nick bei Bekka gewesen war.

Nick erklärte: »Es ist das Symbol für einen assyrischen Dämon. Pazuzu ist ein Windgeist. Er soll Kranke beschützen, vor allem Mütter und Kleinkinder und Schwangere – vor einer bösen Dämonin, die sie im Kindbett dahinrafft. Er sieht grässlich aus. Kennst du den Film ›Der Exorzist‹?

Darin ist das Mädchen von dem Dämon besessen. Ist also nicht ausschließlich ein netter Kerl, dieser Pazuzu.«

»Okay«, machte Bekka, nickte und lehnte sich etwas zurück, als die Burger kamen. »O Gott«, sagte sie angesichts der Portionen, »wir hätten uns einen teilen sollen. Den schaffe ich im Leben nicht ganz.«

»Nick kann ja die Reste essen«, sagte Jenny und schmunzelte, bevor sie den Tisch wieder verließ.

»Du bist öfter hier?«, fragte Bekka, trank einen Schluck Bier und machte sich über die Pommes her.

»Mir gefällt die Atmosphäre«, sagte Nick.

»Weil sie dich an Highways und unbegrenzte Möglichkeiten erinnert?«

»Vielleicht«, antwortete er und biss in den Burger.

Er schaffte tatsächlich die gesamte Portion, Bekka nur die halbe. Die Reste nahm er trotzdem nicht. Er fand es unpassend. Andererseits war er sowieso satt.

»Und dieses Symbol ist nie zuvor aufgetaucht?«, fragte Bekka.

»Nein«, sagte Nick. »Wir haben eine neue Theorie. Es ist ein zweiter Killer. Copycat, Trittbrettfahrer – nenn es, wie du willst.«

»Das könnte die Unterschiede im Modus erklären.« Bekka tupfte die Lippen mit einer Serviette ab. »Und das Pazuzu-Symbol steht im Einklang mit den Taten: das Einbringen von Sperma in die Körper, das Versiegeln der Vagina zum Schutz der Frucht, der Dämon, der darüber wacht.«

»Ziemlich verrückt.«

»Verrücktheit ist immer eine Frage der Perspektive. Aus der Sicht mancher psychotischen Person sind wir die Verrückten.«

»Ich frage mich, was die Motivation des Killers ist, der den Elbripper kopiert.«

»Beim Elbripper spricht viel für ein Trauma in der Kindheit und einen Mutterkomplex. Er nutzt seine Opfer stellvertretend für die Person, um die es eigentlich geht, an die er sich aber nicht herantraut oder auf die er keinen Zugriff mehr hat, weil sie vielleicht schon tot ist. Seine Taten sind in meinen Augen Ausdruck einer wahnhaften Idee, etwas reparieren zu wollen, was in seiner eigenen Geschichte nachhaltig beschädigt oder zerstört worden ist.«

»Das ist sein Trigger«, sagte Nick. »Aber sein ganz persönlicher. Dem Trittbrettfahrer geht es um etwas anderes.«

»Das muss nicht sein.«

»Inwiefern?«

»Vielleicht hat er den Code des Elbrippers entschlüsselt – so wie wir gerade oder wie ihr in der Ermittlungsgruppe.«

»Du meinst, er hat sich intensiv mit den Elbripper-Fällen beschäftigt und denkt: Der Mann sieht das genau richtig. Vielleicht ist das auch ein Weg für mich.«

»Das wäre möglich. Ebenfalls möglich ist, dass er den Platz des Elbrippers einnehmen will, nachdem dieser verschwunden ist. Weil er meint, dass jemand es fortsetzen muss. Oder …«

»Oder?«

Bekka blickte Nick an. »Oder er will, dass der Elbripper zurückkehrt und sieht seine Taten als Ritualopfer für ihn an.«

Nick dachte nach. Spielte mit den Ideen, die Bekka gerade vorgebracht hatte. Eine wie die andere klang durchaus überzeugend. Er wiederholte: »Aber was ist der Ursprung? Was treibt ihn an? Bruce Springsteen sagt: *You can't start a fire without a spark.*«

»Nein«, erwiderte Bekka, lächelte leicht, »das kann man nicht.« Sie betrachtete Nick mit diesem Blick, der alles und nichts bedeuten konnte.

Nick schwieg und sah Bekka an. Ihr Haar. Ihre vollen Lippen. Die feinen Falten an ihren Augenwinkeln und am Mund. Ihr Gesicht, das immer etwas traurig und zugleich gütig wirkte. Augen, die viel gesehen hatten, manchmal vielleicht zu viel. Genau wie seine eigenen.

Bekka blinzelte, als ob sie einen Gedanken fortwischen wollte, strich sich eine Strähne hinter das Ohr und sagte: »Da ist noch mehr, worüber ich mit dir sprechen wollte.«

Nick merkte auf. Bekka leerte ihr Bier und bestellte noch eines, als Jenny den Tisch abräumte. Nick nahm einen doppelten Espresso.

»Das frühere Assyrien ist der heutige Nordirak«, sagte Bekka. »Du weißt, was der Islamische Staat dort angerichtet hat. Viele Menschen sind geflohen und haben Unaussprechliches erleiden müssen. Manche kamen schwer traumatisiert nach Deutschland, leiden an Verfolgungswahn, Psychosen, Belastungsstörungen und Depressionen. Einige wurden zu Therapien in Kliniken überwiesen. Der Kollege meiner Freundin hat sich an einen Patienten erinnert, der sich von Dämonen verfolgt fühlte. Ich weiß nicht, wie intensiv der archaische Volksglaube in der Region verankert und verbreitet ist, und natürlich kenne ich die Krankenakte nicht. Im Übrigen ist das wohl einige Jahre her, aber dem Kollegen fiel der Fall bei dem Stichwort ein, und ich dachte, es könnte für dich wichtig sein.«

Nick fragte: »Eine Hamburger Klinik?«

»Ja.«

»Ein Hamburger Patient?«

»Ja.«

»Gibt es einen Namen?«

»Darüber darf die Kollegin natürlich ebenso wenig sprechen wie ich.«

»Oder wie ich mit dir über Details des laufenden Falls oder der alten Fälle.«

Bekka nickte und spielte mit ihrem Haar. »Trotzdem«, sagte sie und fuhr fort: »Der Klient verlor unter schlimmen Umständen seine Frau und seine Tochter an den IS. Das hat ihn um den Verstand gebracht. Er wurde psychotisch, stabilisierte sich aber schnell wieder. Dem Vernehmen nach war er an satanistischen Dingen interessiert – also eher oberflächlich und provokativ als religiös. Er bewegte sich in einer entsprechenden Szene.«

»Welche Szene?«

»Black Metal. Es ist nur eine Musikrichtung, die mit Satanismus kokettiert. Aber von dort ist der Schritt vielleicht nicht weit …«

Nick stellten sich die Nackenhaare auf. »War er Mediziner?«, fragte er mit rauer Stimme.

»Ja«, sagte Bekka.

Scheiße, dachte Nick.

30

Rieke hielt es nicht mehr aus vor dem Fernseher. Ragnar saß auf dem Sofa, die Beine ausgestreckt, und verfolgte konzentriert, wie die CSI Miami gerade einen Tatort untersuchte. Nebenbei kaute er Lakritze.

»Ich bin müde. Der Tag war anstrengend. Ich gehe duschen und dann ins Bett«, sagte sie und stand auf, ohne dass er sich regte oder etwas sagte.

Rieke atmete tief ein und aus. Ihr Puls raste, als sie nach oben ging, ihr Handy vom Sideboard auf dem Flur nahm und damit ins Bad ging. Sie schloss die Tür hinter sich, schaltete die Dusche ein und ließ das Wasser laufen. Dann setzte sie sich auf den Rand der Badewanne und öffnete die Überwachungs-App.

Einen Moment später sah sie, wo sich Ragnar heute aufgehalten hatte. Und zwar ganz und gar nicht beim Joggen, im Fitnessstudio, in einem Restaurant oder einer Bar zum geschäftlichen Treffen.

Mit den GPS-Koordinaten konnte sie nichts anfangen, aber der Blick auf die Map zeigte ihr, dass sich Ragnar jenseits der Elbbrücken aufgehalten hatte. War das der

Grasbrook, den sie da sah? Was hatte er denn dort zu suchen? Das war doch ein ungenutztes Areal, ein abbruchreifes zudem, auf dem ein kompletter neuer Stadtteil entstehen sollte. Ging es da um Immobiliengeschäfte? Investitionen? Sie konnte sich keinen Reim darauf machen.

Dann war er nach Moorburg gefahren und an der Elbe herumgelaufen. Was sollte das denn? Dort gab es doch nichts – außer weiteren abbruchreifen Arealen, soweit sie wusste. Sollte da auch gebaut werden, oder …

Dann traf sie die Erkenntnis wie ein Eispickel, der ihr von hinten ins Herz gerammt wurde.

Die Polizei hatte die eine Tote am Kleinen Grasbrook gefunden. Und das nächste Opfer – war das nicht in Moorburg gewesen?

Rieke schaltete die App in den Hintergrund und rief ein paar Medienberichte auf. Um sich zu vergewissern, las sie sie sogar doppelt. Es gab keinen Zweifel: Ragnar hatte die Orte aufgesucht, an denen die Frauen tot aufgefunden worden waren: die Opfer des Elbrippers. Womöglich … waren es *seine* Opfer?

Rieke schluchzte auf und spürte, wie ihr die Tränen die Wangen hinabliefen. Sie sprang auf, griff nach einem Handtuch und drückte es sich ins Gesicht, um ihr Weinen zu dämpfen. Sie blickte auf, sah sich selbst im beschlagenen Badezimmerspiegel.

Was sollte sie jetzt tun? Oder waren das alles nur Hirngespinste? Aber welche andere Bedeutung konnten die Sachen in der Tupperdose haben? Rieke ging die Möglichkeiten noch einmal durch. Es konnten Andenken an Affären sein. Es könnten vielleicht sogar Sachen sein, die Ragnar sich selbst gekauft hatte, um sich seinen Phantasien hinzugeben, wenn er alleine in der Hütte war. Es konnten auch Sachen sein, die er von Prostituierten hatte. Oder – sie stammten von den Mordopfern.

Aber warum hätte er die Orte aufsuchen sollen? Vielleicht hatte er Stätten besichtigt, an denen Immobilienprojekte umgesetzt werden sollten, von denen er sich als Makler Profit versprach. Aber das tat man doch nicht im Dunkeln – und es war bestimmt kein Zufall, dass es genau die Orte waren, an denen man die jüngsten Opfer des Elbrippers gefunden hatte.

Dann seine Unausgeglichenheit in der letzten Zeit. Und da waren viele andere Signale, die sie erst im Rückblick als solche wahrnahm, je mehr sie darüber nachdachte. Seine Wutausbrüche, seine Empathielosigkeit, das merkwürdige Verhältnis zu seiner Mutter, dass er sich manchmal nachts in der Gegend herumtrieb, ohne Rieke zu sagen, wo er… Und hatte sie nicht in Fernsehdokumentationen gesehen, dass manche Mörder ihre Tatorte später noch einmal aufsuchten? Vielleicht hatte Ragnar genau das getan. Und zählte man das nun alles zusammen …

War es denn möglich, dass sie über so viele Jahre hinweg vollkommen blind gewesen war?

Es lag auf der Hand, dass Ragnar ein dunkles Geheimnis über eine lange Zeit hinweg vor ihr verborgen hatte – wie dunkel es war, darüber konnte Rieke nur spekulieren, doch ihr Bauchgefühl sagte ihr, dass es sehr, sehr dunkel sein könnte.

Die Frage war, was sie nun tun sollte. Sie könnte einfach abwarten und alles ignorieren, die Tupperdose zurückstellen und Ragnar weiter mit der App überwachen, bis sie wirklich Gewissheit hatte. Oder sie könnte ihm folgen. Eine andere Möglichkeit war, ihn mit allem zu konfrontieren. Aber wenn er wirklich ein Mörder war, würde er sie dann nicht zum Schweigen bringen wollen? Und vielleicht auch die Kinder? Man bekam doch immer wieder mit, dass Männer durchdrehten und im Blutrausch ihre ganze Familie massakrierten. Sollte sie sich vielleicht sogar eine Waffe besorgen? Für den Fall der Fälle …

Rieke starrte ihr Spiegelbild an. So oder so, dachte sie, war ihr Leben im Eimer. Ihre Ehe. Die Familie. Alles kaputt. Ein untreuer Ehemann oder ein Verbrecher. Am Ende lag in jedem Fall alles in Scherben.

Oder, dachte sie, oder ich gehe zur Polizei.

Konnte sie ihren eigenen Mann anzeigen? Nein, aber sie konnte sich Rat holen. Möglichen Schutz. Vielleicht würde die Polizei ihr sowieso sagen: Frau Wilk, nun beruhigen Sie sich mal, was meinen Sie, wie viele Männer Damenunterwäsche verstecken und wie viele Leute zu den Fundorten der Elbripper-Opfer pilgern?

Und was wäre in dem Fall, dass ihr Mann tatsächlich ein Mörder war? Was würde dann mit ihr passieren? War sie nicht eine Mitwisserin und müsste auch ins Gefängnis? Und die Kinder? Was würde aus denen?

Rieke fröstelte. Darüber hatte sie noch gar nicht nachgedacht. Sie würde sich ja unter Umständen selbst ans Messer liefern. Aber möglicherweise war es besser, sich selbst anzuzeigen. Im Ernstfall könnte man ihr das anrechnen.

Rieke dachte an das Foto in der Zeitung. Das Bild von dem Polizisten.

Er ist wieder da: Elbripper-Jäger Nick Beck.

Nick Beck.

Wenn, dann müsste doch dieser Polizist in jedem Fall wissen, ob sich Rieke nur verrückt machte – oder ob wirklich etwas dran war. Und *falls* etwas dran war, dann musste sie es unbedingt stoppen. Und das würde sie niemals aus eigener Kraft schaffen.

Es klopfte an der Tür. Eine laute Stimme.

»Rieke?«

Rieke zuckte zusammen. Es war Ragnar. Sie sprang auf, versteckte das Handy unter dem Handtuchstapel und begann, sich schnell auszuziehen.

»Darf ich mal rein? Ich muss mal aufs Klo.«

»Kannst du nicht unten gehen, meine Güte?«

Rieke kam nicht aus der verdammten Jeans. Die Beine waren so eng. Sie bekam sie nicht über die Knöchel.

»Ich gehe doch nie aufs Gästeklo. Ich muss nur mal kurz …«

»Meine Güte, Ragnar!«

Sie keuchte. Schaffte die Jeans endlich. Rupfte sich den Slip von den Hüften.

Ob er in einer Tupperdose enden wird? Ja, vielleicht, wenn du das nächste Opfer bist, dann kommt der Slip auf jeden Fall in die Dose.

»Also, kann ich jetzt reinkommen, oder …«

»Menschenskind …«, Rieke zwängte sich unter die Dusche. Sie hätte fast aufgeschrien, als das heiße Wasser auf ihre Haut traf. Es fühlte sich an, als werde sie verbrüht, »… dann komm halt rein!«

Die Tür öffnete sich. Ragnar kam herein. Rieke sah seine Silhouette durch die beschlagene Duschkabine.

»Das ist ja wie in einem Dampfbad.«

Der dunkle Schatten kam näher auf die Duschkabine zu. Rieke biss sich auf die Unterlippe und stellte sich neben den kochend heißen Strahl, regulierte die Temperatur auf ein Normalmaß.

»Soll ich dir ein Handtuch geben?«, fragte der Schatten und drehte sich zum Handtuchstapel.

Der Handtuchstapel. Ihr Handy. Die App.

»Nein!«, rief sie.

Der Schatten blieb stehen.

»Kümmer dich doch bitte nicht um meine Handtücher, sondern geh einfach pinkeln. Kann man nicht mal in Ruhe duschen?«

Der Schatten schwieg.

»Alles in Ordnung, Schatz?«, fragte er dann.

»Natürlich. Was ist denn das für eine Frage?«

Der Schatten bewegte sich nicht, schien sie zu beobachten. Dann zuckte die Hand nach vorn, um …

... die Duschkabine aufzureißen und dann ein Fleischermesser in deinen Körper zu rammen wie in »Psycho«, denn Ragnar ist ein Verrückter, er ist wie Norman Bates, und du hast es nicht gemerkt, und was von dir bleibt, wird hübsch in einer Tupperdose verstaut werden, Rieke, das war es dann ...

Mit dem Finger malte Ragnar von außen ein Herz auf das beschlagene Glas.

»Ich gehe unten zur Toilette und lasse dich in Ruhe, mein Schatz«, sagte er dann und verließ das Bad.

»Oh mein Gott«, flüsterte Rieke zu sich selbst und wimmerte. »Oh mein Gott.« Sie fror trotz des immer noch heißen Wassers.

Sie blickte auf das Herz, von dessen Umrissen Kondenswassertropfen am Glas hinabliefen.

Wie Tränen.

Wie durchsichtiges Blut.

31

»Razan«, sagte Schultz und massierte sich den Nasenrücken. »Wie gesagt. Komischer Kerl.«

Nick zuckte mit den Schultern. »Das ist, was ich gehört habe.« Damit schloss er die Zusammenfassung seines Gesprächs mit Bekka.

»Es könnte passen«, sagte Cleo und ließ sich von Janson ein Mineralwasser eingießen. Es war bereits ihr drittes, und genauso oft hatte sie das Besprechungszimmer im LKA verlassen, um zur Toilette zu gehen, weil das Baby auf ihre Blase trat.

Nick sagte: »Ein assyrischer Dämon, ein Musiker aus dem Irak, der an einer posttraumatischen Psychose leidet, der mich kennt und plötzlich auftaucht, um mit mir Musik zu machen. Der mich mit einem Song von Depeche Mode auf die Idee eines Copykillers bringt, sich beruflich mit Leichen befasst und außerdem Zugang zu Informationen über die Opfer und den Modus des Elbrippers hat.«

Cleo nickte.

»Klingt glatt«, sagte Schultz.

»Glatt wie die Straßen heute Nacht«, ergänzte Janson.

Aber vielleicht zu glatt, überlegte Nick.

»Wir müssen mehr wissen«, fuhr Janson fort.

»Observieren?«, fragte Cleo.

Schultz und Janson nickten unisono, trotzdem meinte Janson: »Falls wir einen hinreichenden Verdacht nachweisen können. Können wir aber noch nicht. Hatte er Kontakt zu den Opfern, ist er mal in den Läden gewesen, wo sie gearbeitet haben? Irgendetwas.«

»Für eine Überprüfung reicht es allemal. Und für ein Observieren – lässt es sich sicherlich herleiten«, meinte Nick.

»Bestimmt«, sagte Schultz.

»Weiß nicht«, meinte Janson.

»Es muss ja nicht offiziell sein«, merkte Nick an.

Schultz und Janson schwiegen dazu.

»Wir reden über zwei Morde – und vielleicht kommen noch weitere dazu«, sagte Cleo. »Ich bin mir sicher, das kriegen wir hin.«

Das Telefon klingelte. Schultz ging dran. Hörte zu, sagte dann: »Okay. Soll hochkommen.« Er legte auf. »Besuch für dich, Nick.«

»Für mich? Hier?«

»Höchstpersönlich.«

32

Nick hatte nicht die geringste Ahnung, wer die Frau war, die nach ihm gefragt hatte. Er stand in Cleos Büro, das sie ihm für das Gespräch zur Verfügung gestellt hatte, und vor ihm stand sie: Rieke Wilk.

Sie war attraktiv, mittleren Alters, trug einen modischen Daunenmantel mit Fellbesatz und sah aus, als sei ihr ein Geist begegnet, weswegen sie seit Tagen nicht geschlafen hatte und vergeblich versucht hatte, es zu überschminken. Ihr Blick war unstet. Sie hielt ihre Tasche in der Hand und schien sich an den Griffen regelrecht festzuklammern.

»Wie kann ich Ihnen helfen?«, fragte Nick.

Rieke Wilks Lippen zuckten. Dann ihre Schultern. Sie versuchte ein Lächeln und fuhr sich nervös durch die Haare, strich eine lose Strähne hinter das Ohr.

»Ehrlich gesagt«, antwortete sie leise und räusperte sich, »ich weiß es selbst nicht so genau. Es ist … alles ziemlich verwirrend.«

»Vielleicht beginnen wir mit einem heißen Kaffee, einem bequemen Stuhl und damit, dass ich Ihnen den Mantel abnehme?«

Sie nickte, öffnete den Mantel, ohne die Tasche loszulassen, und sagte: »Okay.«

»Schwarz?«

»Wie bitte?«

»Der Kaffee?«

»Oh.« Wieder der Versuch eines Lächelns. »Mit Milch. Bitte.«

»Kommt sofort, Frau Wilk.«

Nick machte einen Schritt vorwärts, half ihr aus dem Mantel. Zu keinem Zeitpunkt ließ sie die Tasche los, wechselte sie von einer in die andere Hand. Nick hängte den Mantel an der Garderobe auf und verließ dann das Büro, suchte auf dem Flur nach der Teeküche und kehrte schließlich mit zwei Tassen Kaffee aus dem Automaten zurück – eine für Rieke Wilk mit Milch, eine tiefschwarz für sich selbst. Er setzte sich hinter Cleos Schreibtisch, betrachtete Rieke Wilk, die ihre Tasche auf dem Schoß platziert hatte und festhielt.

»Ich hoffe«, sagte Nick, »Sie haben Ihr Haus wetterfest gemacht? Es ist ein Schneesturm angekündigt worden.«

»Ja, man hört die ganze Zeit davon in den Nachrichten. Es soll schrecklich werden.«

»Wir werden es überleben«, sagte Nick und lächelte, trank etwas Kaffee. Er war gut, heiß und stark.

Rieke Wilk nickte.

»Sie haben ausdrücklich nach mir gefragt«, sagte Nick.

»Ja.«

»Warum?«

»Ich habe Ihr Foto in den Medien gesehen.«

»Oh«, machte Nick. »Dieses neue Foto?«

»Ja.«

»Ich war etwas verwundert. Es wird selten nach mir persönlich gefragt«, erklärte er und setzte den lockeren Smalltalk fort, um Rieke Wilk etwas zu entspannen. »Schon gar nicht hier. Ich arbeite eigentlich im Streifendienst. Das ist das Büro einer Kollegin. Sie war so freundlich, es mich für unser Gespräch nutzen zu lassen.«

Ein merkwürdiges Büro zudem, dachte Nick. Es war rein zweckmäßig eingerichtet, kaum persönliche Gegenstände, keine Bilder, keine Mottotassen, gar nichts von dem üblichen Bürokram. Entweder Cleo legte darauf grundsätzlich keinen Wert, oder sie hatte sich schon beim Einzug damit abgefunden, wegen des Babys bald wieder ausziehen zu müssen, und sich erst gar nicht eingerichtet.

Rieke Wilk nickte. Sie schwieg, dachte über irgendetwas nach. Der Mut, der sie hergebracht hatte, schien sie zu verlassen.

Nick wagte einen Schuss ins Blaue. »Haben Sie eine Beobachtung zum Elbripper gemacht, oder geht es um Informationen über die Mordopfer?«

Rieke Wilk lief sofort hochrot an, blinzelte. »Wie … kommen Sie darauf, dass … dass ich …«

Nick trank etwas Kaffee, zuckte mit den Schultern und sagte: »Mein Foto in den Medien wurde im Zusammenhang mit den Morden und dem Elbripper-Fall veröffentlicht. Da

Sie mich persönlich sprechen wollten, liegt es nahe, dass Sie etwas zu diesem Thema sagen möchten.«

Rieke Wilk blickte an Nick vorbei, schien etwas draußen vorm Fenster zu suchen, wo aber nichts als der milchige Himmel über Hamburg war. Schließlich atmete sie zitternd ein und wieder aus, öffnete dann ihre Tasche und nahm eine Tupperdose heraus, die sie vor Nick auf den Schreibtisch stellte. Ihre Augen waren feucht geworden. Sie wischte sie mit dem Handballen trocken.

Nick betrachtete die Dose. Sie war ausreichend dimensioniert, um darin ein gesundes und mehr als ausreichendes Frühstück zu verstauen. Der Kunststoff war leicht durchsichtig. Daher sah Nick, dass sich darin etwas befand, das Textilien und Metall ähnelte. Er berührte die Dose nicht.

»Was ist das?«, fragte er.

»Unterwäsche und Schmuck«, erwiderte Rieke Wilk.

»Warum bringen Sie es mir?«

»Weil ich Angst habe.«

»Wovor?«

»Vor allem.«

»Woher stammt es?«

»Das ist«, sagte Rieke Wilk und schnäuzte sich die Nase, »eben das, wovor ich Angst habe.«

»Sie sollten es mir erklären, Frau Wilk.«

»Entschuldigung. Ich bin ziemlich verwirrt und außer mir. Ich weiß nicht, ob ich alle Welt und mich selbst nur verrückt mache und gerade im Begriff bin, einen großen Fehler zu machen, aber … Entschuldigung.«

»Die Dose und ihr Inhalt verwirren Sie?«

»Ja.«

»Darin befindet sich etwas, das man normalerweise nicht darin aufbewahrt.«

»Ja.«

»Wessen Sachen sind das?«

»Ich weiß es nicht. Ich dachte …« Sie suchte nach Worten, fand aber keine.

Nick ließ ihr Zeit.

»Ich halte es für möglich«, sagte sie dann, »dass diese Sachen in der Dose eventuell mit den Morden in Zusammenhang stehen könnten.« Jetzt war es raus.

»Wie kommen Sie darauf?«

»Es gibt eine Vielzahl von Gründen. Vielleicht spinne ich auch und höre die Flöhe husten und bin hysterisch. Ich weiß es nicht.«

»Woher haben Sie die Dose?«

»Gefunden.«

»Und wo?«

»Ich wollte sie eigentlich anonym abgeben, damit Sie überprüfen können, ob Sie damit etwas anfangen können.«

»Warum haben Sie sich anders entschieden?«

»Weil ich wissen will, ob ich verrückt bin – oder nicht.«

»Wir müssen schon wissen, woher die Dose stammt, Frau Wilk.«

»Ich werde drüber sprechen, wenn ich weiß, ob ich mir da etwas einrede oder ob ich richtigliege. Vorher nicht.«

»Verstehe«, sagte Nick.

Er spürte, wie sich mit jeder Sekunde seine Nackenhaare etwas mehr aufstellten. In seinem Mund schmeckte es leicht metallisch. Seine Aufmerksamkeit war längst geweckt, und der Zeiger auf seinem inneren Tachometer mit der Aufschrift »Achtung!« bewegte sich weiter nach rechts, dem roten Bereich entgegen.

Immer wieder kamen Menschen zur Polizei, riefen an, schickten Briefe und E-Mails, wenn sie der Meinung waren, etwas Verdächtiges beobachtet oder gefunden zu haben. Bei einem Großteil handelte es sich um Wichtigtuer, Paranoide oder Verrückte. Ein Bruchteil waren vernünftige Hinweisgeber. Aber insgesamt konnte man mit dem allergrößten Teil der Informationen nichts anfangen und vergeudete wertvolle Zeit. Was dennoch nötig war, denn man suchte bei Ermittlungen oft nach der Nadel im Heuhaufen und hoffte auf den einen Treffer unter tausend Hinweisen. Außerdem entwickelte man gewisse Routinen und ein Gespür dafür, wer ernst zu nehmen war und ob man sich auf dem richtigen Weg befand.

Er hatte deswegen keinen Zweifel daran, dass Rieke Wilk ihm etwas möglicherweise Wichtiges mitzuteilen hatte und die Tupperdose eine Bedeutung haben mochte. Die Frau spielte ihm nichts vor. Sie war auch keine Irre. Sie war zutiefst verängstigt und verunsichert. Das alles war echt. Ebenso echt wie das, was sich in der Dose befand. Rieke Wilk war eine normale Frau, die sich in einer sehr unnormalen Situation befand, und es musste sie schon einiges an Überwindung und Überzeugung gekostet haben, persönlich zur Polizei zu fahren und explizit nach dem Beamten zu verlangen, der im unmittelbaren Zusammenhang mit den Elbripper-Ermittlungen stand.

»Ich dachte«, sagte Rieke Wilk dann und starrte auf die Kaffeetasse, die sie noch nicht angerührt hatte, »ich dachte, dass es wichtig und meine Pflicht ist, herzukommen, obwohl …« Sie schniefte, schnäuzte sich wieder. »Tut mir leid, Herr Beck, ich bin … Ich weiß nicht, wo ich anfangen soll. Aber ich muss einfach erst wissen, ob das ein Spuk in meinem Gehirn ist oder nicht. Es hat …« Sie blickte auf, streckte das Kinn und zog die Nase hoch. »Es hat bestimmte Gründe, aus denen ich darüber erst dann sprechen kann und will, wenn ich sicher bin.«

»Alles in Ordnung, Frau Wilk. Wir haben Zeit und machen alles der Reihe nach. Haben Sie etwas dagegen, wenn ich meine Kollegin Frau Torner hinzubitte? Es ist ihr Büro.«

»Nein. Ich habe nichts dagegen.«

»Danke«, sagte Nick und nahm das Handy, um Cleo im Besprechungsraum anzurufen. Er hätte das Telefon auf dem Schreibtisch nehmen können, aber er kannte die Durchwahl nicht. Außerdem wollte er das Büro nicht verlassen, um sicherzugehen, dass Rieke Wilk es sich nicht anders überlegte und wieder verschwand.

»Nick? Warum rufst du denn auf dem Handy an?«

»Komm in dein Büro.«

»Klar. Alles okay?«

»Komm einfach. Schultz und Janson sollen bleiben, wo sie sind.«

»Wie meinst du das? Ich …«

»093.«

Einen Moment Schweigen. »Okay«, sagte Cleo dann und beendete das Gespräch.

093 war der Polizeicode für »Gesuchte Person«. Jetzt hatte Cleo kapiert, dass die beiden auf Stand-by bleiben sollten, ohne dass er es in Gegenwart von Rieke Wilk ausdrücklich erwähnte.

Es dauerte keine Minute, bis Cleo im Büro erschien. Nick stellte Rieke Wilk vor und erklärte, warum sie hier war. Dann zeigte er Cleo die Dose.

»Warum bringen Sie uns das?«, fragte Cleo.

»Ich dachte, es könnte wichtig sein.«

»Wo haben Sie es gefunden?«

Rieke Wilk lächelte Cleo unsicher an, knetete ihre Finger. »Wann ist es denn so weit?«, fragte sie und lenkte damit vom Thema ab.

»Sehr bald«, erwiderte Cleo, ging um den Schreibtisch herum, zog die Schublade auf und nahm ein Paar Latexhandschuhe aus einer Verpackung. Sie zog sie über und öffnete die Dose. Rieke Wilk verfolgte ihre Bewegungen mit Argusaugen. Cleo nahm einzelne Gegenstände heraus. Es handelte sich um mehrere Slips in verschiedenen Farben und Größen sowie von verschiedenen Herstellern, wie Cleo mit einem Blick auf die Etiketten feststellte. Außerdem gab es Schmuck – Halsketten und Armbänder – sowie zusammengebundene Haarsträhnen. Insgesamt waren es elf Gegenstände.

Elf Opfer, elf Souvenirs, dachte Nick. Elf Frauen hatte der Elbripper umgebracht – ausgenommen Betty, deren Tod kein klassischer Elbripper-Mord gewesen war, und ausgenommen die beiden neuen Opfer, die vielleicht gar nicht auf das Konto des Elbrippers gingen.

Cleo wechselte einen Blick mit Nick. Er sah, dass sie dasselbe dachte. Mörder nahmen oft Andenken an ihre Taten mit, als Trophäen und um über den Tod hinaus eine Verbindung zu ihren Opfern zu haben. Der Elbripper war ein Fan davon, seine Morde immer wieder neu zu durchleben. Er hatte die Fundorte der Leichen wiederholt aufgesucht. Da lag es nahe, dass er auch ein Schatzkästchen haben würde. Die Slips, die Haare und den Schmuck würden sie forensisch untersuchen lassen. Vielleicht würde sich noch brauchbares genetisches Material daran befinden, das man mit dem der Opfer abgleichen könnte. Den Schmuck würden sie fotografieren und die Fotos Verwandten oder Bekannten zeigen und außerdem mit Bildern der Opfer zu Lebzeiten abgleichen, um zu sehen, ob darauf eine bestimmte Kette oder ein bestimmtes Armband zu sehen war.

Cleo hatte die Unterwäsche und den Schmuck auf der Schreibtischunterlage ausgebreitet. Sie betrachtete alles eingehend und fragte beiläufig: »Haben Sie das bei einem Bekannten oder Verwandten gefunden?«

Rieke Wilk schwieg und unterdrückte eine Reaktion, was Nick als Zustimmung wertete.

Nick fragte: »Frau Wilk, was denken Sie, worum es sich hier handeln könnte?«

Sie schluckte und schwieg weiter. Kämpfte und rang mit sich. Es brauchte nicht mehr viel, bis das Eis brechen würde. Nur ein paar kleine Hammerschläge noch.

Cleo blickte auf und sagte mit ruhiger Stimme: »Sie kommen damit zur Polizei und fragen gezielt nach Nick Beck, weil Sie seinen Namen von den Elbripper-Morden kennen. Und Sie kommen mit dieser Dose zu ihm, weil Sie annehmen, der Inhalt könnte mit diesen Morden zusammenhängen. Ist das der Fall, Frau Wilk?«

Sie nickte zitternd.

Cleo redete weiter. Nick ließ sie. Besser, wenn sie das machte. Sie war empathischer, sie sprach von Frau zu Frau und hatte außerdem den Sympathiebonus, hochschwanger zu sein. »Wir werden die Gegenstände untersuchen und feststellen, ob sie von einem oder mehreren der Opfer stammen könnten. Falls das nicht so ist, würde ich sagen: Es ist die Trophäenbox von jemandem, der zahlreiche Affären hatte. Aber falls tatsächlich einer der Slips oder eine Halskette zu einem der Opfer gehört, Frau Wilk, dann ist das eine sehr ernste Sache.«

Rieke Wilk nickte erneut, schwieg aber immer noch. Ihre Lippen bebten. Etwas wollte heraus. Eine Träne rollte ihre Wange hinab.

Nick packte den Hammer aus, um der Eiskruste den finalen Schlag zu verpassen.

»Sollten sich Ihre Befürchtungen bestätigen, müssen

wir sehr schnell handeln. Denn jemand, der die Sachen in dieser Dose versteckt hat, wird bemerken, dass sie fehlt. Er wird darüber nachdenken, wer sie gefunden haben könnte. Und wenn ihm dazu etwas einfällt, wird er überlegen, was er nun als Nächstes tun soll. Er wird die Dose zurückhaben wollen. Er wird außerdem dafür sorgen wollen, dass sein Geheimnis geheim bleibt. Da es nun eine Mitwisserin gibt und er ein Mensch ist, der vor absolut gar nichts zurückschreckt, wird er sich dafür entscheiden zu handeln, und dafür sorgen, dass diese Mitwisserin schweigt. Er könnte außerdem in Panik geraten. Kurzum, Frau Wilk: Sie und Ihre Familie sind möglicherweise in größter Gefahr.«

Rieke Wilk atmete tief ein. Sie hielt die Luft an, biss sich auf die Unterlippe. Dann brach es aus ihr heraus.

»Mein Mann, Ragnar, ich …«

Nick und Cleo schwiegen.

»Er ist … Das macht es so schwer, wissen Sie? Es ist mein Mann. Ich weiß nicht ein noch aus.«

Cleo sagte ruhig: »Das ist sehr schwer, das verstehe ich. Erzählen Sie es doch einfach von Anfang an.«

»Mein Mann hat einen Hobbyraum in unserem Gartenhäuschen. Dort gibt es eine Modelleisenbahn. Ich habe ihm ein Geschenk zum Hochzeitstag gemacht, eine seltene Lok. Ich wollte sie auf den Gleisen platzieren. Normalerweise betritt niemals jemand von uns sein Häuschen, ich nicht und die Kinder auch nicht. Wir haben zwei. Ragnar hat das nicht gern, und was er dort tut, interessiert auch niemanden von uns wirklich. Als ich die Lok auf die Schienen setzen wollte, sah ich etwas in einem Tunnel der Modelllandschaft und zog es heraus. Das war die Tupperdose, die ich schon lange vermisst hatte. Ich sah, was sich darin befand. Ich dachte erst, es ginge um Sex oder einen Fetisch oder im schlimmsten Fall um Affären. Wissen Sie, Ragnar war so anders in der ganzen letzten Zeit. Er sagte, es sei nur wegen dem Stress bei der Arbeit, er war sehr leicht reizbar, stand wie unter Druck. Deswegen wollte ich ihm mit der Lok eine Freude machen – und dann fand ich halt die Dose in dem Versteck. Ich wurde rasend eifersüchtig und habe eine App installiert, mit der man das Handy von jemandem kontrollieren kann, seinen Standort. Ich dachte, so erfahre ich vielleicht, ob er sich mit jemandem trifft, wenn er vorgibt, abends Termine zu haben oder zum Sport zu gehen. Ich weiß, ich hätte das nicht tun sollen. Es ist ein großer Vertrauensbruch, aber ich wusste mir nicht anders zu helfen. Dann hörte ich aber von den neuen Morden und las davon und erinnerte mich an die bisherigen Taten. Ich weiß aus True-Crime-Sendungen, dass manche Mörder Souvenirs von Opfern sammeln – und ich bekam sehr große Angst. Ich mag verrückt sein oder paranoid. Und ich war wirklich hin und her gerissen, was ich nun tun sollte. Dann habe ich gestern Abend die App überprüft. Ragnar war unterwegs, noch arbeiten, hatte er gesagt. Aber dann zeigte die App an, dass er am Kleinen Grasbrook gewesen war und kurz darauf am Moorburger Kraftwerk. Ich habe es noch mal in den Medien nachgeschaut: Das sind die Orte, wo die beiden toten Frauen gefunden wurden. Dann stand für mich der Entschluss fest, dass ich zur Polizei gehen sollte.«

Verdammt, dachte Nick. Verdammt und verflucht. Er warf Cleo einen Blick zu und trank einen großen Schluck Kaffee. Seine Kehle fühlte sich wie ausgedörrt an.

Cleo fragte: »Glauben Sie, er weiß, dass Sie die Dose gefunden haben?«

»Ich bin mir nicht sicher. Er ist … aufgeregt gewesen. Skeptisch. Er hat gefragt, ob jemand von uns in seinem Häuschen war. Er sagte, die Tür war nicht abgeschlossen, und er fragte sich wohl, warum. Ich hatte es in der Aufregung vergessen. Ich habe natürlich ausweichend geantwortet. Er war sich dann unsicher, ob er vielleicht selbst das Abschließen vergessen hatte. Es kann sein, dass ihm das Fehlen der Dose aufgefallen ist. Ich weiß es nicht.«

Die gerichtsmedizinischen Untersuchungen hatten die Tage und ungefähren Uhrzeiten eingegrenzt, an denen die beiden jüngsten Opfer getötet worden waren. Außerdem wusste die Polizei relativ genau, wann die beiden verschwunden sein mussten – nämlich mitten in der Nacht. Deswegen fragte Cleo als Nächstes, ob Rieke Wilk sich erinnern konnte, wo sich ihr Mann zu jenen Zeitpunkten aufgehalten hatte.

Rieke Wilk überlegte. Erinnerte sich. »Da war er jeweils mit mir zusammen.«

»Verlässlich?«, fragte Nick.

»Ja.« Rieke Wilk nahm ihr Handy und rief den Kalender auf. Sie nickte und bestätigte: »Ja, an dem einen Abend hatten wir ja unseren Hochzeitstag. Und an dem anderen Tag waren wir morgens zunächst bei Ikea. Dann war Ragnar arbeiten, und abends haben wir das Regal aufgebaut und waren noch mit Freunden essen.«

»Hm«, machte Nick, »die Freunde, mit denen Sie essen waren, würden das bestätigen?«

»Ja.«

»Und von Ikea haben Sie eine Quittung?«

»Die habe ich. Ich bewahre alle Quittungen auf.«

»Auch die vom Restaurant?«

»Auch die. Ragnar braucht das für die Steuer.« Kurz errötete Rieke Wilk. Sie hatte sich verplappert, dass ihr Mann private Essen als dienstliche absetzte. Aber das war wohl das geringste ihrer aktuellen Probleme.

»Könnte er sich rausgeschlichen haben, als Sie schliefen?«

»Ich habe einen sehr leichten Schlaf. Ich wache sogar jedes Mal auf, wenn er nachts zur Toilette geht.«

Cleo fragte: »Sie haben uns von der App erzählt. Wann haben Sie die installiert?«

»Vor zwei Tagen.«

»Wann zeigte die App an, dass er am Grasbrook war?«

»Das war gestern Abend. Da habe ich es gesehen.«

»Und vorher war er nicht am Grasbrook oder am Moorburger Kraftwerk?«, fragte Nick.

»Nein.«

Rieke Wilk öffnete die App auf ihrem Telefon und schob sie Nick hin. Er las die Einträge.

Rieke Wilk hatte recht. Wenn es stimmte, was sie sagte, war Ragnar Wilk jedenfalls zu dem Zeitpunkt, der für den letzten Mord in Betracht kam, nicht in Moorburg und nachts nicht unterwegs gewesen. Die App war bereits installiert gewesen und hätte es angezeigt – zumindest, wenn er das Handy bei sich hatte. Er hatte tagsüber einige andere Orte aufgesucht, war größtenteils im Büro gewesen, aber auf keinen Fall in Moorburg. Zu der betreffenden Uhrzeit des jüngsten Mordes war das Handysignal stationär. Zu Hause.

Nick zeigte Cleo das Telefon. Sie las die Einträge ebenfalls, blickte dann zu Nick. Sie dachte fraglos dasselbe wie er: Für die neuen Taten kam Ragnar Wilk eher nicht in Betracht und hatte Alibis – wenngleich er die neuen Fundorte aufgesucht hatte, nachdem darüber in den Medien berichtet worden war.

Das alles fügte sich zu einem Bild zusammen. Vorausgesetzt, dass Ragnar Wilk womöglich der echte Elbripper war, hatte er mitbekommen, dass ein Copykiller unterwegs war, der in seinem Namen mordete. Deswegen war er aufgebrochen, um sich die neuen Fundorte anzuschauen, und fragte sich, wer dieser neue Kerl war.

»Dürfen wir die App verwenden?«, fragte Cleo. »Gibt es ein Kennwort?«

Rieke Wilk wirkte unsicher.

»Es wäre besser«, sagte Cleo, »wenn wir die Überwachung mittels dieser App übernehmen und alles aktenkundig wird, wissen Sie? Dann können Sie die App auch von Ihrem Telefon löschen, und niemand wird sie dort finden.«

Rieke Wilk nickte. »Okay«, sagte sie leise. Cleo schob ihr einen Zettel und einen Stift hin. Rieke Wilk notierte darauf, um welche App es sich handelte und wie der Zugangscode lautete.

»Und was soll ich nun tun?«, fragte sie. »Wie geht es weiter?«

Cleo erklärte: »Wir werden die Unterwäsche, die Haare und den Schmuck so schnell wie möglich untersuchen lassen. Danach werden wir Sie sofort anrufen und alles Weitere veranlassen. Ich drücke die Daumen, dass sich alle Befürchtungen in Luft auflösen. Aber falls nicht, dann werden wir sehr schnell handeln und dafür sorgen, dass Sie und Ihre Kinder in Sicherheit gebracht werden.«

»Wie lange wird das dauern?«

Im Normalfall mindestens einige Tage, dachte Nick. Aber sicher ließ sich das beschleunigen.

»So schnell wie möglich. Vielleicht ein oder zwei Tage«, sagte Cleo.

»Und bis dahin?«

»Bis dahin machen Sie am besten weiter wie bisher und halten sich nach Möglichkeit von Ihrem Mann fern. Vielleicht könnten Sie spontan jemanden besuchen, ohne dass es ihm verdächtig vorkommt? Und die Kinder bei jemandem übernachten?«

Rieke Wilk zuckte die Achseln. »Ich werde mal sehen, ja. Werden Sie jemanden schicken, der auf uns aufpasst?«

Cleo verneinte. »Dazu haben wir noch keine Veranlassung, Frau Wilk. Ein bloßer Verdacht reicht dafür nicht aus. Aber das wird sich sehr schnell ändern, wenn die Untersuchung der Wäsche einen Hinweis gibt, der die Situation verändert.« Doch Cleo wusste genau wie Nick, dass sich ab sofort alle Augen auf die Wilks richten würden. Es war die erste wirklich greifbare Spur. Und sie war siedend heiß. Das spürte sie.

Nick war versucht, Rieke Wilk weiter in die Mangel zu nehmen, sie nach den früheren Morden zu fragen und wo sich ihr Mann an dem Tag aufgehalten hatte, an dem Betty getötet worden war. Cleo schien das zu merken. Sie warf ihm einen Blick zu, der besagte: Nick, es reicht für jetzt. Und außerdem mussten zunächst die Slips und der Schmuck untersucht werden, um festzustellen, ob sie zu den Opfern passten.

Nick fragte: »Ist Ihr Mann jetzt zu Hause?«

»Nein.«

»Würden Sie mir seine Eisenbahn zeigen?«

Rieke Wilk wirkte unsicher, nickte dann aber.

»Hätten Sie außerdem etwas dagegen, wenn ich irgendetwas, das Ihrem Mann gehört …«

»Daran habe ich bereits gedacht«, sagte Rieke Wilk. Sie griff in ihre Tasche und nahm einen Gefrierbeutel heraus. »Das ist sein T-Shirt. Er hat heute Nacht sehr geschwitzt. Ich wollte es in die Wäsche tun. Aber dann dachte ich, vielleicht wollen Sie es nach genetischem Material untersuchen.«

Volltreffer, dachte Nick. Die Polizei hatte Genspuren vom Elbripper gesammelt. Mit dem T-Shirt wäre es nun ein Leichtes, festzustellen, ob es einen Treffer gab.

»Sie sind gut vorbereitet, Frau Wilk.«

»Ich sehe viele True-Crime-Sendungen«, erklärte sie. Dann änderte sich ihr Gesichtsausdruck radikal. »Und falls mein Mann ein Mörder sein sollte«, sagte sie, »dann will ich, dass Sie ihn fassen und verhaften. Ich will, dass er in der Hölle schmort. Sie bekommen von mir jede Information, die Sie benötigen. Ich will auf keinen Fall, dass jemand denkt, ich hätte etwas zu verbergen oder hätte von etwas gewusst. Denn das habe ich nicht. Falls er ein Mörder, falls mein Mann der Elbripper ist …«, wiederholte sie und sah Nick mit einem harten Blick an, »… dann machen Sie ihn fertig«, flüsterte sie.

»Eines noch«, sagte Nick. »Haben Sie ein Foto von Ihrem Mann? Würden Sie es mir senden?«

»Ja«, sagte sie, »an welche Nummer?«

Nick schrieb ihr die Nummer auf. Dann rief Rieke Wilk auf ihrem Handy die Mediathek auf und sandte Nick per Whatsapp ein Bild. Er öffnete es auf seinem Telefon und betrachtete es.

Das Foto zeigte einen Mann in den besten Jahren an einem Strand. Er sah gut aus. Nicht unbedingt attraktiv, aber akzeptabel. Er saß auf einer Liege, beugte sich lächelnd zur Kamera. Er sah gesund aus, gut gebräunt, fit, akkurates Gebiss, die Augen etwas eng stehend. Der Blick wirkte stechend, was am Licht liegen konnte. Aber nein, dachte

Nick beim zweiten Hinsehen, nein, es lag nicht am Licht. Es war ein Jägerblick. Ein Blick, der sich einem in die Haut bohrte wie die Kralle eines Raubtiers.

Dennoch – alles in allem wirkte Ragnar Wilk wie ein durchschnittlicher Typ, ein freundlicher Nachbar, der einem dabei helfen würde, wenn man die Bierkisten nicht alleine aus dem Auto bekam. Einer, der die Nachbarn zum Grillen einlud. Einer, der Modelleisenbahnen sammelte.

Konnte das der Elbripper sein? Und hatten sich Kollegen aus den USA vielleicht dieselbe Frage gestellt, als sie das erste Mal Bilder von Ted Bundy sahen? Man erwartete entweder Verrückte wie Charles Manson oder Menschen wie Fritz Honka, denen man bereits ansah, dass etwas mit ihnen nicht stimmte, vor allem nicht ihr Intelligenzquotient.

Aber manche, die gefährlichsten, waren durchschnittliche Typen, die keinem auffielen. Und das war vielleicht ihr Geheimnis: Normalität.

Und unter der Oberfläche: das Grauen.

Bist du es?, fragte sich Nick, betrachtete das Bild erneut und klickte es dann weg. Bist du es wirklich?

33

Nick parkte etwas abseits und ging einige Schritte, bis er das Haus der Wilks erreichte. Eine völlig normale Wohnstraße, gehobener Mittelstand. Das Haus der Wilks ebenfalls. Hinter dem Gebäude erstreckte sich ein größerer Garten. Doppelgarage. So lebte eine Familie, der es gut ging. Ragnar Wilk musste ordentliche Umsätze für die Maklerfirma machen. Der Job passte außerdem ins Bild. Als Makler war Wilk viel unterwegs. Er musste jede Menge Orte in der Stadt kennen – verlassene und weniger verlassene. Er hatte viele Kontakte zu Menschen und erfuhr bei den Besichtigungen viel Privates. Er wusste, wer alleinstehend war und wer nicht, konnte sich ein Bild von seinen Kundinnen machen. Perfekt für die Wahl der Opfer.

Warum war Nick bislang nicht darauf gekommen? Die Suche nach einer neuen Bleibe? Er würde das unbedingt rückwirkend überprüfen müssen.

Nick trat vor die Haustür, sah sich um, stellte aber keine Beobachter fest. Niemand an den Fenstern der gegenüberliegenden Wohnungen und kein Passant, der seinen Hund

Gassi führte und Ragnar Wilk später fragen könnte: »Wer war denn der Kerl an der Haustür heute Nachmittag, der mit Rieke in den Garten gegangen ist? Wie ein Handwerker sah er nicht aus.«

Bevor Nick den Klingelknopf drücken konnte, öffnete Rieke Wilk bereits. Sie trug immer noch ihren Daunenmantel, hatte ihn offensichtlich gar nicht erst ausgezogen, nachdem sie kurz vor Nick hier eingetroffen war. Auch sie sah sich um und sagte dann zu Nick: »Folgen Sie mir bitte.«

Sie gingen um das Haus herum, zwischen der Garage und einer Kellertreppe hindurch und erreichten den großen Garten. An dessen hinterer Begrenzung sah Nick unter den Tannen ein Gartenhaus aus Holz. Rieke Wilk steuerte darauf zu. Nick ging ihr nach. Vor der Tür stoppten sie. Rieke Wilk schloss auf. Sie gingen hinein.

Nick schob die Hände in die Jackentaschen und sah sich um. Die Modelleisenbahnlandschaft war akribisch gebaut. Wilk musste zahllose Stunden damit verbracht haben.

»Dort in dem Tunnel«, sagte Rieke Wilk, »habe ich die Tupperdose gefunden.«

»Verstehe«, sagte Nick, ließ den Blick weiter über die Gleise, die Hügel und Häuschen gleiten. Er betrachtete die kleinen Figuren, die überall aufgestellt waren.

»Ich lasse Sie einen Moment allein«, sagte Rieke Wilk. »Ich möchte mich ans Küchenfenster stellen – für den Fall, dass er plötzlich nach Hause kommt oder eines der Kinder.

Sie können einfach an die Terrassentür klopfen, wenn Sie fertig sind.«

»Gute Idee«, sagte Nick, ohne die Augen von der Landschaft abzuwenden.

»Den Schlüssel lasse ich außen stecken. Schließen Sie bitte ab und geben Sie ihn mir dann. Bis gleich.«

»Frau Wilk?«

»Hm?«

»Sie sollten sich wirklich überlegen, ob Sie heute Abend nicht jemanden besuchen und eventuell über Nacht bleiben, bis wir mehr wissen. Die Kinder ebenfalls.«

»Ja. Ich habe schon darüber nachgedacht. Nur, wie sage ich Ragnar, dass ich woanders übernachte?«

»Sie fahren zu einer Freundin. Dann melden Sie sich später. Sie haben zu viel getrunken, können nicht mehr fahren. Oder der Schneesturm macht es zu gefährlich. Glatteis. Irgendeine Ausrede.«

»Gut.« Sie wendete sich zum Gehen. »Herr Beck?«

»Ja?«

»Glauben Sie … es könnte zutreffen … dass ich recht habe?«

»Das wird sich herausstellen«, antwortete Nick. »Mehr kann ich dazu nicht sagen. Alles ist möglich. Sie sollten sich so wenig Gedanken wie möglich machen. Ab jetzt übernehmen wir. Alles wird sich relativ schnell klären. Sie haben in jedem Fall das Richtige getan.«

»Aber er ist mein Mann, wissen Sie? Das macht es sehr schwer.«

»Das verstehe ich. Sie haben dennoch das Richtige getan. Sie hätten keine ruhige Minute mehr verbracht und mit der Ungewissheit nicht leben können.«

»Ja. Muss ich mir Sorgen machen, falls … Also … Ich habe doch von nichts gewusst, und ich habe Angst, dass ich vielleicht … als Mittäter oder Mitwisser, ich weiß nicht, keine Ahnung …«

Nick lächelte ihr zu. »Machen Sie sich keine Sorgen, Frau Wilk.«

Sie nickte. Unsicher. Dann drehte sie sich um und ging.

Nick zog die Tür ein wenig zu. Die Kälte drang herein. Erneut betrachtete er die Modelleisenbahnlandschaft und die Figuren, den Tunnel. Er sah ein Laptop im Regal und eine Aktivbox, in der ein USB-Stick steckte. Er schaltete das Gerät ein. Ein Lied von Helene Fischer erklang. Nick stellte den Player wieder aus.

Modelleisenbahn. Helene Fischer. Immobilienmakler. Eine freundliche Familie. Mit Eigenheim.

Etwas an den Figuren fiel ihm auf. Es gab kleine Szenen vor einem Hotel. Spanner sahen sich eine Frau am Strand an. Hinter einer Tankstelle hatten Personen Sex. Woanders boten sich Prostituierte an. Einer beobachtete eine Lesende. Eine Polizistin jagte einen Verbrecher auf einem Dach, und ein Polizist kam hinterher …

Leck mich, dachte Nick.

Das war kein Zufall, oder? Mit Sicherheit nicht. Nick nahm das Handy und machte einige Bilder von den Szenen und dem kompletten Brett. Er sah sich weiter um, machte auch Fotos von den Wänden und Regalen, die mit Waggons und Loks vollgestopft waren. Er blickte unter die Platte, auf der die Landschaft gebaut war. Dort befanden sich mehrere Kartons.

Nick bückte sich, zog sie hervor. Sie waren nicht groß oder schwer. In einigen befanden sich Stapel von Zeitschriften.

Nick blätterte sie durch. Alles Wissenswerte über Modelleisenbahnen aus diversen Jahrgängen. In einem anderen Karton sah er Zeitungsausschnitte. Alle handelten von Eisenbahnausstellungen oder Sammlern. Ein Karton stand weiter hinten. Nick musste sich strecken, um ihn zu erreichen. Darin sah er drei Fotoalben und einen USB-Stick. Er nahm das oberste Album, blätterte es durch. Es waren alte Familienfotos. Die meisten zeigten einen Jungen und eine Frau, Kind und Mutter. Gelegentlich tauchte ein Mann im Rollstuhl auf. Alles waren normale Familienbilder. Auf manchen, wenigen, Fotos war der Junge nackt – im Planschbecken, unter der Dusche, am Strand. Auf anderen war auch die Frau fast nackt, rubbelte dem Kind die Haare trocken, derlei Dinge. Nichts Anstößiges, aber dennoch – irgendwie auffällig. Es war anzunehmen, dass der Junge Ragnar Wilk war.

Das zweite Fotoalbum sah neuer aus. Es war voller Fotos von Frauen. Dabei handelte es sich offensichtlich um Ausdrucke von Bildern, die mit dem Handy aufgenommen worden waren. Die meisten waren verpixelt, leicht unscharf und wirkten, als seien sie ohne Wissen der Abgebildeten aufgenommen worden. Es waren keine Porträts. Es waren Fotos, die Frauen im Vorbeigehen zeigten, Frauen, die irgendwo herumstanden und mit irgendwelchen Dingen beschäftigt waren. Jedes Bild zeigte eine andere, es waren sicherlich mehr als hundert Fotos – das Album von jemandem, der die Bilder nicht auf seinem Handy haben wollte, sich aber dennoch an einzelne Personen erinnern mochte. Das Album eines Sammlers, der sich Post-it-Zettel auf die wichtigen Seiten seiner eigenen Erinnerung klebte, um immer wieder etwas nachschlagen zu können.

Das dritte Album war ebenfalls mit solchen Fotos gefüllt. Was sich auf dem USB-Stick befand, ließ sich nicht feststellen. Nick nahm sein Handy, schaltete auf Video und blätterte durch die Fotoalben. Jede Seite würde man im Standbildmodus einzeln betrachten können.

Nach drei Minuten war er fertig. Er legte alles zurück. Dann verließ er die Hütte, schloss die Tür hinter sich ab und ging durch den Garten zur Terrasse. Er klopfte an die Scheibe. Wenige Sekunden später erschien Rieke Wilk. Er gab ihr den Schlüssel.

»Und?«, fragte sie.

»Ich wollte mich nur etwas umsehen. Reines Interesse. Nichts Besonderes, Frau Wilk. Falls irgendetwas sein sollte, melden Sie sich umgehend. Sie haben meine Handynummer. Und wir melden uns ebenfalls postwendend, sobald wir mehr wissen.«

Er verabschiedete sich, ging um das Haus herum und zwischen der Garage und der Kellertreppe hindurch. Er bog auf den Bürgersteig ein, schlug den Jackenkragen gegen die Kälte hoch und blickte kurz auf, als ein weißer Range Rover an ihm vorbeifuhr. Am Steuer saß ein Mann.

Nick ging etwas langsamer, hörte auf die Motorengeräusche, die leiser wurden. Er sah sich rasch um und erkannte, dass der SUV vor der Garage der Wilks hielt. Der Fahrer stieg aus.

Ragnar Wilk, unverkennbar.

Nick blickte wieder nach vorn, ging einige Meter, wechselte die Straßenseite und sah dann erneut zum Haus. Er sah Ragnar Wilk von hinten, der sich auf die Haustür zubewegte.

Die Figur. Die Bewegungen. Erkannte er sie?

Nick war sich nicht sicher. Er war sich nur sicher, dass er Glück gehabt hatte – und Rieke Wilk ebenfalls. Fünf Minuten länger, und es hätte Probleme gegeben, dachte Nick und bog in die andere Straße ein, wo sein Mercedes parkte.

34

Nur noch zwei Tage, dachte Cleo. Nur noch zwei Tage, dann würde sie ihre Sachen packen, das LKA verlassen und in Mutterschutz gehen. Wann sie wieder zurückkehren würde, nun, das würde sich zeigen. Früher oder später in jedem Fall. Sie sah sich im Büro um. Vielleicht, dachte sie, würde sie ja ein ganz neues bekommen, wenn sie zurückkam. Dieses hier war ein Büro auf Abruf, eine Zwischenlösung, weil vorübergehend eines frei geworden war. Sie lehnte sich im Schreibtischstuhl zurück, umfasste den Bauch mit beiden Händen und spürte die Bewegungen darunter. Manchmal sah es wirklich spooky aus, wenn sich die Haut nach außen dellte. Und bei diesem Gedanken blickte sie wieder auf das Telefon. Der Hörer lag daneben. Es war auf Lautsprecher geschaltet. Die Pausenmelodie dudelte bereits seit fast fünf Minuten vor sich hin. Aber okay, es würde halt etwas dauern, bis der Mann, den sie sprechen wollte, ans Telefon geholt werden konnte – falls er sich denn überhaupt bereit erklären würde, mit ihr zu reden. Vermutlich würde das Telefonat sowieso erheblich kürzer werden als die Wartezeit darauf. Jedenfalls musste sie das Gespräch einfach führen – vor allem, solange sie noch im Dienst war.

Eben hatte sie noch mit Chris telefoniert, der sich versichern wollte, dass Cleo wegen des drohenden Schneesturms rechtzeitig zu Hause wäre, und fragte, ob er sie nicht lieber abholen sollte. Er wollte abends etwas kochen und hatte schon dafür eingekauft – sicherheitshalber etwas mehr, man wisse ja nicht, wie sich die Wetterlage in den kommenden Tagen entwickelte. Als ob Hamburg komplett von der Außenwelt abgeschnitten werden würde! Hinzu kam, dass er sich Gedanken machte, was wäre, wenn plötzlich das Baby kommen würde.

»Chris«, hatte Cleo erwidert, »es sind auch schon vor tausend Jahren Kinder im Winter in Norwegen oder in Island zur Welt gekommen.«

»Ich weiß«, war seine Antwort gewesen, »aber dabei sind auch viele Mütter gestorben und manche Kinder.«

Seine Überfürsorglichkeit machte Cleo manchmal wirklich verrückt.

Schließlich hatte sie nochmals beim Labor nachgefragt und sich versichert, dass sie so schnell wie möglich die Analyseergebnisse von der Unterwäsche, den Haaren und dem T-Shirt erhalten würde, das Rieke Wilk gebracht hatte. Normalerweise dauerten solche Untersuchungen einige Wochen, die Labors hatten alle Hände voll zu tun. Aber in diesem Fall wurde eine Ausnahme gemacht und aufs Gas gedrückt.

Cleo war sich nicht sicher, was das Resultat sein würde.

Rieke Wilk war eine aufgebrachte Ehefrau, und es wurden sehr häufig scheinbare Indizien überinterpretiert. Nicht jeder Husten war gleich Lungenkrebs, und so verhielt es sich auch bei der Polizeiarbeit. Andererseits passten überraschend viele Dinge ins Bild.

Nick hatte mit Kollegen vom Streifendienst telefoniert und sie gebeten, bei Ragnar Wilk vorbeizufahren – auch wenn es keine Überwachung war, weil es dafür noch keine hinreichenden Gründe gab, so könnten sie ja vielleicht dort mal patrouillieren, ab und zu für fünf Minuten halten und Präsenz zeigen. Schultz und Janson wiederum hatten sich darauf eingerichtet, Razan intensiver zu überwachen – und schon darüber gejammert wegen der Perspektive, die Schneesturmnacht im Auto zu verbringen, und überlegt, was sie sich am besten an Verpflegung mitnehmen sollten und ob die Sitzheizung das aushielt, wenn man sie die ganze Nacht lang laufenließ.

Eine Frage, die sicherlich der Mann beantworten könnte, der nun endlich ans Telefon kam und an dessen Namen Cleo sich schließlich wieder erinnert hatte: Jochen Heitzer, der zurzeit in Untersuchungshaft saß.

»Heitzer?«, sagte die rasselnde Stimme am anderen Ende der Leitung.

Cleo meldete sich mit ihrem Namen, Dienstgrad und der Dienststelle.

»Schön, mal 'nen Anruf hier zu bekommen«, sagte er.

Das klang so, als sitze er schon seit Monaten im Knast. Dabei war er nur für ein paar Tage eingefahren und wegen des wiederholten Verstoßes gegen seine Auflagen verhaftet worden. Am Ende würde er eine Geldstrafe bezahlen müssen und dann schnell wieder auf freien Fuß kommen. Natürlich konnte es etwas dauern, das Geld aufzutreiben, eine Überweisung zu regeln oder jemand anderen zu finden, der das für einen erledigte.

»Ich rufe wegen eines zurückliegenden Verkehrsdeliktes aus dem Sommer an. Mir ist klar, dass Sie gerade keine Unterlagen über Reparaturaufträge und Abrechnungen zur Hand haben.«

»Das kann man wohl sagen! Und das wird sich auch erst mal nicht ändern, wenn ich wieder draußen bin, verflucht, weil ich mich meiner eigenen Tankstelle und Reparaturwerkstatt nicht nähern darf wegen dieser bescheuerten Bitch!«

»Das kann ich mir kaum vorstellen, Herr Heitzer. Darüber sollten Sie einmal mit Ihrem Anwalt reden.«

»Was wollen Sie denn überhaupt von mir?«

»Wie gesagt: Es geht um ein Verkehrsdelikt aus dem Sommer. Wir klappern derzeit sämtliche Werkstätten ab und stellen uns die Frage, ob Schäden an Fahrzeugen repariert wurden, die von einem Unfall stammen könnten.«

»Liebe Zeit. Es gibt Hunderte Unfälle pro Woche. Die Leute fahren vor alles Mögliche: Leitplanken, Bäume, Pfähle, Mauern ...«

»Ja. Es geht um einen Unfall mit Fahrerflucht und einen Blechschaden, der von einem Unfall mit Personenschaden stammen könnte. Vielleicht irgendetwas, das Ihnen ungewöhnlich vorgekommen ist.«

Heitzer schwieg. Dachte nach. »Keine Ahnung«, sagte er dann. »Ich bin sowieso kein Spezialist für Unfälle, wir machen eher das normale Reparaturgeschäft, Verschleißteile, solche Sachen.«

»Aber den Wagen von Nick Beck haben Sie doch auch repariert?«

»Den Mercedes? Ja, da war was, wie kommen Sie denn auf Beck?«

»Nur so. Und weil das ebenfalls ein Blechschaden war, den Sie nach meinem Wissen wieder gerichtet haben. Wir sind Kollegen, Nick Beck und ich.«

»Schon klar.«

»Und ich erinnere mich an diese Dellen in der Tür des Oldtimers. Er sagte, zum Glück wohne er ja direkt an einer Werkstatt.«

Heitzer brummte. »Irgendwelche Randalierer hatten gegen die Tür getreten. Die Stoßstange und der Radkasten hatten auch einen abbekommen. Den Leuten ist nichts mehr heilig. Heute würde ich dem das allerdings nicht mehr richten. Heute würde ich ihm mit dem Schraubenschlüssel noch mal ordentlich über den Lack ziehen. Die Penner müssen ihm irgendwie auch die Stoßstange abgetreten haben. Allerdings von unten nach oben, da muss man sich schon verfluchte Mühe geben und den Hals voller Hass haben!«

»Von unten nach oben?«

»Wie beim Fußballkicken.«

»Aber würde man nicht die Stoßstange an einem parkenden Auto andersherum abtreten? Von oben drauftreten?«

»Weiß der Geier, Frau Kommissar, bin ich ein verfluchter Hellseher? So haben sie es jedenfalls gemacht: von unten nach oben.«

»Und dabei wurde der Radkasten verkratzt?«

»Nee, der hatte auch einen Schlag abbekommen. Die müssen dran herumgerissen haben. Verfluchte Freaks.«

»Also war das mehr von innen nach außen.«

»Ja. Der Radkasten musste wieder reingedrückt werden. Die haben den Wagen ganz schön in die Mangel genommen.«

»Ja, Nick hatte ziemlich über die Lackschäden geflucht«, log Cleo.

»Lack ging ja noch. Waren nur ein paar Stellen betroffen. Und ich habe das alles auch nur gemacht, weil es so ein schicker Oldtimer ist und Beck bei mir wohnt – verflucht, heute würde ich den aus dem Haus werfen!«

»Vielleicht sollten Sie wirklich noch mal mit Ihrem Anwalt reden, Herr Heitzer.«

»Und Sie mit Ihrem verschissenen Kollegen. Der ist ein krummer Hund, sage ich Ihnen.«

»Inwiefern?«

»Merkt man doch, dass mit dem was nicht stimmt.«

»Hm«, machte Cleo. »Na ja. Vielen Dank so weit. Es wäre jedenfalls toll, wenn Sie Ihre Unterlagen durchsehen könnten, sobald Sie es ermöglichen können.«

»Rede ich chinesisch? Das wird erst mal nix! Da müssen Sie die blöde Kuh von Lola anrufen, verflucht, die sitzt mit ihrem Arsch auf der kompletten Buchhaltung!«

»Okay«, sagte Cleo, »danke, dann werde ich das mal tun.«

Nach dem Gespräch stand sie eine Weile am Fenster und dachte über Dellen, Stoßstangen, Radkästen und verschiedene Dinge nach, die Nick gesagt und die er nicht gesagt hatte. Über seine Panikattacke und darüber, ob er ein »krummer Hund« war oder nicht. Eines, dachte sie, atmete durch und drehte sich wieder um, um die Schreibtischlampe einzuschalten, traf in jedem Fall zu: dass mit Nick etwas nicht stimmte. Was auch immer das sein mochte.

35

An diesem Abend fielen die Temperaturen unter minus zehn Grad. Die Nachrichten sprachen davon, dass der Tiefausläufer aus Sibirien den Norden auch mit heftigen Schneestürmen treffen würde und sich die Winter- und Rettungsdienste bereits auf eine extreme Unwetterlage vorbereiten würden. Zahlreiche Flüge waren vorsorglich abgesagt und der Fährverkehr zu den deutschen Inseln vorläufig eingestellt worden. Wer abends außerhalb des Hauses etwas zu erledigen hatte, sollte es besser verschieben, wenngleich der Wetterdienst damit rechnete, dass der Höhepunkt erst in der Nacht erreicht werde und davon auszugehen war, dass am nächsten Morgen der öffentliche Nahverkehr sowie der Berufsverkehr nicht so laufen würden wie gewohnt. Deswegen hatten die Schulen auch vorsorglich Eltern darauf vorbereitet, dass es an dem Schneesturmmorgen keinen Unterricht geben werde.

Der Mann drehte das Autoradio leiser. Es war verrückt, dass etwas so Sanftes wie Schnee eine so hochtechnisierte Zivilisation zum Stillstand bringen konnte. Das galt zwar auch für andere Naturgewalten wie Stürme, Wüstenhitze oder tropische Regengüsse. Aber nichts war so effizient wie Schnee. Er brachte den Verkehr zum Erliegen, den Puls der Moderne, und damit Fabriken, Verwaltungen, Häfen, und die Einschränkung der Mobilität wiederum wirkte sich massiv auf die Wirtschaft aus. Schnee sah so wunderschön aus, wenn er fiel und Stadt und Land schier von einem Moment auf den nächsten völlig verwandelte. Alles wurde hübsch – und still. Wie unter einem Leichentuch. Denn Schnee konnte auch tödlich sein. Er konnte Dächer zum Zusammenstürzen bringen, Unfälle verursachen oder dafür sorgen, dass jemand ausrutschte und sich dabei das Genick brach.

Schnee, dachte der Mann beim Aussteigen, ist außerdem das Gegenteil des glühenden Wüstensandes, in dem Pazuzu geboren wurde. Und war das nicht bemerkenswert, dieser Kontrast, ausgerechnet zu diesem Zeitpunkt? Es musste etwas zu bedeuten haben, gar keine Frage. Großes stand bevor.

Er nahm den Rucksack vom Beifahrersitz, auf den mit Klettverschlüssen eine zusammenklappbare Sackkarre aus ultraleichtem Aluminium geklemmt war. Dann verschloss er das Auto und bewegte sich durch die Dunkelheit.

Im Gehen zog er sich die Motorradmaske über und stoppte vor einem flachen Zaun aus Maschendraht. Er könnte leicht darüber hinwegsteigen – aber nicht, wenn er jemanden schleppen musste. Aus der Tasche der Cargohose nahm er einen Seitenschneider und knipste die Drähte durch. Dann näherte er sich der Tankstelle und dem

Wohnhaus von der Rückseite des Grundstücks, wo nirgends ein Polizeiwagen parkte. Außerdem gab es dort keine Überwachungskameras wie auf der Vorderseite des Areals. Sie waren unter der Überdachung der Zapfsäulen angebracht und natürlich auch im Verkaufsraum der Tankstelle, die inzwischen geschlossen hatte. Der Mitarbeiter aus der Reparaturwerkstatt hatte längst Feierabend und war heute nicht, wie an so vielen anderen Tagen, im Wohnhaus.

Auch Nick Beck war nicht da. Er arbeitete sicherlich noch – daran, den Mann zu fassen, der sich nun zwischen zwei hohen Tannen hindurchzwängte und dann im Garten des Gebäudes stand. Ein wenig Licht fiel durch die Scheiben der Terrassentür und erhellte den Außenbereich spärlich.

Er stoppte, schob die Motorradmaske hoch, so dass sie wie eine Strickmütze auf dem Kopf saß, nahm die Maglite aus dem Rucksack und stellte ihn an den Rand der Terrasse, die mit Waschbetonplatten ausgelegt war. Dann schaltete er die Maglite ein, ging zur Glastür, durch die er Lola im Sessel sitzen sah. Sie schaute irgendeine Serie im Fernsehen und ruckte mit dem Kopf herum, als sie den Lichtkegel der Taschenlampe wahrnahm.

Er klopfte gegen das Glas. »Polizei, guten Abend«, sagte er laut genug, dass sie es hören konnte, und winkte mit der freien Hand.

Eine freundliche Geste, die ihr zugleich vermitteln sollte, dass er etwas von ihr wollte, und die er mit einem warmen Lächeln unterstrich. Sie stand auf, sah irritiert zur Tür und kam näher, vertraute ihm ganz offensichtlich – oder war unvorsichtig. Egal. Hauptsache, sie bewegte sich, und das tat sie, betätigte nun den Griff, um die Terrassentür zu öffnen. Sie trug einen Hoodie mit großem Aufdruck der Marke, eine Jogginghose und dicke Strickstrümpfe, die Haare waren raspelkurz. Sie war ungeschminkt. Man konnte sehen, dass sie früher einmal ein Akneproblem gehabt haben musste. Dennoch war sie sehr hübsch.

»Ja, bitte? Was denn?«, fragte sie.

»Polizei«, sagte der Mann. »Entschuldigen Sie die Störung. Reiner Routinerundgang, und ich wollte mal fragen, ob alles in Ordnung ist. Wir halten zwar die Augen offen, aber alles sehen wir auch nicht.«

»Alles okay«, sagte sie, musterte ihn und fragte: »Wie lange dauert denn eigentlich die Überwachung noch?«

»Bis wieder alles in Ordnung ist.«

»Ja, schreckliche Sache, echt. Ich hoffe, ihr fasst den Verrückten bald.«

»Das hoffen wir ebenfalls«, erwiderte der Mann. »Ein abartiger Typ.«

»Aber echt.«

Er lächelte breit und nickte. »Dann will ich mal weiter. Schönen Abend noch«, sagte er.

»Ebenfalls«, erwiderte Lola und senkte den Kopf, um die Terrassentür wieder zu schließen.

In diesem Moment hob er die Maglite an und schlug zu. Mitten ins Gesicht. Das Nasenbein knirschte unter dem

Knauf aus Metall. Lola gab ein ersticktes Geräusch von sich. Sofort schoss Blut aus der Nase. Instinktiv riss sie die Hände vors Gesicht, um den Schwall aufzufangen, und neigte den Kopf nach unten. Der Mann verpasste ihr sofort einen weiteren Hieb, diesmal ins Genick, und schlug ihr die Faust der anderen Hand in die Magengrube. Als sie keuchend zu Boden ging, setzte er einen Tritt hinterher und zog ihr die Maglite über den Schädel. Das reichte aus.

Der Mann zerrte den regungslosen Körper auf die Terrasse. Dann öffnete er den Rucksack und nahm einige Dinge heraus, unter anderem eine kleine Digitalkamera. Mit zwei Tempotaschentüchern wischte er Lolas blutiges Gesicht so gut es ging sauber. Dann machte er einige Fotos, bevor er die Kamera wieder verstaute und zwei große graue Plastiksäcke nahm. Den ersten stülpte er über ihren Oberkörper, den zweiten über ihre untere Hälfte. Dann umwickelte er alles mit Klebeband, brachte Lola in die Hocke und wickelte einen weiteren Streifen Tape um ihre angezogenen Beine und den Rücken. Schließlich klappte er die Sackkarre auf, wuchtete das verschnürte Paket auf die Ladefläche und machte sich auf den Weg zurück zum Auto.

Der Transport war schwieriger, als er angenommen hatte. Die rund sechzig Kilo Körpergewicht belasteten die schmalen Räder, die sich in den Rasen und die Erde schnitten. Als er an der Straße ankam, war er nass geschwitzt und außer Atem. Er vergewisserte sich, dass der Weg frei und kein Beobachter zu sehen war. Schließlich überquerte er die Straße und verstaute das Paket im Kofferraum. Er ließ den Motor an und fuhr los. Etwa eine halbe Stunde später war er dort angekommen, wo er Lola aufbewahren und gemeinsam mit dem Meister opfern würde.

Er würde der persönlichen Einladung nicht widerstehen können, auf keinen Fall.

Und falls doch, überlegte der Mann, falls doch, dann würde er eben zu ihm kommen – und ihn bei dieser Gelegenheit von der Bürde seiner Familie befreien.

36

Ragnar Wilk schob den Teller mit den Nudeln und der Fleischsoße in die Mikrowelle. Zwei Minuten lang stand er einfach so da, starrte auf das Sichtfenster des Geräts, hörte dem Sausen des Lüfters und dem Schmatzen der Bolognese zu, bis ihm ein »Ping« mitteilte, dass das Essen fertig war. Er nahm den dampfenden Teller heraus, stellte ihn auf der Küchentheke ab, zog sich den Hocker heran und sah aus dem Fenster.

Er war alleine heute Abend. Rieke hatte gesagt, er solle sich etwas warm machen. Die Kinder waren bei ihren Schulfreunden zum Lernen – kurz vor Weihnachten wurden noch einige Klausuren geschrieben. Sie wollten jeweils über Nacht bleiben. Und Rieke hatte sich verabschiedet, um sich mit ihrer Freundin Hanna zu treffen. Hanna führte ein Kochblog und wollte neue Gerichte ausprobieren. Sie wohnte im Alten Land, weswegen Rieke schon früher losgefahren war – man wusste ja nicht, wie sich die Situation auf den Straßen entwickeln würde, wenn der Schneesturm losbrach. Ragnar hatte es für Irrsinn gehalten, dass Rieke sich überhaupt noch ins Auto setzen wollte. Aber sie hatte darauf bestanden und gesagt, sie könne Hanna unmöglich damit hängenlassen, weil sie Sponsoren für ihr Foodblog hatte und daher die Deadlines einhalten musste.

Also war er Strohwitwer für einige Stunden, bis Rieke zurückkehren würde. Was ihm zumindest die Möglichkeit eröffnete, sich in aller Ruhe den Bauch mit Nudeln vollzuschlagen und sich in der Hütte mit der Lok zu beschäftigen. Oder er könnte den USB-Stick in den Computer stecken, um sich die Zeitungsausschnitte und Internetbeiträge über seine Taten und die Videoclips und Fotos seiner Opfer anzusehen. Oder er könnte, verflucht nochmal, im Netz recherchieren, was es mit dem verfickten Kopisten auf sich hatte.

Wilk rührte die Nudeln um und schob sich eine Gabel voll in den Mund. Dabei starrte er weiterhin aus dem Fenster, ohne etwas Bestimmtes zu fokussieren. Er dachte über die Fundorte nach, über das merkwürdige Symbol, und fragte sich, wie er weiter vorgehen sollte.

Nachdem er den Teller geleert und in die Spülmaschine gestellt hatte, verließ er die Küche, um sich den Schlüssel zum Häuschen zu nehmen. Auf dem Flur fiel ihm etwas auf. Ein größerer Briefumschlag. Er lag auf der Fußmatte an der Haustür. Vielleicht Werbung, dachte er. Andererseits sah der hellbraune Umschlag nicht aus wie einer, in dem Werbung versendet wurde. Außerdem musste er unter der Haustür hindurchgeschoben worden sein, denn der Briefkasten hatte einen Auffangbehälter.

Wilk nahm den Umschlag auf und drehte ihn herum. Es durchzuckte ihn heiß, als er das Zeichen sah. Es war ein Symbol und ähnelte sehr deutlich denjenigen, die er an den beiden Fundorten gesehen hatte.

Wilk riss die Haustür auf, spähte nach draußen. Er sah nichts als Dunkelheit. Es war eiskalt und windig. Der Schneesturm war im Anzug. Die Medien hatten davon gesprochen, dass bereits weite Teile von Schleswig-Holstein unter einer dicken Schneeschicht lagen und Überlandleitungen zusammengebrochen waren, weswegen einige Ortschaften an der dänischen Grenze keinen Strom mehr hatten.

Er schloss die Tür, drehte den Umschlag in den Händen, betrachtete ihn von allen Seiten. Rieke war seit einer Dreiviertelstunde fort. In dieser Zeit musste der Umschlag durchgeschoben worden sein. Es gab keinen Zweifel, wer der Absender war. Und damit waren alle Annahmen Wilks bestätigt: Der Scheißkerl wusste, wer der Elbripper war. Er wusste außerdem, wo er wohnte. Und damit stand nun vollkommen außer Frage, dass er sich auch am Gartenhaus zu schaffen gemacht und Wilks Schätze gestohlen hatte. Wer weiß, dachte Ragnar Wilk und riss den Umschlag auf, wie lange der Dreckskerl schon auf der Lauer lag und Wilk beobachtete – schlimmer noch: die Kinder und Rieke.

Was, zum Teufel, wollte der von ihm?

Wilk blickte in den Umschlag. Zog etwas heraus. Betrachtete es. Schlagartig brach ihm der Schweiß aus. Gleichzeitig schoss ihm ein Stechen und Ziehen in die Leistengegend. Der Atem ging schneller. Er musste sich mit der Hüfte an der Kommode anlehnen, denn seine Knie fühlten sich an, als hätten sich alle Sehnen und Bänder schlagartig in Gummi verwandelt.

In dem Umschlag steckte der Ausdruck eines Fotos. Darauf war eine junge Frau zu sehen. Es war mit einem Blitz gemacht worden, was die Umgebung ausblendete. Ihre Augen waren weit aufgerissen. Die Nase wirkte gebrochen. Obwohl ihr Gesicht sauber gewischt worden war, konnte man an den Nasenlöchern einige Blutreste sehen. Sie schien fixiert zu sein – und zwar mit Klebeband, was ihr auch über den Mund gepappt worden war. In der Mitte befand sich ein kleines Loch, durch das sie atmen konnte, weil es vermutlich durch die Nase nicht mehr ging. Sie starrte in die Kamera. Ragnar Wilk kannte diese Art von Blick nur zu gut. Er hatte ihn lieben gelernt, und es war viel zu lange her, dass er ihn das letzte Mal gesehen hatte.

Angst. Es war der Blick in die Zukunft, mit der Perspektive auf das, was geschehen würde. Zugleich war es ein Blick zurück – auf ein Leben, das es so niemals mehr geben würde. Er sprach von dem Begreifen, dem Verstehen, dass sich nun alles rächen würde und dass diese Erkenntnis viel zu spät kam.

Einzigartig, unvergleichlich.

Wilk drehte den Ausdruck wieder um. Auf der Rückseite war eine handschriftliche Notiz.

»Du bist der Eine. Dein Verblassen stört den Lauf der

Welt. Du musst auferstehen. Denn du bist der Eine, dem geopfert werden muss. Pazuzu, Herr der Winde, Beschützer des Lebensfunkens. Sie wartet auf dich. Sie ist mein Geschenk an dich. Sie wird dich erfreuen. Sie ist kostbar. Sie ist die Schlampe von Nick Beck. Ich warte auf dich, Pazuzu.«

Und dann eine Ortsangabe. Wilk wusste, wo das war.

Nick Beck.

Nick.

Beck.

Pazuzu.

Seine Schlampe.

Herr im Himmel, dachte Ragnar Wilk.

Dieser Kerl, Pazuzu oder wie auch immer, war komplett verrückt. Offensichtlich hatte er jemanden aus dem Umkreis von Nick Beck entführt, womoglich sogar dessen Freundin. Nick Beck. Der Bulle, der Ragnar Wilk fast geschnappt hätte und der verantwortlich für den ganzen Schlamassel war. Er hatte Wilks langes Leiden verursacht, Wilks Familie in Gefahr gebracht – und war außerdem verantwortlich dafür, dass ein Copykiller aufgetaucht war, ein Fan, dessen Ziel ganz offensichtlich war, Ragnar Wilk zu reaktivieren.

Alles die Schuld von Nick Beck.

Seine Schlampe.

Ihm, Ragnar Wilk, dargeboten.

Na, wenn das nicht verlockend war, verflucht! Beck würde leiden wie ein ausblutendes Schwein, ja, und das war nur gerecht. Er würde an seiner eigenen Schmach krepieren, wenn nach seiner vom Dach gestürzten Partnerin nun noch eine weitere Frau aus seinem Umfeld gerichtet werden würde.

Wilk war kurz vor dem Hyperventilieren.

Aber er durfte eines nicht vergessen: Dieser Pazuzu war völlig durchgeknallt und eine außerordentliche Gefahr. Wobei … Wilk las die Sätze erneut. Dann noch einmal. Nein, nicht ER nannte sich Pazuzu. Vielmehr redete er Wilk so an. Was sollte das denn nun? Und wer war das? Irgendeine bescheuerte Comicfigur?

Egal, dachte Wilk und schob das Foto zurück in den Umschlag. Es hätte Monate gedauert, diesen Kopisten aufzutreiben – falls es überhaupt jemals gelungen wäre. Jetzt bot sich die einmalige Chance, den Kerl zu treffen, ihn umzulegen und sich gleichzeitig noch ein wenig mit seinem »Geschenk« zu vergnügen. Und Nick Beck damit ins Herz und ins Gehirn zu treffen.

Wilk wog die Risiken ab. Eigentlich gab es keine. Und die Gelegenheit war perfekt. Er war allein und musste sich keine Ausrede einfallen lassen, warum er noch einmal das Haus verlassen würde. Außerdem war der Schneesturm noch nicht losgebrochen. Wenn er jetzt sofort losfuhr … Ja. Das sollte er. Es war alles zu schaffen. Eine solche Chance, alles zu regeln, sein Leben wieder in die Spur zu bekommen und die Sicherheit seiner Familie herzustellen, dürfte sich in absehbarer Zeit wohl nicht mehr bieten.

Es ist Zeit, ein Mann zu sein, Ragnar, hörte er das Echo

der Stimme seiner Mutter im Kopf. Ja, Zeit, ein Mann zu sein – wenngleich sie es stets in einem völlig anderen Kontext gesagt hatte.

Wilk warf einen Blick auf die Uhr. Seine Sachen, die er für gewöhnlich mit sich nahm, wenn er sich eine Frau schnappte, waren in einem zusammengewickelten Müllbeutel unter dem Werkzeug im Kofferraumfach des SUV versteckt. Alles, was er brauchte, befand sich darin. Aber für die Begegnung mit dem Kopisten würde er noch etwas anderes brauchen. Den konnte er wohl kaum erwürgen, und weil der Bursche so verrückt wie eine Scheißhausratte war, musste man mit dem Schlimmsten rechnen. Er könnte bewaffnet sein.

Wilk ging zurück in die Küche. Er zog eine Schublade auf und betrachtete den Inhalt. Rieke war ein Fan von Sushi. Sie hatte vor drei Jahren ein sündhaft teures Messerset gekauft. Wilk nahm zwei davon heraus. Ein großes und ein mittelgroßes. Beide lagen perfekt in der Hand. Die Klingen waren unfassbar scharf. Scharf genug, um jemandem damit die Haut abzuziehen und starke Sehnen und Bänder zu durchtrennen.

Mal sehen, dachte Wilk und wickelte die Messer in ein Küchenhandtuch ein, was sich damit anstellen ließ.

Einige Minuten später verließ er das Haus. Er trug ein Paar feste Wanderschuhe, eine Jeans und einen dicken Rollkragenpullover zusammen mit einer Daunenjacke, einer Strickmütze sowie Handschuhen aus glattem Leder. Die Messer steckten in einem Rucksack.

Er ging nach draußen, öffnete die Heckklappe des Range Rovers und anschließend die Bodenklappe. Er inspizierte den Müllbeutel und blickte einmal kurz über die Schulter, als eine Polizeistreife an ihm vorbeifuhr.

Für einen Moment fühlte es sich an, als würde sein Herzschlag aussetzen. Der Wagen fuhr langsam an und beschleunigte schließlich – als ob er gerade aus einer Parkbucht in der Straße geschert war, in der Wilk wohnte. Hatte der hier gehalten? Nein, kaum vorstellbar. Vermutlich war die Streife bloß aus einer anderen Straße eingebogen – dass vermehrt Polizeistreifen unterwegs waren, hatten sie in den Nachrichten gesagt. Präsenz zeigen. Wegen des Elbrippers.

Wilk wartete, bis das Auto verschwunden war.

Ihr Looser, dachte er, ihr Vollpfeifen, wenn ihr wüsstet, wenn ihr nur den Hauch einer Ahnung hättet, ihr Blödmänner.

Aber hatten sie nicht. Gar keiner hatte eine Ahnung.

Bis auf einen. Und der, dachte Wilk und warf die Heckklappe zu, nicht mehr lange.

37

Der Mercedes rollte an dem am Straßenrand parkenden Streifenwagen vorbei. Nick grüßte mit einer lockeren Geste. War kein Spaß für die Kollegen, sich in wechselnden Schichten Tag und Nacht um die Ohren zu hauen, um auf das Haus achtzugeben. Vor allem, weil es inzwischen nutzlos erschien. Es war kaum davon auszugehen, dass sich der Mann noch einmal blicken lassen würde, der Nick den Zettel in den Briefkasten geworfen hatte: der mutmaßliche Copykiller, für den sich die Polizei endlich einen Namen ausdenken sollte, damit er zu einer greifbaren Person würde, selbst wenn er nicht greifbar wäre.

Doch das könnte sich unter Umständen schnell ändern. Schultz und Janson wollten sich an die Hacken von Razan kleben und hatten inzwischen alles angeleiert, was für eine Überprüfung nötig war. Sie hatten sogar das Okay dafür bekommen, Krankenakten aus der Psychiatrie einzusehen, und einen Termin in der Rechtsmedizin vorgeschoben, um sich dort mal genauer über ihn umzuhören. Heute Nacht aber würden sie seine Wohnung in Augenschein nehmen. Zumindest würden sie in der Nähe parken und checken, ob

Razan zu Hause war. Und falls der Vogel ausgeflogen war, könnte man ja mal unauffällig einen Blick in die Wohnung werfen, hatte Schultz gemeint, während Janson fast eine Szene wegen der Bemerkung gemacht hatte – vermutlich nur, um den Schein zu wahren, nahm Nick an.

Er setzte den Blinker, fuhr auf den Hof der Tankstelle und parkte den Mercedes wie immer vor dem rostigen Tor der Autowerkstatt. Er ließ den Motor noch laufen und stellte die Tom-Waits-CD aus, um die Nachrichten zu hören. Das Wetter würde heftig werden. Vielleicht noch heftiger als erwartet. In dem Fall hätten Schultz und Janson eher schlechte Karten, denn Razan würde vermutlich im Warmen bleiben, und der Dienstwagen von Schultz und Janson würde zuschneien wie der Streifenwagen vor der Tankstelle. Wenn die Kollegen klug waren, dachte er, würden sie unter die Überdachung der Tankstelle fahren und dort bleiben, bis die Lage sich wieder besserte. Oder, dachte Nick, oder er würde die Kollegen schlicht und ergreifend hereinbitten, damit sie die Nacht im Haus verbringen könnten. Vielleicht hätte Lola eine heiße Suppe für sie – wahrscheinlich eher eine Dosensuppe als eine selbstgekochte.

Andererseits war Nick nicht besser. Er hätte daran denken sollen, auf dem Rückweg kurz beim Supermarkt zu stoppen. Sein Kühlschrank war leer. Wenigstens lagen noch ein paar Pizzen im Tiefkühlfach, und etwas Knäckebrot war übrig.

Nach dem Wetterbericht folgte ein Überblick über die

allgemeine Nachrichtenlage. Als Nick gerade den Motor ausschalten wollte, hörte er, dass es von Polizei und Staatsanwaltschaft noch keine Neuigkeiten in Bezug auf die neuen Elbripper-Morde gab, aber nach Auskunft des Innensenators die Polizeipräsenz auf den Straßen deutlich erhöht werde und man dankbar für die zahlreichen Hinweise aus der Bevölkerung sei, denen allen nachgegangen werde. Darunter habe es einige sehr wertvolle Informationen gegeben, außerdem werde die Ermittlungskommission deutlich aufgestockt. Das klang beachtlich, dachte Nick. Anscheinend hatte sich Gregor Franz bei seinem Gespräch im Rathaus nicht nur einen Arschtritt vom Senator abgeholt, sondern außerdem ein paar Weichen stellen können. Franz war Feuer und Flamme gewesen, als Janson ihm zwei Namen hatte sagen können. Er hatte deswegen grünes Licht für Maßnahmen wie die eiligen Laboruntersuchungen von dem Material gegeben, das Rieke Wilk vorbeigebracht hatte.

Nick hatte Schultz und Janson die Fotos aus dem Gartenhaus von Ragnar Wilk gezeigt, Cleo ebenfalls. Greifbare Schlüsse hatten sie daraus nicht ziehen können – außer dass Ragnar Wilk einem sehr biederen Hobby nachging und dass es merkwürdig war, alte Familienfotos gewissermaßen zu verstecken. Auffällig waren natürlich die Darstellungen mit den Miniaturfiguren. Vor allem die Szene mit der Polizistin auf dem Dach. Aber daraus ließ sich noch kein hinreichender Verdacht ableiten, zumindest keiner, den ein Staatsanwalt akzeptieren würde.

Zudem waren die anderen beiden Fotoalben merkwürdig, ja, bedenklich. Wozu machte jemand Fotos von beliebigen Frauen und bewahrte diese dann auf? Das tat man, wenn man ein Stalker war und sich daran vergnügte, andere Menschen ohne deren Wissen zu beobachten und zu fotografieren. Vielleicht handelte es sich um Frauen, die Wilk gefielen, die er aber niemals haben konnte und daher sexuelle Abenteuer mit ihnen in der Phantasie auslebte, wenn er die Alben durchblätterte. Jedenfalls war keines der früheren Elbripper-Opfer dabei. Nick und Cleo hatten es überprüft. Kein Treffer. Aber möglicherweise, dachte Nick, war es nicht erforderlich gewesen, diese Frauen im Bild festzuhalten, weil sich die Erinnerungen daran im Gedächtnis festgebrannt hatten? Oder weil sich Aufnahmen von ihnen auf einem USB-Stick befanden? Das mochte sein.

Nick hatte außerdem das Gefühl, dass da irgendetwas mit den anderen Figuren auf der Modelleisenbahnlandschaft war. Schwer zu sagen, was. Er hatte die Bilder immer wieder betrachtet. Diese kleinen Szenen mit einzelnen Figuren – es mochte sein, dass Wilk sie einfach nur als witzige Momentaufnahmen gedacht hatte. Dennoch glaubte Nick, dass es mehr bedeuten konnte, aber er wusste einfach nicht, was. Noch nicht, denn mit den Figuren war es wie mit einem Wort, das einem einfach nicht einfiel: Man wusste, dass es da war und einem jeden Moment über die Zunge kommen würde, und das geschah zumeist, wenn man sich etwas Zeit gab und eine Weile an etwas völlig anderes dachte.

Zum Beispiel an die Mail von Bekka. Nick stieg aus und zog die Schultern gegen die Kälte hoch. Die Temperatur war auf minus acht Grad gefallen, und es sollte noch kälter werden. Der Wind war eisig und schnitt ihm ins Gesicht. Er schloss den Wagen ab und erinnerte sich selbst daran, Lola nach Enteiser zu fragen. Er wusste, dass es im Regal der Tankstelle welchen gab. Bei modernen Autos mit elektrischen Öffnungsmechanismen war die Kälte kein Problem mehr. Bei klassischen Türschlössern wie an einem Mercedes aus den Siebzigern war das eine andere Sache.

Nick ging mit großen Schritten zum Wohnhaus. Bekka hatte nur eine kurze Textnachricht geschickt. Darin stand lediglich, dass sie sich für den schönen Abend bedankte, Hamburger-Emoji, Bierglas-Emoji, Doppelsmiley. Nick nutzte niemals solche Icons. Er fand sie albern. Aber es war eine Sache, welche zu senden, und eine andere, welche zu bekommen. Wie gesagt, Bekkas Nachricht war, oberflächlich betrachtet, keine große Sache, aber sie hatte Nick ein Lächeln auf die Lippen gezaubert. Wie lange war es her, dass er eine solche Nachricht erhalten hatte? Reichlich lang. Betty hatte ihm kaum welche gesendet. Wozu auch, sie sahen sich ja jeden Tag, und ihre Beziehung, wenn man sie so nennen wollte, war noch gar keine richtige gewesen. Sie hatten, bildlich gesprochen, lediglich auf der Spitze eines Eisbergs gestanden, und es war ungewiss, wie viel Masse sich unter der Wasseroberfläche befinden würde – und ob da überhaupt etwas war. Bevor sie das hatten ausloten können, war Betty getötet worden.

Nick schloss die Tür auf, zog die Schultern gegen den Wind hoch und blickte beiläufig nach links, weil ihn ein Geräusch irritierte. Es klang, als ob eine Tür zugeschlagen werde. Dann wieder. Er sah in Richtung Terrasse. In der Wohnung brannte überall Licht. Eigentlich sollte es Lola auffallen – und warum sollte man die Terrassentür oder ein Fenster bei dieser Kälte geöffnet lassen? Vielleicht war Lola im Bad. Aber dann würde man das Wasser rauschen hören, denn die Wände waren dünn. Nick klopfte an ihre Wohnungstür. Nichts geschah. Er probierte es erneut. Keine Reaktion. Er ging zurück, drückte die Klingel. Wirkungslos. Also ging er ums Haus herum und stand auf der Terrasse. Die Tür war weit offen. Dann schlug sie vom Wind gegen den Rahmen und sprang wieder auf. Nick hielt sie fest, rief nach Lola. Keine Reaktion. Der Fernseher war eingeschaltet. Auf dem hellen Teppich vor Nicks Füßen waren Flecken. Er hockte sich hin.

Blut.

Nick betrat die Wohnung, suchte nach Lola, schaute in jedes Zimmer, rief nach ihr. Aber er fand sie nirgends. Auf der Kommode im Flur lagen ihre Schlüssel und ihr Handy. Lola würde die Wohnung niemals ohne ihr Smartphone verlassen. Er lief nach draußen, spurtete über die Straße und klopfte gegen das Seitenfenster des Streifenwagens. Die Kollegen öffneten überrascht und sagten, sie hätten nichts bemerkt. Niemand war gekommen, keiner war gegangen.

Und doch war Lola fort. Blut auf dem Teppich.

»Gebt eine Personenfahndung heraus«, sagte Nick. »Sofort.«

Nick lief zurück zum Haus. Im Treppenhaus zog er das Handy heraus, nahm zwei Stufen auf einmal und öffnete die App, mit der das Telefon von Ragnar Wilk überwacht wurde. Rieke Wilk hatte Nick am späten Nachmittag gemailt, dass sie eine Möglichkeit gefunden hatte, am Abend nicht zu Hause zu sein, was auch für die Kinder galt. Wilk wäre allein. Aber er war nicht zu Hause, sondern unterwegs, wie das Signal auf der App zeigte. Unterwegs, jedoch nicht in Nordbek. Nicht hier, bei Lola.

Nick schloss seine Wohnungstür auf, rief mit der freien Hand die Kollegen an, die vor Wilks Haus postiert waren. Sie sagten, sie hätten kein Auto wegfahren sehen. Eben seien sie um den Block gefahren. Aber jetzt, da Nick anrufe – ja, der SUV sei fort, der Vogel war wohl in der Zwischenzeit ausgeflogen.

Scheiße, dachte Nick. Er drückte das Gespräch weg, hastete durch seine Wohnung, ging zum Kleiderschrank. Erneut rief er mit der freien Hand eine Nummer auf, kramte mit der anderen in seinen Hemden.

Nach zweimal Klingeln ging Cleo dran.

»Lola ist weg«, sagte er.

»Was? Nick – hör mal, ich bin gerade auf dem Weg nach Hause und … Lola?«

»Meine Vermieterin.«

»Was willst du mir sagen, Nick?«

»Die Terrassentür stand offen. Auf dem Teppich war

Blut. Von ihr keine Spur. Ich habe eine Fahndung rausgegeben. Ich glaube, er hat sie.«

»Er?«

»Der Copykiller. Keine Ahnung. Die Jungs im Streifenwagen haben nichts gesehen. Er hat sich Lola geschnappt, um mich damit zu treffen.«

»Hm.«

»Das ist kein Zufall, Cleo. Und es ist noch nicht alles. Wilk hat das Haus verlassen und ist draußen unterwegs. Beim angekündigten Schneesturm würde ich an seiner Stelle nicht rausgehen.«

»War er etwa bei dir in …«

»Nein. Er ist in der Stadt unterwegs. Ich habe die App gecheckt. Seine Frau und die Kinder sind woanders untergekommen. Er ist allein. Gibt es Neuigkeiten aus dem Labor?«

»Noch nicht.«

Nick machte eine kurze Pause, fand dann, wonach er gesucht hatte, und verließ die Wohnung wieder. »Ich werde mich um Wilk kümmern.«

»Nick, ich weiß nicht …«

»Ich hänge mich an ihn dran. Da läuft irgendetwas, Cleo. Keine Ahnung, was, aber etwas geschieht.«

»Wo ist er unterwegs?«

Nick sagte ihr, welchen Standort die App als Letztes markiert hatte. Cleo gab ihre Position durch.

»Ich bin gerade auf dem Weg nach Hause«, sagte sie. »Das ist nicht weit von mir entfernt.«

»Okay«, sagte Nick und warf die Haustür hinter sich zu. »Was ist mit Schultz und Janson? Sind die schon bei Razan?«

»Keine Ahnung.«

»Okay«, sagte er erneut und schloss den Wagen auf. »Fahr rechts ran. Bleib, wo du bist. Ich bin in zehn Minuten da.«

»Nick! Und dann? Was …«

Nick drückte das Gespräch weg und setzte sich hinters Lenkrad. Die Nacht war tiefschwarz. Nicht ein Stern spiegelte sich im Lack von Nicks Mercedes, der durch die Dunkelheit rollte. Die ersten Schneeflocken fielen, groß wie Eurostücke. Nick stellte den Scheibenwischer an. Der CD-Player spielte »Bad as me« von Tom Waits.

»I'm the detective up late, I'm the blood on the floor, the thunder and the roar«, sang er.

Die Stimme eines Durchgedrehten, eines Mannes, der die Schwelle überschritten hatte. Die Glock 19 auf dem Beifahrersitz glänzte matt. Klein, kompakt, schwarz und gefährlich wie eine zusammengerollte Mamba. Fünfzehn Neun-Millimeter-Luger-Patronen im Magazin, eine im Lauf. Mehr als genug.

Ragnar Wilk, dachte Nick. Bist du es? Bist du es – mit deinem Jünger? Deinem Partner? Wart ihr schon immer ein Team, oder ist das neu? Egal. Einer von euch hat Lola. Ihr wollt Krieg. Ihr bekommt ihn. Ich bin schon unterwegs.

Er gab Vollgas. Die Heckleuchten glühten wie die Augen eines Rachedämons aus der Hölle.

38

Schultz und Janson saßen im Wagen und starrten auf die Lichter der vorbeifahrenden Autos. Viele waren nicht unterwegs. Gerade rauschte ein Streufahrzeug vorbei. Es war das zweite innerhalb der letzten zwanzig Minuten. Die Stadt bereitete sich auf den Schneesturm vor, der mit voller Wucht auf Hamburg zukam.

Super, ausgerechnet an einem solchen Abend jemanden überwachen zu wollen. Eigentlich kompletter Unfug, denn es würden sich doch nur noch die Leute vor die Tür trauen, die etwas wirklich Wichtiges zu tun hatten. Razan hockte jedenfalls in der Wohnung. Einerseits brannte Licht im dritten Obergeschoss des alten Hauses, andererseits hatten sie sich vorhin mit einem Testanruf auf dem Festnetz versichert, dass er zu Hause war. Schultz hatte mit unterdrückter Rufnummer durchgeklingelt, sich als Mitarbeiter der Firma »Börsen-Tipp24« ausgegeben und Razan gefragt, ob er an phantastischen Möglichkeiten zur Steigerung seines Vermögens interessiert sei, worauf dieser sofort wieder aufgelegt hatte.

»›Börsen-Tipp24‹, was issen das für ein Name?«, fragte

Janson, nahm dann das Handy aus der Ablage und lud eine Spiele-App, um sich die Zeit zu vertreiben.

»Ist mir spontan eingefallen. Mich rufen dauernd solche Firmen an.«

»Echt?«

»Echt.«

Schultz, der auf dem Beifahrersitz saß, blätterte in der Mappe, die mit Ausdrucken aus den Akten von Razan gefüllt war. Posttraumatische Belastungsstörung, schizoide psychotische Episode – all solche Sachen hatte man ihm in der Psychiatrie attestiert. Er hatte als Mediziner miterlebt, wie Kämpfer des Islamischen Staates ein Krankenhaus besetzt hatten, viele Menschen töteten, Frauen verschleppten und einige seiner Kollegen vom Dach des Gebäudes stießen, weil sie Ungläubigen geholfen hatten. Das sollte auch mit Razan passieren. Und seine Familie war ermordet worden.

Gerade als er mit Klebeband gefesselt auf das Dach geschleppt worden war, wurde die Klinik von irakischen Truppen gestürmt. Aus zwei Hubschraubern wurde das Feuer eröffnet und alles niedergemacht, was auf dem Dach stand – wozu auch ein paar Ärzte und weitere Geiseln zählten, während in den unteren Etagen Granaten explodierten, Fenster zerbarsten und der totale Wahnsinn tobte. *Friendly fire*, wie man das nennt.

Razan hatte Glück gehabt, war nicht erwischt, sondern befreit worden. Doch nach dem Vorfall war er geflohen, nach Deutschland gekommen – und als er in Sicherheit war, sich all der Stress legte und er die Perspektive auf ein neues Leben gewann, schrumpfte der Panzer, und die Dämonen brachen in ihm durch. Sprichwörtlich, denn er war der Überzeugung, dass die Hölle den IS ausgespuckt hatte. Er hatte versucht, sich einige seiner Tätowierungen mit dem Skalpell herauszuschneiden, die Pentagramme und zweigeschlechtliche Figuren mit Ziegen- und Totenköpfen zeigten, weil er der Meinung war, die Illustrationen wären lebendig und Teufel wohnten unter seiner Haut, die ihn von innen auffressen wollten. Klar, dachte Schultz, so bricht das dann irgendwann durch. Wahnsinn suchte sich seinen Weg wie Wasser. Immer den des geringsten Widerstandes.

Er klappte die Akte wieder zu. »An Razans Stelle«, sagte er, »wäre ich auch bekloppt geworden.«

»Weißte«, erwiderte Janson und tippte wie ein Irrer auf dem Handy herum, »ich hatte keine Ahnung, was der so erlebt hat. Du guckst den Leuten ja immer nur vor den Kopf, echt.«

»Jepp.«

Einige Schneeflocken fielen. Schultz blickte aus dem Seitenfenster zum Haus. Er sah, dass das Licht im Obergeschoss erloschen war. Eine Sekunde später öffnete sich die Haustür. Ein Mann kam heraus, mittlere Größe. Er trug eine Daunenjacke und eine Strickmütze sowie einen geschulterten Rucksack.

Razan.

»Der Vogel fliegt aus«, sagte Schultz.

Janson blickte auf. »Echt? Bei dem Wetter?«

»Bei dem Wetter«, bestätigte Schultz, als sich Razan in Bewegung setzte und mit schnellen Schritten über den Bürgersteig ging.

»Wo will der denn jetzt hin?«, fragte Janson.

Schultz zuckte mit den Schultern.

»So was Blödes. Habe mich gerade bei Call of Duty eingeloggt«, sagte Janson, beendete sein Spiel, legte das Handy zurück und ließ den Motor an.

Schultz lachte auf. »Du zockst Shooter?«

»Ja, und?«

»Lass das bloß keinen hören. Schießwütiger Cop.«

»Pff«, machte Janson, schaltete den Scheibenwischer an und fuhr los. Schritttempo. Die Reifen knirschten im Schnee. Eine Bö traf gegen den Wagen und ließ ihn ruckeln.

39

Wilk stieg aus und musste mit Kraft gegen die Tür drücken, weil gerade ein heftiger Windstoß durch die Nacht fegte. Er ließ die Schneeflocken fast horizontal durch die Luft wehen. Die eiskalte Luft schnitt durch Wilks Gesicht wie ein Messer.

Er warf die Tür zu, zog die Strickmütze über die Ohren, schulterte den Rucksack und ging einige Schritte auf dem Bürgersteig an der Elbe entlang. Währenddessen musterte er das verfallende Gebäude auf der gegenüberliegenden Straßenseite, das von einer Mauer umschlossen war. Sie war nicht sehr hoch. Durchaus überwindbar. Ein Streufahrzeug rauschte vorbei, tauchte die Straße und die Fassade in orangefarbenes, blitzendes Licht. Die zur Straße und zur Elbe hin ausgerichteten Fenster des Gebäudes wirkten wie leere Augenhöhlen in einem Schädel.

Stand jemand dahinter und beobachtete ihn? Vielleicht. Denn dieser Irre hatte ein Treffen mit ihm verabredet. Möglicherweise war er noch unterwegs, denn ein Blick auf die Uhr verriet Wilk, dass er früh dran war. Etwa eine Viertelstunde vor der Zeit, die auf der Rückseite des Fotos notiert worden war. Das verschaffte Wilk möglicherweise einige Minuten, um sich mit den Örtlichkeiten vertraut zu machen und einen Fluchtweg oder ein Versteck auszumachen, in dem er auf seinen Gastgeber warten konnte.

Blieb die Frage, wo sich die Opfergabe befand, diese Blondine. Würde er sie mitbringen? War sie schon hier? Das würde sich innerhalb der nächsten Minuten klären.

Wilk wartete ab, bis sich das Streufahrzeug entfernt hatte. Dann lief er auf die andere Straßenseite, suchte die Mauer nach einer Tür ab und fand tatsächlich eine. Doch die war verschlossen, und der frühere Hauptzugang auf der anderen Seite des Blocks war, wie er wusste, mit hohen Zäunen aus Metalldraht abgesperrt.

Wilk blickte an der Mauer hinauf. Keine zwei Meter hoch. Er sah nach links und rechts. Niemand zu sehen. Kein Auto, kein Mensch, gar nichts. Der Sturm wehte ihm den Schnee ins Gesicht. Wilk wischte sich die Flocken fort und wandte sich wieder der Mauer zu. Mit den Händen fasste er nach dem Sims, fand Halt, zog sich mit einem Ruck hoch und rammte die Stiefelspitzen in die Ritzen im Mauerwerk. Fünf Sekunden später hockte er oben auf der Mauer und sah sich um.

Vor ihm erstreckte sich ein leerer Hof, der mit Schnee bedeckt war. Er wurde von mehreren Gebäudeteilen eingefasst. Hier und da lag Schutt. Einige Wände waren mit Graffiti bemalt. Hinter Wilk floss die Elbe, einer ihrer Nebenarme. Kleinere Kräne waren zu sehen, Aufbauten an den Kais. Das andere Ufer konnte Wilk nicht erkennen.

Es war zu dunkel und das Schneetreiben inzwischen deutlich zu stark.

Wilk sprang von der Mauer, landete in der Hocke auf dem Boden, verharrte dort für einige Momente und orientierte sich erneut. Schwer zu sagen, welchen der Gebäudeteile er am besten aufsuchen sollte. Andererseits schienen sie allesamt miteinander verbunden zu sein.

Wilk lief auf den mittleren Bau zu. Er war mit einer zersprungenen Fläche aus Glas und Metall überdacht, aber zwei größere Flügeltüren standen offen. Wie eine Einladung, dachte Wilk und drängte sich hindurch, zog die Türen dann aber hinter sich zu. Das metallische Geräusch hallte laut in der Stille wider.

Wilk zog seine Taschenlampe aus dem Seitenfach des Rucksacks und schaltete sie ein. Einen Augenblick später suchte das kalte LED-Licht die Wände ab. An vielen Stellen war der Putz abgebröckelt, andere waren mit Graffiti bedeckt. Es roch schwach nach Urin. Durch die zerborstenen Deckenfenster rieselte der Schnee. Rechts gab es eine weitere Flügeltür sowie ein Treppenhaus. Stufen führten nach oben und nach unten. Links befand sich ein Durchgang zu einem anderen Gebäudeteil. Wilk hatte den Eindruck, als ob es dort etwas heller war. War da ein Licht?

Er bewegte sich vorwärts. Die Geräusche seiner Schritte wirkten unnatürlich laut. Je näher er dem Durchgang kam, desto sicherer war er, dass irgendwo Licht brannte, auch wenn es nur schwach war. Er schaltete die Taschenlampe aus und steckte sie zurück in den Rucksack. Aus dem anderen Fach nahm er die in das Küchentuch gewickelten Sushimesser, zog das mittelgroße heraus, verstaute das zusammengerollte Tuch wieder und bewegte sich weiter voran.

Die Klinge in seiner Hand war rasiermesserscharf und tödlich.

40

Der Schnee bildete rasch eine geschlossene Decke auf der Fahrbahn, ebenso auf dem Bürgersteig, wo sich Razan mit großen Schritten vorwärtsbewegte. Kein Mensch, dachten Schultz und Janson, würde sich bei dem Wetter zu Fuß auf den Weg machen, wenn er nicht etwas sehr Wichtiges zu erledigen hatte. Und was, zum Teufel, war es, das Razan durch diese Nacht trieb?

Schultz nahm einen Anruf entgegen, während Janson den Dienstwagen weiterhin im Schneckentempo fuhr und gebührenden Abstand zu Razan ließ, der jetzt nach rechts abbog. Janson folgte ihm. Dann wechselte Razan nach links in eine andere Straße. Er blickte stur geradeaus, sah sich weder nach rechts oder links oder nach hinten um. Jetzt war die Elbe zu erkennen.

Razan lief entlang eines Deiches. Das Schneetreiben wurde dichter. Im Inneren des Autos waren nur die Geräusche des Scheibenwischers zu hören und ein gelegentliches Brummen, ein »Ja« oder »Nein«, dann ein »Gibt's doch nicht« und am Ende ein »Mist« von Schultz, der jetzt das Gespräch beendete. Ein Hupen war zu vernehmen. Orangefarbenes Blitzlicht. Ein Streuwagen überholte und rauschte an Schultz und Janson vorbei. Für einen Augenblick versperrte er den Blick auf Razan. Dann war dessen Umriss wieder zu erkennen.

»Wassen los?«, fragte Janson.

»Personenfahndung nach einer Frau. Nicks Vermieterin. Kam eben durch.«

»Das heißt?«

»Sieht wohl aus, als sei sie entführt worden.«

»Von wem?«

»Ihr Ex ist im Knast, der kann es nicht sein.«

»Ich dachte, wir hätten eine Streife vor dem Haus?«

»Die haben nichts gesehen. Spricht dafür, dass der Entführer es vielleicht gewusst hat. Ausgetrickst.«

»Scheiße.«

»War eine gewaltsame Entführung. Überall Blut. Wer weiß, ob sie noch lebt. Dazu kommt, dass unser Verdächtiger unterwegs ist.«

»Wilk?«

»Jepp. Nick hat diese App und verfolgt seinen Standort. Er war aber wohl nicht in Nordbek und kommt als Entführer nicht in Frage.«

»Tja, ob unser Freund vielleicht vorher dort war?« Janson deutete mit einem Nicken in die Richtung, wo Razan ging.

»Könnte sein, könnte auch nicht sein.«

»Liegt trotzdem nahe, dass Nicks Brieffreund die Vermieterin entführt hat, oder?«

»Es hieß, dass Nick das vermutet.«

»Und wo isser jetzt grade? Nick?«

»Weiß kein Mensch.«

»Und Cleo?«

»Keine Ahnung.«

Janson wischte sich über das Gesicht. »Na super«, sagte er und stöhnte.

Schließlich merkten er und Schultz auf, als Razan nach rechts abbog und an der inzwischen mit Schnee bedeckten Mauer einer alten Fabrik entlangging. In die mit Graffiti bemalte Mauer war eine Tür eingelassen. Razan benutzte sie. Sie schien offen zu sein. Oder er hatte einen Schlüssel. Genau war das nicht zu erkennen.

»Wo will er denn jetzt hin?«, fragte Schultz.

»Werden wir gleich sehen«, antwortete Janson und stoppte den Wagen am Straßenrand.

»Ihm hinterher?«, fragte Schultz, der offensichtlich keine Lust hatte, das warme Wageninnere zu verlassen.

»So sieht's aus, mein Freund«, erwiderte Janson, stellte den Motor aus und schnappte sich die Maglite.

Schultz seufzte, band sich den Schal um und nahm ebenfalls seine Maglite. Durch die Windschutzscheibe konnten sie nichts mehr sehen. Sie war schon nach wenigen Sekunden mit Schnee bedeckt.

41

Der Mercedes pflügte wie ein Panzer durch den Schneesturm. Es waren kaum noch andere Autos in der Stadt unterwegs. Sie wirkte wie ausgestorben und bei diesem Wetter wie eine sibirische Metropole. Wenn es so weiter schneite und stürmte, würde am anderen Morgen gar nichts mehr gehen – kein Autoverkehr, keine Busse, nichts. Die komplette Infrastruktur würde lahmgelegt und damit die pulsierenden Adern der Stadt abgedrückt. Der Flughafen war bereits dicht, Züge konnten sicherlich auch nicht mehr fahren, viele Geschäfte und Unternehmen würden am Morgen vergeblich auf ihre Mitarbeiter warten, in den Schulen war bereits ein freier Tag angewiesen worden. Es war außerdem absehbar, dass es im Hafen jede Menge Probleme geben würde, auch wegen der Eisschollen, die der Wind in den Fluss drückte und die sich an einigen Stellen bereits mehr als mannshoch türmten.

Nick hielt an einer roten Ampel. Er blickte aufs Handy und sah, dass Wilks Signal sich nun nicht mehr bewegte. Er machte einen Screenshot und schickte den Standort per Whatsapp an Cleo. Schließlich entschied er sich, wieder

Gas zu geben und die Ampel zu ignorieren. Es waren ja ohnehin keine Autos unterwegs.

Die Reifen drehten durch, das Heck brach leicht aus. Das rechte Hinterrad schlug gegen die Bordsteinkante. Für den Bruchteil einer Sekunde durchzuckte Nick Panik. Er erinnerte sich an das Rumpeln und den heftigen Schlag unter seinem Wagen im Sommer. Er checkte den Rückspiegel, die Seitenspiegel und vergewisserte sich, dass dort kein Körper auf der Straße lag. Dann blickte er wieder nach vorn und beschleunigte.

Wenige Minuten später stoppte er den Mercedes vor einem Bauzaun aus Metallgittern. Er nahm die Glock und stieg aus, als ein anderer Wagen neben seinem einparkte. Er wartete einen Moment, dann stand Cleo neben ihm.

»Hier?«, fragte sie und sah sich um, kniff gegen den Schnee die Augen zu. »Was macht er hier?« Der Babybauch schien den Reißverschluss ihres Mantels sprengen zu wollen.

»Ich habe kein gutes Gefühl«, sagte Nick, schob die Glock in die Jackentasche und nahm die Maglite aus dem Seitenfach der Autotür, bevor er sie zuwarf. »Du solltest besser hier warten. Oder noch besser: nach Hause fahren.«

»Du lotst mich hierher, um mir das zu sagen?«

»Nein«, sagte Nick.

»Meinst du«, erwiderte Cleo und deutete auf das Gebäude der Industriebrache, »er ist irgendwo dadrinnen?«

»Das Handysignal gibt seinen Standort auf hundert Meter genau an. Demnach sollte er irgendwo dort sein, ja.

Sicher nicht, um sich mit seinen Modelleisenbahnfreunden zu treffen.«

»Was glaubst du, was er hier tut?«

»Entweder einen neuen Ort für einen neuen Mord auskundschaften. Oder einen Tatort des Copykillers besichtigen, den wir noch nicht kennen. Vielleicht hat es auch etwas mit Lolas Verschwinden zu tun.«

»Sollten wir Verstärkung rufen?«

»Ich glaube, wir haben keine Handhabe dafür.«

»Nein, haben wir nicht.«

»Es sei denn, die DNA-Untersuchungen ergeben einen Hit.«

»Die liegen aber noch nicht vor.«

»Also haben wir allenfalls einen Mann, der möglicherweise ein abgesperrtes Areal unbefugt betreten hat. Und das haben wir nicht einmal persönlich gesehen.«

»Nein. Und wir können uns schlecht auf die App berufen. Denn dass wir die benutzen, ist ziemlich ... illegal.«

»Verstärkung rufen wir also besser, wenn wir einen Anlass dafür haben.«

Cleo nickte. »Trotzdem hast du deine Waffe dabei.«

»Klar«, sagte Nick.

Cleo sparte sich einen Kommentar.

Nick fragte: »Was ist mit Janson und Schultz?«

»Die haben sich noch nicht gemeldet. Sie überwachen Razan, so wie wir Wilk überwachen, und haben ebenfalls keine Handhabe für Verstärkung.«

»Du solltest dennoch hierbleiben. Dein Zustand ...«

»… ist, wie er ist. Das lass mal meine Sorge sein, Nick. Ich bin schon groß.«

»Okay«, antwortete er zögernd. Es gefiel ihm nicht.

»Wie kommen wir jetzt da rein?«, fragte Cleo.

Nick drehte sich um und machte einen Schritt auf den Bauzaun zu, inspizierte die in Betonfüße gesteckten Rohre. Rostiger Draht verband sie miteinander. Nick verschob einen der Ständer, war mit dem Ergebnis unzufrieden und machte schließlich einen Schritt zurück. Dann trat er mit der Hacke gegen die Verbindung. Die Sohle der Doc Martens knackte den Draht wie ein Bündel Salzstangen. Jetzt konnte Nick den Zaun etwas verschieben, so dass ausreichend Platz da war, um hindurchzugehen. Was er auch tat. Auf der anderen Seite wartete er auf Cleo. Sie folgte ihm.

»Wird langsam zur Gewohnheit«, sagte sie mit einem Schmunzeln, »mit uns beiden und Zäunen und unbefugtem Betreten.«

»Wir sind extrem befugt«, antwortete Nick. »Wir sind die Guten.«

»Ja«, sagte Cleo und warf Nick einen Blick zu, den er nicht deuten konnte. »Vielleicht sind wir das«, sagte sie.

»Zweifel?«, fragte Nick.

Cleo ging an ihm vorbei. »Nein«, sagte sie, »natürlich nicht.«

42

Wilk folgte dem schwachen Lichtschein. Schwer zu sagen, woher er kam und was die Quelle war. Er gelangte zu einem Treppenaufgang, dessen Wände mit Gangtags bemalt waren. Er ging die Stufen hinauf, leise, spähte nach oben und schob im Gehen das Messer in die Jackentasche. Es reichte völlig aus, wenn der andere es erst dann sehen würde, wenn es bereits zu spät für ihn war.

Der einen Treppe folgte die nächste. Das Licht wurde heller. Schließlich erreichte Wilk das höher gelegene Stockwerk, wo eine Tür in eine Halle führte, die mindestens zwanzig Meter lang und zehn Meter breit sein musste, aber hier und da von etwa zwei Meter hohen Mauern unterteilt wurde, die den Raum früher vermutlich für unterschiedliche Arbeitsbereiche strukturiert hatten. Der Schein kam von dort. Wilk atmete tief durch. Dann ging er hinein. Er sah lange Schatten unter der Decke. Schwer zu sagen, was sie verursachte. Einer war unbeweglich, der andere bewegte sich leicht. Sie schienen von einer am Boden stehenden Lichtquelle geworfen zu werden – vielleicht von einer Baulampe.

Wilk ging weiter vorwärts auf eine der Mauern zu, bog um die Ecke. Schließlich blieb er stehen.

Gefror regelrecht.

Was er sah …

Das Zeichen an der Wand, rot glänzend.

Der sich windende Körper.

Festgemacht an rostigen Ketten, die von der Decke herabhingen.

Es war die Frau auf dem Foto.

Die Augen weit aufgerissen.

Ein Schnaufen, dann ein Wimmern.

Der Mund mit Klebeband zugebunden, perforiert, damit sie Luft bekam.

Fäuste, die sich öffneten und schlossen.

Geöffnete Adern, um Blut für das Wandzeichen zu gewinnen.

Das Zeichen des Irrsinns.

Der Geruch von Angst und Blut.

Sie war nicht allein. Ein Mann war bei ihr. Er stand direkt neben der Lampe, die ihn von unten her anstrahlte und seine Züge wie eine verzerrte Grimasse wirken ließ. Er hatte einen Rucksack dabei, genau wie Wilk.

»Willkommen«, sagte er. »Willkommen, Pazuzu.«

43

Schultz und Janson bewegten sich vorsichtig voran. Der Schnee knirschte unter ihren Sohlen. Dicke Flocken legten sich auf die Basecap von Schultz und verfingen sich im Fellrand der Kapuze von Jansons Anorak.

Sie gingen durch die Tür in der Mauer aus Backstein, durch die eben Razan getreten war, und erreichten einen großen Innenhof. Es musste sich um eine ehemalige Fabrik handeln, vielleicht aber auch nur um ein Lager für Waren aus Schiffen, die früher am Ufer der nahen Elbe festgemacht hatten. Alles war still. Der Schnee dämpfte die Geräusche wie Watte.

Schultz und Janson orientierten sich. Schultz ließ den Lichtkegel der Maglite über den Boden streifen. Im Schnee waren Fußabdrücke zu sehen. Mehrere. Nicht nur die von Razan allein. Schultz und Janson sahen sich an, zogen ihre Waffen und folgten der Spur quer über den Hof. Hinter einem der Fenster sahen sie Licht. Sie gingen dorthin und bemerkten, dass mehrere Fußspuren dort zusammenliefen. Sie führten zu einer alten Metalltür, deren Lack längst abgeplatzt war.

Schultz und Janson stellten sich neben der Tür auf und lauschten. Sie hörten Stimmen. Leise. Dann einen Schrei. Schultz fasste instinktiv nach dem Knauf. Er war kugelförmig und ließ sich nicht bewegen. Es war die Art von Tür, die man von außen aufschließen musste, bevor man sie öffnen konnte. Janson trat einige Schritte zurück, um durch das Fenster zu blicken. Schultz tat es ihm nach. Sehen konnten sie nichts. Das Licht war schummrig und die Fenster mit Stoff verhängt. Man konnte lediglich versuchen, durch einen Schlitz zu blicken, der kaum einen Zentimeter breit war. Janson beugte sich vor. Wieder gellte ein Schrei. Er presste die Wange gegen das Glas, um durch den Schlitz zu lugen. Es gab ein Krachen. Vier Mal. Wie Schüsse.

Dann folgte ein ohrenbetäubender Lärm. Janson zuckte vom Glas zurück. Wieder ein lauter Schrei. Dann noch einer. Aus der Kakophonie und dem Dröhnen schälte sich ein säuselnder, beschwörender Singsang.

Please allow me to introduce myself
I'm a man of wealth and taste
I've been around for long, long years
Stole million man's soul and faith.

Schultz guckte Janson an. Janson hob die Stimme und sagte laut: »Das ist ›Sympathy for the Devil‹, ne? Von den Stones, oder?«

Schultz nickte. Genau der Song war das.

»Razan sitzt an den Drums«, erklärte Janson. Der Song fing im Original auch mit Schreien an, denen von Mick Jagger, bevor die restlichen Instrumente einsetzten.

»Der spielt mit einer Band«, rief Janson, »das sind Proberäume hier!«

Er steckte die Waffe weg, hielt sich die Ohren zu und bedeutete Schultz mit einer Kopfbewegung, dass sie wieder verschwinden sollten. Schultz steckte ebenfalls die Waffe weg, nickte und folgte Janson. Die Lautstärke war echt nicht zum Aushalten.

44

Die Fabrik an der Ecke Neuländer Straße/Nartenstraße stand schon seit vielen Jahren leer. 1856 war hier das erste Gebäude der »Harburger Gummi-Kamm-Compagnie« errichtet worden. Später wurde die Produktion ausgebaut, und zwei Ex-Mitarbeiter gründeten 1870 in Barmbek die »New-York Hamburger Gummi-Waaren Compagnie«, die in den zwanziger Jahren das Harburger Unternehmen übernahm. Sie produzierte hochwertige Hartgummikämme aus Kautschuk, die in mehreren Arbeitsschritten hergestellt wurden und sich bis heute im Friseurhandwerk großer Beliebtheit erfreuten. Bis zu viertausend Mitarbeiter waren hier beschäftigt, und das Unternehmen testete als eines der ersten Autoreifen auf dem Nürburgring. 2009 zog die Firma nach Lüneburg. Seitdem war das riesige Gelände mit seinen großen Fabrikationshallen verlassen.

Es gab mehrfach Pläne, hier etwas Neues zu bauen. Bislang scheiterte dies an Altlasten und giftigen Rückständen im Mauerwerk. Außerdem stand das Areal unter Denkmalschutz, weswegen es mit dem Abriss der belasteten Gebäudeteile schwierig war. Eigentlich sollten hier exklusive Wohnungen entstehen, Geschäfte, Büros, ein Parkhaus, Gastronomie, kulturelle Begegnungszentren – neue Planungen von Investoren sprachen von zwei Wohntürmen, die bis zu fünfundsechzig Meter hoch sein sollten, und davon, dass die alten, mit Schadstoffen belasteten Mauern am Harburger Binnenhafen innen mit Metall verkleidet werden sollten, um künftige Bewohner vor Ausdünstungen zu schützen.

Die alte, aus braunen Ziegeln gebaute Industrieruine hatte viele Fenster. Und hinter einem davon, im ersten Stockwerk, schien Licht zu brennen, nur ein schwacher Schein, das konnten Cleo und Nick schon vom Hof aus erkennen.

Nick blieb einen Moment lang stehen, sah sich um und ging schließlich auf ein offen stehendes Tor zu, das in eine große Halle führte. Sie war mit Glas überdacht. Überall lagen Haufen aus Bauschutt und Schnee, der durch die zersprungenen Dachfenster fiel, die Wände waren mit Graffiti bemalt. Nick stoppte erneut, wartete auf Cleo, die außer Atem neben ihm ankam.

»Du solltest hier unten warten«, sagte Nick.

»Nein«, erwiderte sie.

»Ich gehe hoch – und du bleibst in Reserve. Wenn etwas geschieht, gehst du zurück zu den Autos und rufst Hilfe.«

»Nein«, sagte sie wieder. »Ich kann hier nicht untätig herumstehen.«

»Du bist hochschwanger.«

»Erzähl mir was Neues.«

Nick musterte sie. Er war schon einmal in einer solchen Situation gewesen. Er und Betty Duschkow. Beinahe exakt die gleiche Lage – ein Abbruchgelände, eine Verfolgung, der Elbripper … Er hatte sich versprochen, dass das nie wieder geschehen würde. Und jetzt passierte es doch. Verdammt, wenn er einen Flachmann in der Tasche hätte, dann würde er sich jetzt einen großen Schluck genehmigen.

Nick spürte ein Zerren in der Brust. Als ob Ketten mit Haken in seine Rippen geschlagen würden, um ihn von hier fortzureißen, zurück zum Mercedes, in den er sich setzen und Gas geben und für immer verschwinden würde. Aber das Schicksal hatte offenbar andere Pläne mit ihm. Er gab sich einen Moment, schloss kurz die Augen, öffnete sie dann wieder.

»Cleo …« Nick flüsterte. Er spürte, dass seine Stimme leicht zitterte. »Es ist zu gefährlich. Geh zurück. Warte bei den Autos. Oder schau dich um, such nach Wilks Auto und bleib dort.«

Cleo schüttelte den Kopf.

»Ich war schon einmal in dieser Situation, und ich will nicht wieder in eine solche geraten, ich …«

»Ich weiß«, sagte Cleo. »Du und Betty. Bin ja nicht blöd.«

Sie zog eine Pistole aus der Seitentasche ihres Daunenmantels und lud eine Patrone in die Schusskammer, machte dann eine Geste mit der Waffe, als sie Nicks Überraschung zu bemerken schien. »Seit letztem Sommer nehme ich immer eine mit. Es gibt Situationen, in denen *ich* nicht noch einmal stecken möchte, weißt du? Und jetzt komm mal wieder runter, Nick Beck, denn mit einem Nervenbündel kann ich im Moment nichts anfangen.«

»Okay«, sagte Nick.

»Gehen wir«, sagte Cleo und setzte sich in Bewegung.

Nick holte tief Luft. Sie war eiskalt und schnitt in seine Bronchien.

Dann folgte er Cleo in Richtung des Treppenhauses, wo es etwas heller war und von wo das Licht zu kommen schien.

45

»Pazuzu«, sagte Wilk und betrachtete die nass glänzenden Zeichnungen an der Wand.

Die rechte Hand steckte weiterhin in der Jackentasche und hielt den Messerknauf umklammert.

»Du bist es«, sagte der Mann. »Du bist endlich zurück, Meister, und hast meine Nachricht erhalten.«

»Offensichtlich«, sagte Wilk und trat etwas näher, betrachtete die Frau, die ihn nach wie vor aus weit aufgerissenen Augen ansah. Sie war hübsch. Nicht groß. Schlank. Sie steckte in einer Jogginghose und einem Sweatshirt, dessen Stoff sich voller Blut gesogen hatte. Ihr Nasenbein sah gebrochen aus.

»Gefällt dir meine Gabe?«, fragte der Mann.

Wilk wandte sich ihm zu.

Gabe. Du bist zurück. Meister.

Einerseits fühlte sich Wilk geschmeichelt. Andererseits war der Kerl dort in der Ecke komplett verrückt.

»Ich schätze deine Arbeit in den letzten Tagen wirklich«, sagte Wilk. »Eine gekonnte Reminiszenz. Aber was, zum Teufel, soll das alles mit diesem Pazuzu-Unfug?«

»Du bist der Dämon des Windes. Du beschützt die Ungeborenen. Du bist ein böser Geist, der die noch böseren verschreckt. Du bist das Chaos, das Ordnung in diese Welt bringt. Du bist die Naturgewalt, die nun zurück ist.«

Wilk lachte leise auf, betrachtete den Kerl, der regelrecht flehend und mit leuchtenden Augen zwei Meter vor ihm stand. Er hielt nichts in den Händen. Keine Waffe, gar nichts. Gut so.

Wilk schüttelte den Kopf. »Ich bin keine Naturgewalt. Ich bin auch kein beschissener Geist.«

»Du warst fort. Hast uns allein gelassen, um uns zu zeigen, wie sehr wir dich brauchen. Nun bist du wieder da. Alles wird gut.«

Wilk hob die Linke, fuhr mit den Fingern über die Wange der Frau, eine Freundin von Nick Beck – seine »Schlampe«, wie in dem Brief stand, den dieser Verrückte bei Wilk mitsamt dem Foto eingeworfen hatte. Er spürte ihre Wärme.

»Ich weiß wirklich nicht«, sagte Wilk, »wie du auf solche Dinge kommst. Ich bin abgetaucht, weil sie mich beinahe geschnappt hätten. Das ist alles. Und ich tue nichts, um diese verfickte Welt in Ordnung zu bringen. Was ich tue, mache ich ausschließlich für mich selbst.«

»Du bist Pazuzu, Meister …«

Der Schwachkopf kapierte es einfach nicht, oder?

»Ich!«, rief Wilk und zog das Messer. »Bin! Kein! Verfickter! Pazuzu! Und kein Meister!« Wilk deutete mit der Messerspitze auf das Gesicht von dem Kerl. »Kapierst du das? Ich habe keine Ahnung, was du in mir siehst, mein Freund, aber du liegst vollkommen falsch, und du hast mich in eine beschissene Situation gebracht! Du hast herausgefunden, wer ich bin und wo ich wohne! Das schätze ich überhaupt nicht! Kein Stück!«

Der Kerl wurde noch blasser, als er ohnehin schon war. Er hob die Hände und machte einen Schritt auf Wilk zu. »Ich musste das tun«, flüsterte er. »Um dich zu beschwören, um dich zu erwecken.«

»Na, das ist dir jedenfalls gelungen.«

Die Frau wimmerte. Schnaufte. Ihre Handgelenke waren mit Klebeband an den Ketten befestigt, die so aussahen, als baumelten sie schon seit Jahrhunderten von der Decke.

Wilk betrachtete die Frau. Ihren Hals. Die Adern pochten. Er musste nur zugreifen – und würde Nick Beck ein für alle Mal zerstören. Und schließlich, ja, schließlich sah sie aus wie eine von diesen Schlampen, oder? Eine von diesen Nutten, die sofort die Beine breitmachten und nichts anderes im Kopf hatten, als in der Gegend herumzuvögeln, total selbstsüchtig … die sich einen Dreck um andere scherten und alles um sich herum verkommen ließen, einschließlich ihrer Familien, ihrer Kinder.

Sie war … schlecht. Ja, das konnte man sehen, keine Frage. Ein schlechtes Mädchen. Genau Wilks Schema, das musste man diesem Irren ja lassen. Er hatte eine gute Wahl getroffen. Dann noch die Verbindung zu Beck …

»Meister«, jammerte der Mann, »Meister – sie ist dein. Lass uns ein Opfer bringen.«

Wilk wandte sich wieder dem Kerl zu. Der Bursche war offenbar vollkommen resistent gegen rationale Erläuterungen. Also sollte er eben seine Show bekommen. Wilk zwang sich zu einem Lächeln.

»Ja«, sagte er leise, »lass uns ein Opfer bringen. Komm näher.« Und umfasste den Messerknauf so fest, dass seine Knöchel weiß hervortraten.

46

Cleo stoppte am Ende der Treppe, presste sich mit dem Rücken gegen die Wand, den Lauf der Waffe zum Boden gerichtet. Nick tat es ihr gleich, aber wählte die gegenüberliegende Wand, so dass er in die sich zu seiner Rechten öffnende Halle blicken konnte, wenn er den Kopf etwas bewegte.

Stimmen waren zu hören. Leise. Es war kaum zu verstehen. Zwei Personen unterhielten sich miteinander. Dann wurde es deutlich lauter.

»Ich bin kein verfickter Pazuzu und kein Meister! Kapierst du das? Ich habe keine Ahnung, was du in mir siehst, mein Freund, aber du liegst vollkommen falsch, und du hast mich in eine beschissene Situation gebracht! Du hast herausgefunden, wer ich bin und wo ich wohne! Das schätze ich überhaupt nicht! Kein Stück!«

Pazuzu.

Wer ich bin.

Wo ich wohne.

Cleo und Nick sahen sich an. Damit lagen die Fakten auf dem Tisch. Ragnar Wilk war hier und mit ihm der

Copykiller, der Wilk offenbar als den Elbripper ausgemacht und hergeführt hatte – um … was zu tun?

Nick dachte an Lola.

Verflucht.

Er nahm die Glock aus der Jackentasche. Sie war bereits durchgeladen, er richtete sie ebenfalls auf den Boden. Dann neigte er den Kopf etwas nach rechts und blickte um die Ecke. In rund zehn Metern Entfernung sah er Ragnar Wilk stehen. Er hielt ein Messer in der Hand. Der Rest wurde von einer der in die Halle gezogenen Zwischenmauern verdeckt.

»Sie ist dein!«, sagte eine andere Stimme. »Lass sie uns opfern.«

Fuck, dachte Nick. Meinten sie damit Lola? War sie hier? Jetzt trat der andere Mann hervor. Er stand direkt vor Wilk und war nur von hinten zu sehen. Nick machte eine Geste zu Cleo. Sie neigte sich etwas nach links. Als sich der andere ins Licht drehte, zuckte Cleo plötzlich zusammen und verzog das Gesicht, presste die Zähne aufeinander. Mit der freien Hand hielt sie sich den Bauch.

Nick fuhr herum zu ihr, wollte etwas sagen. Aber sie schüttelte den Kopf, machte eine abwehrende »Geht schon wieder«-Geste. Ihre Gesichtszüge entspannten sich leicht.

Sie lugte um die Ecke, keuchte leise. Der Krampf schien vorbei zu sein.

»Scheiße«, flüsterte sie atemlos, bevor Nick wieder in den Raum blicken konnte. »Ich weiß, wer das ist.«

47

Wilks Mundwinkel zuckten, als der Kerl nun genau vor ihm stand und selig lächelte. Er wirkte, als sei er auf Drogen, befand sich aber wohl nur im Kokon seines eigenen Irrsinns.

»Du hast meine Gebete erhört«, flüsterte der Mann.

Leck mich mit Gebeten, dachte Wilk, sagte aber: »Wie hast du mich gefunden?«

»Ich habe Kameras platziert und gehofft, du würdest die Zeichen verstehen und die Orte meiner Rituale aufsuchen, damit ich mit dir in Kontakt treten kann.«

Kameras. Der Scheißkerl hatte Wilk Fallen gestellt, und er war blindlings hereingetappt. Was für ein Glück, dass die bescheuerte Polizei nicht auf eine ähnliche Idee gekommen war.

»Wie heißt du, Sohn?«, fragte Wilk.

»Leander.«

Nie gehört, dachte Wilk.

»Woher weißt du so gut, was ich tue?«, fragte Wilk.

»Ich verfolge dein Schaffen seit langem«, erwiderte Leander. »Ich kenne die alten Sagen und Riten gut, Pazuzu.

Daher weiß ich, dass du in Ragnar Wilk wiedergeboren bist. Ich habe alles über dich gelesen. Ich habe mit einem Reporter gesprochen, der über eine Ausstellung berichten wollte. Er hat auch viel über dich geschrieben und kannte eine Menge Details. Da wurde mir immer klarer, dass ich richtigliegen musste mit meiner Annahme, dass du Pazuzu bist. Letztes Jahr gab es eine Ausstellung über den Norden Iraks. Ich lernte einen Besucher kennen, der von dort stammte. Ein Flüchtling, der sich sehr für Mythologie interessierte. Er hatte Tätowierungen und arbeitete in der Rechtsmedizin. Wir kamen auf den Elbripper zu sprechen, und er hat mir einige Details über deine Taten verraten.«

Sagenhaft, dachte Wilk. Der Irre, der hier vor ihm stand, hatte sich gründlich vorbereitet und tief in seinen Wahn hineingesteigert.

»Aber du weißt nicht«, sagte Wilk, »warum ich tue, was ich tue, hm?«

»Du tust, was du tust, weil du Pazuzu bist und die Ungeborenen schützt.«

Wilk schmunzelte. Er sagte: »Aber du weißt es eigentlich besser, oder? Du weißt, dass es mir um etwas ganz anderes geht. Du bist in meinen Tempel eingedrungen und hast meinen Schatz gestohlen, Leander. Die Dose, ich hätte sie gerne wieder.«

Wilk blickte in ein fragendes Gesicht.

»Ich… nein«, stammelte Roth. »Tempel?«

»Meine Souvenirs. Die Höschen. Der Schmuck. Warum hast du es gestohlen? Wo ist es?«

»Ich … Meister … Ich habe keine Ahnung.«

Fuck.

Er hatte wirklich keine Ahnung, oder?

Fuck.

Einige Zahnräder rasteten unter Wilks Schädeldecke ein.

Rieke.

Rieke hatte die Dose gefunden. Deswegen war sie so merkwürdig in den vergangenen Tagen. Klar: Sie hatte das Gartenhaus betreten – in irgendeinem Zusammenhang mit dem »Big Boy«, den sie ihm geschenkt hatte.

Rieke wusste alles. Und sie war heute bei ihrer Freundin, wollte über Nacht bleiben. Die Kinder waren ebenfalls fort.

War das ein Zufall?

Rieke wusste Bescheid.

Fuck.

»Meister«, flüsterte Leander. »Lass uns mit dem Opfern beginnen.«

Wilk blickte zur Seite. Er fühlte sich, als sei seine Körpertemperatur um zwanzig Grad gefallen. Er betrachtete die Frau in den Ketten. Die pochende Halsschlagader.

»Ja«, sagte Wilk, »opfern wir endlich.«

Er machte eine rasche Bewegung mit dem Sushimesser. In der nächsten Sekunde spritzte der Frau ein Schwall Blut ins Gesicht.

Es gab nasse, gurgelnde Geräusche.

Wilk richtete den Blick wieder auf Leander. Der fasste sich mit beiden Händen an den Hals. Zwischen den Fingern pumpte das Blut hindurch. Er löste eine Hand von der Wunde, gab den Blick frei auf den tiefen Schnitt oberhalb des Kehlkopfs, wollte nach Wilk greifen. Wilk machte eine weitere Wischbewegung mit dem Messer. Sofort klaffte in Leanders Jacke und dem Sweatshirt darunter ein Riss in Höhe des Bauchnabels. Eine Sekunde später ergoss sich ein Sturzbach aus Blut auf den Boden.

Leander ging in die Knie. Dann kippte er um.

»Pazuzu«, sagte Wilk zu ihm, »ist so dermaßen sauer auf dich, das glaubst du gar nicht.«

Schließlich wandte er sich der Frau in Ketten zu. Nick Becks Bekannte, vielleicht sogar seine Freundin, wer wusste das schon. Wilk würde sich Zeit mit ihr lassen. In den vergangenen zwei Jahren hatte sich so einiges angestaut, das sich nun den Weg ins Freie bahnen würde. Trotzdem würde Wilk umsichtig agieren müssen, denn er hatte einen Plan. Am Ende sollte alles so aussehen, als hätte dieser Leander sein neuestes Opfer ein wenig gefoltert und dann umbringen wollen – doch es konnte sich befreien, zum Messer greifen und seinen Peiniger töten. Ja, genau so würde es aussehen – und er, Ragnar Wilk, wäre fein raus. Das Sushimesser würde er reinigen und zurücklegen. Rieke würde nicht das Geringste auffallen.

Rieke.

Tja.

Mit ihr würde Wilk noch ein ernstes Wort reden müssen. Ärgerlich, aber nicht zu ändern. Und wie das Gespräch ausgehen würde, das müsste man dann sehen.

Da war ein Geräusch hinter ihm.

Wilk wirbelte herum – und wurde im nächsten Moment von grellem Licht geblendet. Er riss die Hände hoch, um die Augen zu schützen. Er hörte außerdem eine männliche Stimme.

»Polizei. Messer fallen lassen. Arme über den Kopf. Auf die Knie.«

48

Leander Roth, dachte Nick. Der Kurator aus dem Museum. Cleo hatte von ihm erzählt. Ein Fachmann für Assyriologie, für Dämonen. Doch wie es aussah, hatte sich Roth zu intensiv mit der Materie befasst – und war nun zum Ex-Kurator mutiert, denn Wilk hatte ihm den Hals und den Unterleib aufgeschnitten. Er lag auf dem Boden in einer Blutlache. Wilk stand vor ihm, schützte seine Augen gegen die Maglite, die Nick in der linken Hand hielt, die Glock in der rechten, ebenfalls auf Wilks Kopf gerichtet. Nick machte zwei Schritte zur Seite, um einen besseren Blickwinkel zu haben. Er sah Lola. Sie war an Ketten gefesselt, die von der Decke herabhingen. Einen Moment später stand Cleo neben Nick. Sie hielt ebenfalls eine Waffe in der Hand – und mit der anderen ihren Bauch umfasst.

»Das Spiel ist aus, Ragnar Wilk!«, rief sie und wiederholte Nicks Worte: »Weg mit dem Messer. Hinknien, Arme über den Kopf. Sofort.«

Aber Wilk tat nichts dergleichen. Er nahm lediglich eine Hand vom Gesicht fort – die Hand, in der er das

Messer hielt. Er machte einen Schritt zurück, stieß mit dem Rücken gegen Lola und sagte mit lauter Stimme: »Gut, dass die Polizei da ist! Ich konnte … den Mann stoppen! Ich war zufällig hier! Ein Immobilienprojekt! Da höre ich Stimmen, komme die Treppe hinauf – und was sehe ich?«

»Bullshit«, sagte Nick.

Wilk blickte nach hinten zu Lola. Sah noch mal nach vorn, wieder nach hinten, machte einen weiteren Schritt zurück und stand nun direkt neben Lola.

»Was für ein Glück, oder? Ist das der Elbripper? Habe ich den Elbripper gestoppt? Es war Notwehr!«

»Das Messer«, wiederholte Nick. »Fallen lassen!«

Aber Wilk ließ es nicht fallen. Er nahm nun auch die andere Hand runter und blinzelte ins Licht.

Nick hörte Cleos Stimme: »Wir haben Sie verfolgt, Wilk. Ihre Frau hat Ihre kleine Sammlung gefunden und eine Tracking-App auf Ihrem Handy installiert. Sie ist damit zu uns gekommen. Sie haben keine Chance mehr. Also machen Sie keine Dummheiten.«

Wilk zuckte, als wäre ihm ein elektrischer Schlag versetzt worden. Er starrte ins Licht.

»Rieke?«, fragte er mit sich überschlagender Stimme. »Aber … Das ist alles Unfug. Das ist alles ganz anders, als Sie denken …«

»Dann sollten Sie das Messer weglegen, und wir unterhalten uns«, fuhr Cleo fort. »Leander Roth hat die neuen Morde begangen. Wir wissen, dass Sie damit nichts zu tun haben. Und wir wissen auch, dass Sie die Frau dort nicht entführt haben. Das war ebenfalls Leander Roth.«

»Ich«, brüllte Wilk, »habe ihn gestoppt! Er ist der Killer, verflucht!«

»Weg mit dem Messer«, sagte Nick.

»Sonst was?«, blaffte Wilk.

Er musste nur einmal mit dem Messer zustechen, dann wäre Lola tot. Cleo versuchte daher, Wilk zu beruhigen und ihm seine Chancen aufzuzeigen. Nick glaubte nicht, dass das funktionieren würde. Allerdings war es zu riskant, Wilk einfach eine Kugel in den Kopf zu jagen, denn Lola war unmittelbar neben ihm. Der Abstand zu ihnen betrug rund zehn Meter. Es war dunkel. Nick hielt die Glock nur mit einer Hand. Er war nervös, denn er hatte lange nicht mehr geschossen. Vielleicht würde er statt Wilk Lola erwischen. Oder Wilk nicht richtig treffen, so dass er noch zustechen konnte, bevor ein zweiter Schuss ihn vollends stoppen würde.

»Sonst«, erklärte Nick, »werden unsere gemeinsamen Probleme größer statt kleiner.«

»Meine Frau«, brabbelte Wilk, »ist manisch-depressiv, wissen Sie? Ihre Stimmung kann wechseln, mal so, mal so. Sie hat ihre Medikamente nicht genommen und sich offenbar wer weiß was ausgemalt. Sie ist durchgeknallt, okay? Keine Ahnung, was das mit der App soll, wirklich nicht, sie redet sich da etwas ein, und … Ich weiß auch nicht, es ist alles ganz anders.«

»Dann sollten Sie nun das Messer fortlegen, und wir

unterhalten uns über alles«, sagte Cleo. »Es ist gut, dass Sie Leander Roth stoppen konnten, bevor er einen weiteren Mord begehen konnte.«

»Ha!«, rief Wilk. »Ja, oder? Komplett verrückt, der Typ! Sie haben ja keine Ahnung, was der mir alles erzählt hat. Noch verrückter als meine Frau, wirklich, unfassbar!«

Nick mahlte mit den Backenzähnen. Wilks Blicke huschten hin und her. Er redete nur deswegen so viel, weil er nach einem Ausweg suchte. Er nutzte die Unterhaltung mit Cleo, um sich einen Plan zurechtzulegen und seine Möglichkeiten abzuwägen.

Davon gab es drei, dachte Nick. Es waren immer drei, oder? *Love it. Leave it. Change it.* Sich mit der Situation abfinden. Entkommen. Anpassen und die Perspektive wechseln. In diesem Fall: Aufgeben, fliehen – oder …

Wilk nahm das Messer hoch und tat so, als wolle er es fallen lassen. Stattdessen wechselte er es in die linke Hand. Lola war rechts neben ihm. Und jetzt setzte er die Klinge an Lolas Seite an, trat hinter ihren Körper, senkte den Kopf und blinzelte ins Licht.

»Sind Sie das eigentlich da hinten? Nick Beck? Sind Sie das, ja?«

»Fuck«, flüsterte Cleo, nachdem sich Wilk für Option Nummer drei entschieden hatte.

»Das bin ich«, sagte Nick.

»Und die Schlampe hier – ist das Ihre Freundin?«

»Meine Vermieterin«, sagte Nick, nahm die linke Hand

etwas zurück, um sich die Maglite unter den Arm zu klemmen und die Glock mit beiden Händen halten zu können.

»Ich habe einen Vorschlag!«, rief Wilk. »Ich behalte mein Messer so lange, bis Sie beide die Pistolen auf den Boden gelegt haben. Und dann knien Sie zwei sich hin und heben die Arme über den Kopf, was halten Sie davon?«

Cleo antwortete: »Das führt zu nichts, Wilk! Das macht es nur noch schlimmer.«

»Es«, brüllte Wilk »wird immer erst schlimmer, bevor es besser wird, oder? Hat meine Mama immer gesagt, okay? Und sie hatte, verfickt nochmal, recht damit! Also entscheiden Sie sich! Oder ich steche die Nutte hier sofort ab, schlitze sie auf!«

»Herr Wilk, das ganze Gebäude …«

»Ich! Scheiße! Auf! Euch!«, brüllte Wilk. Speicheltropfen flogen durch die Luft. Nick konnte Lolas Augen nicht sehen. Aber ihr Kopf war zu ihm gedreht. Er wusste, dass sie ihn in Gedanken anflehte, etwas zu tun.

Denn sonst heißt es: Sayonara, Nickieboy, und das will ich nicht, nicht so und nicht jetzt, und dann wirst du mich auf dem Gewissen haben, weil du nichts getan hast. So wie bei Betty, und es ist der gleiche Scheißkerl, der dafür verantwortlich ist, das darfst du nicht zulassen, Nick! Nick! Lass es nicht zu!

Nein, dachte Nick. Das werde ich nicht. *Love it. Leave it. Change it.* Die dritte Option hatte Wilk gewählt. Also wählte Nick sie ebenfalls.

»Sie haben übrigens einen beschissenen Musikgeschmack«, sagte Nick.

»Was?« Wilk lachte auf. »Hä? Sind Sie übergeschnappt, Beck?«

»Helene Fischer. Meine Güte. Ich bin Ihnen so lange auf den Fersen, Wilk, und habe mir jede Menge Gedanken über Sie gemacht. Mit deutschem Schlager habe ich nun nicht gerechnet. Ich dachte eher an Jazz.«

»Jazz? Was reden Sie da, Mann?«

»Ja, Jazz. Geschmackvolle Musik. Kunst. Das hätte besser zu Ihrer sehr überlegten, feinen Arbeit gepasst. Wissen Sie, dass an Universitäten über Sie gesprochen wird? Lehrinhalte in Forensik und in der Polizeiausbildung. Meine Kollegin hier neben mir war bei FBI-Kursen und hat von Ihnen erzählt.«

»Alle waren ziemlich beeindruckt«, sagte Cleo und nahm den Ball damit auf.

»Ach«, sagte Wilk. »Ist ja interessant.«

Nick fuhr fort. »Ich habe Ihre Eisenbahnanlage gesehen. Großartig. Und ich konnte erst nichts damit anfangen, aber ich glaube, Sie haben sogar kleine Szenen mit den Figuren nachgestellt, oder? Wie Sie jemanden beobachten zum Beispiel. Sie haben sogar nachgestellt, wie ich Sie letztes Jahr verfolgt habe.«

Wilk grinste. Entspannte sich offensichtlich ein wenig. Eitelkeit – damit bekam man jeden Narzissten. Gut so, dachte Nick. So will ich dich haben.

»Das haben Sie bemerkt?«, fragte Wilk.

»Zuerst nicht«, sagte Nick und umfasste die Glock fester, stellte die Füße ein wenig auseinander, um eine stabilere Position zu haben. »Dann aber schon. Und ich dachte: Man kann über Wilk sagen, was man will, aber der Mann hat Humor.«

»Ohne Humor«, sagte Wilk, »wären wir alle verloren, oder?«

»Absolut«, sagte Nick. »Sie haben sich wirklich gut gehalten in der vergangenen Zeit. Wir dachten alle, dass Sie endlich mit dem Morden aufgehört hätten.«

»Habe ich auch!«

»Dazu braucht es viel Charakterstärke und einen starken Willen.«

»Und ob!«, rief Wilk. »Sie haben keine Ahnung, Beck! Ich habe mich sehr zusammengerissen – und dann kommt dieser kleine Pisser und bringt alles wieder aus dem Gleichgewicht mit seinem Pazuzu-Scheiß!«

»Ich habe auch die Fotoalben aus dem Karton gesehen. Die Bilder von den vielen Frauen. Ich nehme an, das waren allesamt welche, an denen Sie Interesse hatten. Demzufolge haben Sie weitaus mehr am Leben gelassen, als Sie umgebracht haben.«

»Ich habe viele verschont«, sagte Wilk. »Unmengen habe ich verschont. Die können alle von Glück sagen, dass ich gnädig war. Die Welt ist voller …«, Wilks Gesichtszüge wirkten jetzt, als ekele er sich, »… voller widerwärtiger, dreckiger Nutten.«

»Ich habe auch die Familienbilder gesehen.«

Wilk merkte wieder auf.

»Sie haben Ihre Mutter sehr geliebt, Wilk, aber ich hatte

den Eindruck, dass alles nicht so ganz einfach war damals, oder?«

»Sie haben nicht die geringste Ahnung, Beck.«

»Doch«, sagte Nick, »habe ich. Sie wissen doch aus dem Fernsehen, wie das läuft. Die Polizei macht Profile, beschäftigt Psychologen, Gutachter, all diese Dinge. Wir haben uns intensiv damit befasst, wie es zu all dem kommen konnte. Menschen wie Sie werden nicht geboren, Wilk. Das alles geschieht nicht ohne Grund. Sie können nichts dafür, dass Sie so sind, wie Sie sind. Wir sind wie eine Zahnpastatube. Wenn man drauftritt und maximalen Druck ausübt, wissen wir nie genau, an welcher Stelle sie aufplatzt.«

Wilk starrte Nick an. »Ich habe mir das alles nicht ausgesucht!«, rief Wilk, dessen Gesichtsausdruck sich nun völlig verändert hatte. Er schien nicht mehr auf Lola konzentriert zu sein, sondern nur noch auf Nick und sich selbst. »Sie haben nicht die geringste Ahnung, wie es sich anfühlt, mit diesem schrecklichen Druck leben zu müssen! Sie haben keine Ahnung!«

»Nein«, sagte Nick, »habe ich nicht. Wie könnte ich?«

Dann trat er einen Schritt nach rechts und drückte den Abzug. Er erwischte Wilk an der linken Schulter. Die Kugel drang dort ein, wo das Gelenk saß, zertrümmerte es, zerriss die Nerven und spuckte Knorpel, Fleisch, Blut und Knochen auf der Rückseite wieder aus.

Wilk schrie auf. Das Messer ließ er fallen, duckte sich und lief fort.

Nick hatte erst den Schritt nach rechts machen müssen, damit Wilk nicht mehr von Lola verdeckt wurde. Das hatte den Schuss etwas verzögert. Zu spät. Wilk bog bereits um die Ecke in ein weiteres Treppenhaus. Nick schoss ihm zweimal hinterher. Das laute Krachen hallte. Aber die Kugeln bohrten sich bloß in Beton.

»Lola«, sagte Nick zu Cleo. »Kümmere dich um sie. Hol Verstärkung.«

»Klar«, bestätigte Cleo und zog gleichzeitig das Handy aus ihrer Manteltasche.

Dann lief Nick los.

49

Wilk wimmerte und hastete die Treppenstufen hinauf. Seine linke Schulter brannte, als sei sie mit kochendem Wasser übergossen worden und stecke gleichzeitig in einem Schraubstock. Die Hand baumelte nutzlos herunter. Er konnte die Finger nicht mehr bewegen. Es war so ungerecht. Das alles hatte er nicht verdient. Und er hasste Schmerzen. Es gab nichts Schlimmeres als das.

Verfluchter, verschissener Nick Beck!

Wilk erreichte das Ende der Treppe. Er stand vor einer rostigen Tür, umfasste den Handgriff und probierte, sie zu öffnen, stemmte sich mit der intakten Schulter dagegen. Es funktionierte. Die Tür sprang auf.

Im nächsten Moment befand sich Wilk auf dem Dach der Fabrik. Der Schneefall hatte sich inzwischen in ein dichtes Schneetreiben verwandelt. Eiskalter Wind schlug ihm entgegen. Doch er kümmerte sich nicht darum. Er musste entkommen – so wie es ihm schon einmal gelungen war. Er war damals auf einen anderen Gebäudeteil gesprungen, hatte sich beinahe den Knöchel gebrochen und schließlich eine Feuertreppe gefunden, die nach unten führte und ihm die Flucht ermöglichte. Vielleicht gab es hier eine ähnliche Treppe. Hoffentlich.

Wilk lief voran, orientierte sich. Die Dachfläche war riesig. Der Schnee blieb liegen und war schon recht hoch. Es war rutschig. Er musste verdammt aufpassen.

Wilk erreichte die Dachkante und sah nach unten. Etwa fünfzehn Meter tief, schätzte er. Springen hatte keinen Sinn. Er sah die Straße, die Elbe. Nein, wenn es eine Feuertreppe gab, dann würde sie zum Innenhof führen. Er musste auf die andere Seite laufen.

Einige Sekunden später stand er wieder an der Kante und suchte nach einem Ausweg. Er sah keine Treppe. Nur einige Meter unter sich das Glasdach der Halle, durch die er das Gebäude betreten hatte.

»Wilk!«

Er blickte auf. Die dunkle Silhouette eines Mannes schälte sich aus dem Schneegestöber. Er kam auf Wilk zu. Gelassen. Ruhig.

Nick Beck.

Wilk biss sich auf die Unterlippe und spürte, wie sich sein Mund mit Blut füllte. Sein linker Ärmel war völlig durchtränkt. Seine rechte Hand war noch okay. Damit griff er in die Seitentasche des Rucksacks und zog das lange Sushimesser hervor, hielt es hinter dem Rücken versteckt.

»Es ist aus«, sagte Beck. »Hier endet es.«

Er blieb stehen. Kaum drei Meter vor Wilk. Der Schnee verfing sich in seinem Haar, blieb auf den Schultern der Jacke liegen. Beck hielt die Pistole nach unten gerichtet locker in der Hand. So als hätte er gar kein Interesse, sie zu benutzen.

»Beck«, zischte Wilk und grinste. Das Blut lief ihm über das Kinn. »Alles ist fast wie beim letzten Mal, nur dass dieses Mal meine Hand nutzlos ist und nicht deine. Und dass du hier vor mir stehst mit einer Pistole und nicht deine Kollegin.«

»Scharf beobachtet«, sagte Nick.

»Willst du mich jetzt erschießen?«

»Nein«, sagte Nick.

Er steckte sogar die Pistole ein. Wilk umfasste den Messergriff fester. Er müsste sich nur auf Beck stürzen und könnte die Klinge in seine Eingeweide bohren. Aber er war verletzt und Beck im Vorteil. Er müsste näher an ihn herankommen und das Überraschungsmoment nutzen.

»Ich muss nicht auf dich schießen«, sagte Beck. »Regelt sich alles von selbst. Du tropfst. In ein paar Minuten wirst du vom Blutverlust bewusstlos. Die Zeit nehme ich mir.«

Beck griff wieder in die Tasche. Er nahm aber nicht die Pistole heraus, sondern eine Schachtel Zigaretten und steckte sich eine an.

»Weißt du«, fragte Wilk, »wie es damals war? Mit deiner Kollegin? Betty oder so?«

»Nicht genau«, sagte Nick und rauchte.

»Sie wollte auf mich schießen. Aber ich kam ihr zuvor. Ich habe sie einfach gestoßen. Sie schlug unten auf. Dieses Geräusch – atemberaubend. Ich habe ihr in die Augen geblickt. Es ist faszinierend, die Augen von Menschen zu sehen, die wissen, dass sie sterben werden.«

»Bist du fertig?«, fragte Beck. Er würde sich nicht provozieren lassen, verflucht. Und es stimmte: Lange würde Wilk nicht mehr durchhalten bei dem Blutverlust. Er musste etwas tun.

Jetzt.

»Mit dir bin ich lange noch nicht fertig«, zischte Wilk.

Dann brüllte er auf, riss das Messer hinter dem Rücken hervor, um sich auf Beck zu stürzen.

Aber er kam nicht weit. Beck nahm einen Fuß hoch und stoppte Wilk mit einem Tritt gegen die Brust, der Wilk die Luft zum Atmen nahm. Wilk taumelte rückwärts, rutschte im glatten Schnee aus. Fiel nach hinten und verlor das Messer. Sein Körper schlug auf. Dann folgte ein weiterer Tritt und noch einer. Beck kickte Wilk wie einen Fußball vor sich her, bis Wilks Körper schließlich zur Hälfte über der Dachkante hing.

Nein, dachte Wilk.

Nein!

Seine Finger fanden an einer Dachrinne Halt. Dann gab es einen Ruck, als seine Beine über die Kante rutschten und er in der Luft baumelte.

Wilk schrie auf. Die Dachrinne knackte. Er konnte den linken Arm nicht bewegen, um sich mit der Hand ebenfalls festzuhalten, benutzte nur die Rechte.

»Hilfe!«, schrie er. »Hilfe!«

Dann sah er das Gesicht von Nick Beck, der an der

Dachkante hockte und Wilk ansah. Er streckte die rechte Hand aus.

Gott sei Dank, dachte Wilk, Gott sei Dank, ich werde nicht sterben.

»Es stimmt mit diesem besonderen Blick«, sagte Beck, stand auf und trat ihm auf die rechte Hand.

Wilk schrie vor Schmerzen auf.

Zuckte.

Die Dachrinne knackte.

Dann fiel er.

Mama, dachte er, *Mama. Kommt es wirklich immer erst schlimmer, bevor es besser wird? Oder wird es in Wahrheit einfach nur noch schlimmer?* Und er erinnerte sich daran, wie er auf ihrem Schoß gesessen hatte, als er längst schon zur Schule ging … *Auf ihrem Schoß mit ihrem Finger im Mund, den sie vorher in Milch getunkt hatte, um ihn daran saugen zu lassen, die Bluse geöffnet, eine Brust frei, trink, mein guter Junge, so ein guter Junge …*

Sein Körper durchschlug das Glasdach. Die Splitter zerschnitten Wilks Fleisch. Dann krachte er auf einen Betonblock am Boden, der ihm den Schädel zertrümmerte und das Rückgrat brach und die Rippen wie Dolche durch die Organe bohrte. Das Letzte, was er sah, war ein orangefarbenes Licht, das aus dem Himmel auf ihn zuraste. Zuerst nur ein Punkt. Dann wurde es größer und größer. Und dann kam die allumfassende Dunkelheit.

Nick Becks Kippe sprühte Funken, als sie auf Wilks Gesicht traf.

50

Nick sah der Zigarette hinterher. Dann lief er zum Treppenhaus. Er hastete die Stufen herunter – und kam in dem Moment an, als Cleo Lola gerade von den Ketten gelöst hatte und sie stützte. Lola weinte und wiederholte immer wieder: »Oh mein Gott!« Wie ein Mantra.

Cleo fragte: »Hast du ihn?«

»Ja«, sagte Nick.

»In Handschellen?«

»Nein. Er wollte entkommen, ist ausgerutscht und vom Dach gestürzt.«

»Er ist tot?«, fragte Lola.

Ihre Stimme klang nasal. Sie bekam nur durch den Mund Luft und sah aus, als habe ein Panzer sie überrollt. Aber sie schien weitgehend okay zu sein.

»Ist er«, bestätigte Nick.

Lola spuckte auf den Körper von Leander Roth. »Die wollten mich umbringen, Nick. Die wollten mich opfern«, sagte sie, während ihr Tränen über die Wangen rollten. Sie klammerte sich an Cleo wie eine Ertrinkende. »Der Typ hier ist bei mir eingedrungen, hat getan, als wäre er ein

Polizist, und hat mich niedergeschlagen, dann kam ich hier wieder zu mir … Und dann kam der andere. War das … der Elbripper?«

»Der eine schon«, sagte Cleo, »der andere nicht. Aber beide waren Serienkiller.«

»Tut mir leid, Lola«, sagte Nick und hockte sich hin. »Tut mir leid, dass ich nicht da war.« Er fühlte an der Halsschlagader von Roth nach dem Puls. Wie erwartet war keiner zu spüren. »Tut mir leid, dass ich schießen musste. Wilk hätte dich sonst erstochen.«

»Ich weiß«, sagte Lola und schluckte. »Danke. Danke, dass du geschossen hast.« Sie grinste schief. »Da habe ich nun doch mal deine Knarre in Aktion gesehen, was?«

»Ja«, sagte Nick.

Cleo erklärte: »Schultz und Janson kommen gleich. Sie bringen Verstärkung mit. Sie haben Razan verfolgt. Er ging aber nur in den Proberaum zum Musikmachen.«

Nick wandte sich von Roths Leiche ab, um wieder aufzustehen. Da beleuchtete seine Maglite den Boden vor Cleo. Ihre Stiefel waren nass. Sie stand in einer Pfütze und hielt sich den Bauch. Ihre Jeans war ebenfalls feucht, bis zum Mantelsaum – und offenbar noch darüber hinaus.

»Cleo?«, fragte Nick und deutete auf ihre Knie. »Alles in Ordnung bei dir?«

Sie schüttelte den Kopf und sah an sich herab. »Scheiße«, zischte sie leise. »Scheiße, scheiße, scheiße. Ich glaube, die Fruchtblase ist gerissen …« Sie stöhnte auf und beugte sich vornüber, als eine weitere Wehe sie packte.

51

Der Mercedes grollte durch die Nacht, pflügte durch den Schnee wie ein Mantarochen durch das Meer.

Nick sah in den Rückspiegel. Jetzt hielt Lola Cleo im Arm, die auf der Rückbank mehr lag als saß, sich den Bauch hielt und die Beine angezogen hatte.

»Keine Sorge«, hörte Nick Lola sagen, »wenn die Fruchtblase platzt, ist das noch nicht so schlimm. Hatte eine Freundin von mir auch, dauerte dann noch ein paar Stunden.«

»Dein Wort«, keuchte Cleo, »in Gottes Ohr.«

Nick blickte wieder nach vorn. Blaulicht schlug ihm von der Gegenfahrbahn entgegen. Sirenen heulten. Ein Polizeiwagen nach dem nächsten fuhr am Mercedes vorbei. Die Kavallerie, dachte Nick. Nur dass sie zu spät kam und nur noch die Reste zusammenfegen konnte.

Er hatte nicht auf einen Rettungswagen warten wollen. Cleo musste sofort ins Krankenhaus, weil das Kind kam. Die Anstrengung und die Aufregung hatten die Wehen und einen Blasensprung ausgelöst. Lola benötigte ebenfalls medizinische Versorgung. Aber Nick hatte sie vor allem deswegen mitgenommen, weil er sie nicht so lange alleine in der Fabrik lassen wollte, bis die Kollegen eintrafen, und er außerdem Unterstützung für Cleo brauchte.

Allerdings meinte das Wetter es nicht gut mit ihnen. Nick hoffte, dass sie es rechtzeitig ins Klinikum schaffen würden und nicht noch einen Unfall haben oder im Gestöber stecken bleiben würden.

Der verdammte Schnee lag inzwischen mehr als knöchelhoch. Die Reifen hatten kaum Grip. Immer wieder brach das Heck aus, wenn Nick auf das Gaspedal trat. Was geschah, wenn er die Bremse benutzte, wollte er lieber nicht wissen, weswegen er rote Ampeln geflissentlich ignorierte und sich darauf konzentrierte, die Spur zu halten. Die Sichtweite betrug nicht einmal fünf Meter, schätzte er. Im Licht der Scheinwerfer sahen die Schneeflocken aus wie die Sterne, wenn Han Solo im Millennium Falcon den Hyperraumantrieb aktivierte.

Cleo hatte eben mit ihrem Mann Chris per Lautsprecher telefoniert und ihm Bescheid gesagt, wie die Dinge standen und dass er ins Krankenhaus kommen sollte. Nick hatte das Gespräch verfolgt und sich zwischendurch gefragt, ob dieser Chris schwer von Begriff war oder es an der Aufregung lag, dass er immer wieder fragte: »Wo bist du überhaupt, ich warte auf dich, warum bist du denn noch nicht zu Hause, wie, Fruchtblase geplatzt, und Einsatz, wieso Einsatz, und jetzt Wehen, wie ist denn das passiert?« Na ja. Nicht Nicks Bier. Jedenfalls hatte Chris gesagt, er würde sich sofort auf den Weg machen.

Gerade bekam Cleo wieder eine Wehe. Lola hielt Cleos Hand, die sie drückte, als wollte sie eine Zitrone auspressen.

»So ein Scheißwetter, hm?«, fragte Lola, wahrscheinlich, um sie von den Schmerzen abzulenken.

Cleo keuchte und atmete pustend. »Ausgerechnet bei einem solchen Wetter passiert mir das.«

»Absolut«, erwiderte Lola, »so was passiert immer dann, wenn man es nicht gebrauchen kann. Ging mir ja ganz genauso, oder?« Sie lachte unsicher auf.

Cleo stöhnte erneut auf und versuchte, sich mit Themenwechseln auf andere Gedanken zu bringen.

»Wie ist das genau passiert mit dem Dach und Wilk?«

Nick fuhr über eine weitere rote Ampel und orientierte sich an den gerade noch eben lesbaren Straßenschildern. In etwa fünf Minuten sollten sie an der Klinik sein, wenn alles gut lief.

Nick erklärte: »Er wollte mich mit dem Messer angreifen. Ich konnte ihn stoppen. Er stolperte und stürzte.«

»Ganz sicher?«, fragte Cleo.

»Natürlich.«

»Er hatte das Messer doch verloren.«

»Er hatte noch eines.«

»Und das werden die Kollegen finden?«

»Logisch. Mach dir keine Sorgen.«

»Jeder wird sich fragen: Wilk stürzt vom Dach, genau wie damals Betty Duschkow vom Dach gestürzt ist? Was ist denn das für ein Zufall?«

»Das Schicksal«, sagte Nick, setzte den Blinker und bog nach rechts ab, »geht manchmal merkwürdige Wege.« Der Mercedes schlingerte nach links und rechts. Nick glich es mit dem Lenkrad aus. Dann fand der Wagen wieder in die richtige Spur. »Wilk ist ausgerutscht. Es war ein Unfall. Mehr nicht.«

»Ein Unfall, wie du ihn im Sommer hattest?«

Nick durchzuckte es eiskalt.

»Keine Ahnung, was du meinst.«

»Ich weiß selbst nicht, was ich meine.« Sie stöhnte auf, atmete wieder pustend.

»Das mit den Dellen in der Tür?«, fragte Lola. »Mit der Stoßstange? Dem Radkasten?«

»Es waren Randalierer«, sagte Nick.

»Ich glaube«, keuchte Cleo, »du weißt es besser.«

Nick brach der kalte Schweiß aus.

»Ich habe den Mechaniker angerufen, Heitzer, er sagt ...«

»Heitzer?« Lolas Stimme überschlug sich. »Der Scheißkerl lügt wie gedruckt.«

»... er sagt, die Beschädigungen an der Stoßstange und am Radkasten könnten auch von einem Unfall stammen.«

»Wenn er meint«, antwortete Nick.

»Du hast nie etwas von einem Unfall erzählt.«

»Nein«, sagte Nick. »Worauf willst du hinaus, Cleo?«

»Vielleicht spinne ich, aber es geht mir nicht aus dem Kopf.«

»Okay«, sagte Nick. Er folgte dem Hinweisschild zum Krankenhaus.

»Klaas Monecke hat im Sommer etwas gesagt wegen seiner Nichte …«

Nick ahnte, worauf sie anspielte. Cleo war eine gute Polizistin und hatte ein gutes Gedächtnis für offene Fragen. Sie fuhr fort: »Du hast… komisch reagiert, als wir eine bestimmte Straße entlanggefahren sind. Die Obduktion von Fanny hat ergeben, dass sie wahrscheinlich von einem Auto überrollt wurde.«

»Ich weiß«, sagte Nick und blickte in den Rückspiegel. Er sah direkt in Lolas Augen, die ihn fragend anstarrten, während Cleo ihren Bauch hielt und immer wieder fluchte.

»Nick«, keuchte Cleo, »ich muss dich das fragen – und Sie hören mal weg, Lola, okay?«

»Logo«, sagte Lola.

Cleo fragte: »Nick, hast du irgendetwas damit zu tun? Mit Fanny Moneckes Tod?«

Nick hatte einen Geschmack im Mund, als hätte er an einer Batterie geleckt. »Erwartest du darauf wirklich eine Antwort, Cleo?«

»Ja. Erwarte ich. Sag es mir.«

»Ich habe absolut nichts mit Fanny Moneckes Tod zu tun«, sagte Nick. »Ich habe vielmehr ihren Mörder gestellt, wenn du dich erinnerst.«

Und er log nicht. Er hatte nichts mit Fannys Tod zu tun. Er war damals sturzbetrunken über die Leiche gefahren, die an der Straße lag. In Panik hatte er sie versteckt, weil er erst dachte, er hätte Fanny bei dem Unfall umgebracht, sie dann aber so platziert, dass sie gefunden wurde. Der Vorfall hatte ihn angetrieben, Fannys Tod aufzuklären, obwohl er kein Ermittler mehr war. Er hatte mit dem Trinken aufgehört, sich die Haare geschnitten und sich rasiert, war wieder ein Mensch geworden und zurück in die Spur geraten, wie sein Mercedes eben nach dem Schlingern.

»Natürlich erinnere ich mich«, sagte Cleo.

»Heitzer«, sagte Lola, »hat sicher nur irgendeinen Scheiß erzählt, so wie er es immer tut. Der will Nick doch bloß reinreißen, weil er ihn in den Knast gebracht hat. Dabei ist das seine eigene Schuld. Nick hat bloß auf mich aufgepasst.«

»Kann sein«, stöhnte Cleo und pustete wiederum einen imaginären Luftballon auf.

Nick sah erneut kurz in den Rückspiegel. Lola starrte ihn immer noch an. Nicks Blick sagte: Wir zwei wissen, dass es etwas mehr ist als nur aufpassen, oder? Lolas Blick erwiderte: Ich weiß, Nickieboy, na und?

Nick sah wieder nach vorn. Da war endlich das Klinikum. Er folgte der Beschilderung zum Kreißsaal.

»Wir sind da«, sagte Nick.

»Zum Glück«, stöhnte Cleo.

Nick fuhr unter das Vordach. Er zog die Handbremse an, stieg aus – und sah bereits einen schlaksigen Kerl in einem Daunenmantel, der vor der Glasschiebetüre stand und auf Nick zukam.

»Beck?«, fragte er. Schneeflocken klebten auf dem Glas der Brille.

»Ja. Chris?«

Er nickte. »Cleo …«

»Auf der Rückbank«, sagte Nick und öffnete die Hecktür.

Gemeinsam mit Chris und Lola half er Cleo beim Aussteigen. Zwei Krankenpfleger kamen mit einem Rollstuhl heraus. Chris musste ihnen schon Bescheid gesagt haben. Sie setzten Cleo hinein, die das Gesicht verzog.

»Oh Mann«, sagte sie angestrengt, »ich habe mir das alles ganz anders vorgestellt. Tut mir so leid.«

»Egal«, sagte Chris. »Jetzt wird alles gut.«

Dann verschwanden die beiden mit den Pflegern. Nick zog seine Jacke aus und legte sie Lola um die Schultern.

»Komm«, sagte er, hakte sie unter, ging dann mit ihr hinein und suchte nach der Notaufnahme.

»Ich bin okay«, sagte Lola im Gehen.

»Bist du nicht«, erwiderte Nick. »Ganz und gar nicht.«

»Ich werde es überleben.«

»Das wirst du.«

»Deine Kollegin hat eben ganz schön wilde Sachen erzählt.«

»Ja.«

Nick fand die Anmeldung in der Notaufnahme. Er erklärte, wer Lola war und dass sie Verletzungen im Gesicht und Schnittwunden am Arm hatte – als Ergebnis von körperlicher Gewalt. Die Schwester an der Anmeldung erwiderte, sie bräuchte die Krankenkassenkarte.

»Keine da«, sagte Nick.

»Hm, das ist aber ziemlich dumm. Na ja. Gott. Nehmen Sie noch im Warteraum Platz, es kann aber etwas dauern.«

»Nein«, sagte Nick. »Rufen Sie einen Arzt. Es ist eine sofortige Behandlung nötig.«

»Das sagen alle«, erwiderte die Frau. »Ist leider nicht zu ändern. Wir können nicht hexen.«

»Doch«, sagte Nick und zeigte seinen Polizeiausweis vor. »Das können Sie. Den Grund für Ihre neuen Superkräfte erfahren Sie morgen in den Medien. Vielleicht sogar online schon in einer Stunde.«

Die Schwester schaute Nick groß an. Drei Minuten später kam ein Arzt, um Lola abzuholen. Nick erklärte ihm, was passiert war. Dem Mann war das Entsetzen anzusehen. Der Schwester von der Aufnahme ebenfalls.

»Nick«, flüsterte Lola. »Danke.«

Nick schüttelte den Kopf. »Du musst dich nicht bedanken. Du bist meinetwegen da hineingezogen worden.«

»Rufst du Frankie an?«, fragte sie und gab Nick die Jacke zurück.

»Werde ich«, sagte Nick.

Dann verschwand Lola mit dem Arzt in einem Behandlungsraum. Nick zog das Handy aus der Jackentasche. Er sah, dass mehrere Anrufe von Schultz und Janson eingetroffen waren. Er drückte auf Rückruf, bevor er Frankie wegen Lola Bescheid sagen würde.

»Beck!«, rief Janson ins Telefon. »Mann! Das hier ist ein Massaker!«

»Ich weiß.«

»Was ist mit Cleo?«

»Im Kreißsaal.«

»Und die Entführte?«

»Notaufnahme.«

»Und die beiden Leichen hier?«

»Der Mann im Gebäude heißt Leander Roth. Ragnar Wilk ist der, der vom Dach gestürzt ist.«

»Wie ist das passiert? Mit Roth und Wilk?«

»Erzähle ich dir noch. Wilk ist der Elbripper. Roth ist der Trittbrettfahrer. Schickt am besten sofort Streifenwagen und Spurensicherung zu ihren Wohnungen.«

»Logisch«, sagte Janson. »Aber – scheiße, Beck, ihr habt sie alle beide geschnappt! Die richten keinen Schaden mehr an.«

»Nein«, erwiderte Nick, »das werden sie nicht mehr.«

»Komm am besten direkt wieder her. Oder fahr ins Büro. Ich komme dahin. Du musst mir einiges erzählen.«

»Klar«, sagte Nick, »das werde ich.«

Und beendete das Gespräch.

52

Am anderen Morgen lag die Stadt unter einer weißen Decke und war kaum wiederzuerkennen. An einigen Stellen türmte sich der von den Räumfahrzeugen zusammengeschobene Schnee fast zwei Meter hoch. Viele Straßen waren nach wie vor unpassierbar. Der Flugbetrieb ruhte immer noch. Es fuhren keine Züge und kaum Busse, weswegen Nick an einer Haltestelle an der Elbchaussee direkt am Teufelsbrücker Platz hielt. Er hatte der Sonne eben beim Aufgehen zugeschaut und die Aussicht auf die Elbe genossen. Im Gegensatz zu gestern war für heute Zuckerbäckerwetter angekündigt. Es würde ein strahlender Tag werden. Allerdings war es weiterhin bitterkalt, minus fünf Grad, sagte die Wetter-App.

Nick knüllte die Verpackung des McMuffin Bacon & Egg vom McDrive zusammen, warf sie in den Fußraum und nahm den Käsetoast und den großen Becher Kaffee aus der Pappschale, die auf dem Beifahrersitz abgestellt war. Der Toast war noch lauwarm, der Kaffee heiß. Er hatte sich die Nacht im Büro um die Ohren geschlagen, Berichte geschrieben, Antworten gegeben und Erklärungen. So lange, bis sich sein Gehirn anfühlte wie ein Schwamm und er sich bei Janson und Schultz und dem dazugestoßenen Gregor Franz verabschiedet hatte. Sie wüssten ja, wo sie ihn finden würden, wenn sie noch mehr wissen wollten.

»Nichts für ungut«, hatte Franz gesagt, »du weißt ja, wie es läuft. Das sind zwei fette Fische. Die Staatsanwaltschaft und das Rathaus wollen jedes Detail darüber wissen.«

»Klar«, war Nicks Antwort gewesen.

Schließlich hatte ihm Franz auf die Schulter geklopft, die Schulter festgehalten und freundschaftlich dran geruckelt. »Du hast ihn am Ende doch noch bekommen, Nick. Und den anderen Penner noch obendrauf.«

»Sieht so aus.«

»Ist ein großer Tag für uns.«

»Glückwunsch.«

»Mir persönlich ist es scheißegal, ob wir Wilk und Roth lebendig haben oder nicht. Nein. Gelogen. Ist mir sogar lieber, dass wir sie in Kisten geliefert bekommen. Aber wir müssen dazu halt tausend Fragen beantworten.«

»Logisch.«

Franz klopfte Nick noch mal auf die Schulter. »Versprich mir, dass du darüber nachdenkst, wieder an Bord zu kommen.«

»Okay.«

»Ist ein Platz frei für dich, Nick, immer schon und jetzt erst recht. Das mit dem Bezirksdienst schlag dir mal wieder aus dem Kopf. Da gehörst du nicht hin. Du gehörst an die Front.«

»Ich überlege es mir.«

»Jetzt sieh zu, dass du Schlaf bekommst.« Franz hatte sich zum Gehen gewendet, dann aber noch mal kurz umgedreht: »Ach übrigens: Es ist ein Mädchen.«

»Cleos Kind?«

»Ja.«

Ein Mädchen, dachte Nick und schlürfte den Kaffee. Ein Schiff fuhr vorbei, über und über mit Containern beladen. Menschen sterben. Menschen werden geboren. Und dazwischen: das Leben.

Nick hatte sich lange gefühlt wie der Frachter, der gerade in Richtung Elbmündung unterwegs war. Schwere Last, träge. Das war jetzt anders. Bettys Tod war gesühnt, der Elbripper gefunden und ausgeschaltet, Hamburgs schlimmste Mordserie der Nachkriegszeit beendet und außerdem der Trittbrettfahrer gestoppt. Was genau Wilk und Roth zu ihren Taten motiviert hatte, würden die kommenden Wochen zeigen. Es würden jede Menge Untersuchungen und Gutachten folgen, bis die Akten endgültig geschlossen werden konnten.

Die Akte von Fanny Monecke war ebenfalls geschlossen worden. Allerdings hatte Cleo sie sich erneut vorgeknöpft, und nun war Nick in ihr Visier geraten. Cleo spürte, dass irgendetwas nicht stimmte. Genauso wie sie und die übrigen Kollegen ahnten, dass Nick bei Wilks Stolpern eventuell etwas nachgeholfen hatte.

Bei Fanny war das etwas anderes. Zwar hatte Nick mit ihrem Tod nichts zu tun. Dennoch war er im Sommer über die Leiche gefahren und hatte sie dann zunächst versteckt. Wenn das herauskam, wäre er geliefert. Und es hing nun an Cleo, ob das geschah. Sie wäre zunächst für einige Zeit mit ihrem Baby beschäftigt und würde in Elternzeit gehen. Aber irgendwann würde sie zurückkehren, und das Thema wäre für sie noch nicht zu den Akten gelegt, keine Frage. Sie würde der Sache weiter nachgehen.

Er hatte die Möglichkeit, abzuwarten, ob etwas geschehen würde. Oder er würde Klartext mit ihr reden und die Konsequenzen tragen, wenn sie anschließend die Akte wieder öffnete und Nick anzeigte.

Würde sie ihn wirklich anzeigen? Wer weiß, dachte Nick. So gut kannte er sie nicht. Aber für den Moment, überlegte er, steckte sich eine Zigarette an und kurbelte das Fenster etwas herunter, würde er einfach abwarten. Abwarten und überlegen, welchen Kurs er künftig einschlagen würde: im Bezirksdienst bleiben, das Angebot annehmen und zurück zur Mordkommission gehen oder …

Fühlte und dachte er überhaupt noch wie ein Polizist? Tat jemand, der ein guter Cop war, Dinge, wie er sie getan hatte? Und würde er sich ändern? Er hatte eine Leiche versteckt. Er hatte einen Mann getötet. Wilk war ein Killer gewesen, ein Tier, klar. Nick hätte es nie im Leben geschafft, Wilk wieder hochzuziehen. Er wäre in jedem Fall abgestürzt – und wenn Nick ihn am Handgelenk gepackt hätte, dann wäre er vielleicht sogar mit ihm hinuntergestürzt. Aber er hatte es gar nicht erst versucht, Wilk zu retten. Er hatte eine Entscheidung getroffen und Wilks

Schicksal beschleunigt, statt einfach darauf zu warten, dass es von selbst geschah. Nick fühlte sich nicht schlecht deswegen, überhaupt nicht. Er war erleichtert. Und vielleicht war genau das das Problem.

Keine Ahnung, dachte Nick und zog an der Zigarette. Vielleicht hatte Lola recht, die einmal gesagt hatte, er könnte auch gut einer von den bösen Jungs sein. Vielleicht verhielt es sich aber auch so, dass man mit den Jahren verrohte und der Elbripper-Fall Nicks Leben verändert hatte.

Das Schiff glitt weiter über den Fluss. Lautlos. Es würde die Nordsee erreichen, dann den Atlantik, und von dort aus waren die Möglichkeiten grenzenlos.

Nick stellte das Radio lauter. Es lief ein Song von Springsteen. *»I ain't nothing but tired, Man I'm just tired and bored with myself«*, sang der Boss. *»Man I ain't getting nowhere, I'm just living in a dump like this.«* Nick rauchte und leerte den Kaffee.

Das Handy klingelte. Nick ging dran. Die beste Stimme der Welt.

»Alles okay bei dir, Nick?«, fragte Bekka.

»Könnte nicht besser sein«, erwiderte er.

»Ich habe die Nachrichten gehört und es online gelesen, das mit dem Elbripper und dem anderen. Es soll noch eine Pressekonferenz dazu geben, aber es wird überall einheitlich berichtet, und ich wollte nur wissen, ob du in Ordnung bist.«

»Bin ich.«

»Warst du an dem Einsatz beteiligt?«

»Allerdings«, sagte Nick.

»Mein Gott. Es gab zwei Tote.«

»Der Elbripper und sein Jünger. Alles ziemlich verrückt.«

»Wie fühlst du dich?«

Warm, dachte Nick. Vorher kalt und leer.

»Erleichtert«, sagte er.

»War es schlimm?«

»Ziemlich.«

»Okay«, sagte Bekka und machte eine Pause. Sie fragte nicht nach Details. Es würde jeden Menschen brennend interessieren. Aber sie wusste wohl, dass Nick erst darüber sprechen würde, wenn er dazu bereit war – oder niemals. Jetzt gab sie ihm Raum, und er schwieg. Dann sagte sie: »Wenn du reden möchtest: Ich bin jederzeit für dich da.«

»Bei einem Burger?«

Bekka lachte. »Zum Beispiel.«

»Heute Abend?«

»Gerne. Etwas später? Ich muss erst noch einkaufen, sonst schaffe ich das alles nicht. Ich will einige Geschenke besorgen und schon mal ein paar Dinge auf Vorrat für das Weihnachtsessen kaufen.«

Weihnachten, dachte Nick und zog an der Zigarette. Hatte er fast vergessen. Keine zwei Wochen mehr bis dahin.

»Klar«, sagte er.

Bekka fragte: »Was machst du denn Heiligabend?«

Nick hatte nicht die geringste Ahnung.

»Meine Rouladen sind berühmt«, sagte Bekka.

»Wird das eine Einladung?«

Nick konnte hören, dass Bekka schmunzelte. »Vielleicht? Und Nick? Ich bin froh, dass du okay bist.«

»Danke«, sagte Nick.

»Wofür?«

»Dass es dich kümmert. Dass du angerufen hast. Und überhaupt.«

»Keine Ursache«, sagte Bekka.

Doch, dachte Nick, absolut.

Sie beendeten das Telefonat.

»They say you gotta stay hungry«, sang der Boss. *»Hey baby, I'm just about starving tonight.«*

Immer hungrig bleiben, dachte Nick, worauf auch immer. Besser, in Bewegung zu bleiben, als zu stehen. Denn da trifft man nur auf sich selbst – und wer wollte das schon, wenn man Nick Beck war?

Nick schnippte die Zigarette aus dem Fenster und kurbelte es wieder hoch. Er ließ den Motor an und gab Gas.

Eine Weile fuhr er parallel zu dem Frachter. Dann verlor er ihn aus den Augen. Er stellte den leeren Kaffeebecher zurück ins Papptablett auf dem Beifahrersitz, wo seine Glock lag.

This gun's for hire, dachte Nick. *Even if we're just dancing in the dark.*

UND ES GEHT WEITER MIT DER SPANNENDEN KRIMI-REIHE VON TOM VOSS:

Der dritte Band rund um Nick Beck
erscheint im Herbst 2022!

Tom Voss

Hundstage für Beck

Kriminalroman

Nordbek – Natur, Einsamkeit und Ruhe prägen das Dorf im Norden von Hamburg. Genau dorthin zieht es Nick Beck, als er sich nach einem traumatischen Polizeieinsatz versetzen lässt. Mit der Ruhe ist es aber bald vorbei, als er betrunken eine Frau überfährt. Doch hat er sie wirklich getötet? Die Schäden an seinem Auto sprechen eine andere Sprache. Nur was ist passiert? Als Nick Beck zusammen mit Cleo Torner vom LKA Hamburg die Ermittlungen aufnimmt, stößt er auf menschliche Abgründe, die tiefer sind, als er sich hätte vorstellen können ...

400 Seiten, broschiert

Weitere Informationen finden Sie auf
www.fischerverlage.de

AZ 596-00065/1